U0103675

季节四部曲

[英]
阿莉·史密斯

———

著

文泽尔

———

译

WINTER

by
Ali Smith

浙江文艺出版社
Zhejiang Literature & Art Publishing House

图书在版编目(CIP)数据

冬 / (英)阿莉·史密斯著;文泽尔译. —杭州:浙江文艺
出版社,2023.1(2023.6重印)

ISBN 978-7-5339-7000-0

Ⅰ.①冬… Ⅱ.①阿… ②文… Ⅲ.①长篇小说-英
国-现代 Ⅳ.①I561.45

中国版本图书馆CIP数据核字(2022)第198329号

责任编辑 周 易		**装帧设计** 董茹嘉	
责任印制 吴春娟		**营销编辑** 宋佳音	
封面插画 三文seven		**数字编辑** 姜梦冉 诸婧琦	

冬

[英]阿莉·史密斯 著　文泽尔 译

出版发行	浙江文艺出版社
地　　址	杭州市体育场路347号
邮　　编	310006
电　　话	0571-85176953(总编办)
	0571-85152727(市场部)
制　　版	浙江新华图文制作有限公司
印　　刷	杭州富春印务有限公司
开　　本	880毫米×1230毫米　1/32
字　　数	240千字
印　　张	11
插　　页	5
版　　次	2023年1月第1版
印　　次	2023年6月第2次印刷
书　　号	ISBN 978-7-5339-7000-0
定　　价	72.00元

致莎拉·丹尼尔①
于狮子窝②里
呈上爱意

以及莎拉·伍德③
muß i' denn④
呈上爱意

① Sarah Daniel 。——译者注（如无特别说明，本书中注释均为译者注）

② 《圣经·旧约》里的一个故事，但以理被投到饥饿的狮子洞里，一夜安然，有上帝祝福的意思。

③ Sarah Wood 。

④ 德语，意为"我必须"，这也是一首用德国方言演唱的民歌的歌名。此处的"denn"与上句中的"狮子窝（lion's den）"尾音押韵，是故意为之。

别再害怕隆冬严寒。

——威廉·莎士比亚

风景自在图景中。

——芭芭拉·赫普沃斯①

如果你幻想自己是世界公民，那你就不属于任何一个国家。

——特蕾莎·梅②，2016 年 10 月 5 日

我们已经进入了神话的领域。

——缪丽尔·斯帕克③

黑暗物美价廉。④

——查尔斯·狄更斯

———————

① Barbara Hepworth（1903—1975），英国雕塑家，被国际雕塑界誉为20 世纪最伟大的雕塑家之一，她的作品包括石雕、木雕，以及青铜作品和大型户外雕塑作品。其作品是现代艺术的代表作，她对现代艺术的发展有巨大影响。

② Theresa May（1956— ），英国政治家，曾在 2016 年至 2019 年期间担任英国首相和保守党领袖。梅自 1997 年起担任伯克希尔梅登黑德的国会议员并在 2010 年至 2016 年担任内政大臣。此处引用原文只是片段，后面还有半句：……因为你并不理解"世界公民"这个词的真正含义。

③ Muriel Spark（1918—2006），英国小说家、诗人和散文家。

④ 此处引用原文来自《圣诞颂歌》，全句为：黑暗价廉物美，史克罗奇爱它。（Darkness is cheap, and Scrooge liked it.）

I

上帝死了：一切的开始。

罗曼史已死。骑士精神已死。诗歌、小说、绘画，全死了。艺术也死了。剧院和电影院死了。文学已死。这本书也死了。现代主义、后现代主义、现实主义和超现实主义全死了。爵士乐死了，流行音乐、迪斯科、说唱、古典音乐，死了。文化已死。体面生活、社会、家庭价值观都消失了。过去已成过去。历史已死。国家福利已死。政治已死。民主已死。法西斯主义、新自由主义、资本主义全死了，女权主义也死了。政治正确，死了。种族主义已死。宗教已死。思想已死。希望已死。真理和虚构全死了。媒体死了。互联网死了。Twitter（推特）、instagram（照片墙）、facebook（脸书）、Google（谷歌）①，死了。

爱死了。

死亡已死。

很多东西都死了。

不过，有些人没死，或者说还没死。

---

① 均是互联网平台和公司。

生命还没死。革命没有死。种族平等之火尚未熄灭。仇恨并未消失。

但是电脑呢？死了。电视？死了。收音机？死了。连手机都死了。电池没电了。婚姻是死的，性生活是死的，谈话是死的。树叶枯死了。花死了，死在水里了。

想象一下被这些死去事物的鬼魂纠缠着。想象一下被一朵花的鬼魂困住。不，想象一下（如果真有这种事情，而不仅仅是神经官能症或精神病）被一朵花的鬼魂给缠住（如果有像鬼魂这样的东西，而并非仅是想象）。

鬼魂本身并没有死，没有完全死亡。相反，出现了如下问题：

鬼魂死了吗
鬼魂是消亡还是鲜活的
鬼魂是致命的吗

但不管怎样，忘掉鬼魂，把它们从你脑海中抹去，因为这不是一个鬼故事，尽管故事发生的时间正是冬日消亡的时候，一个阳光明媚的后千禧年①，全球变暖的平安夜早晨（圣诞节，没错，也死了），它是关于真实世界中真实发生的故事，关于真实的人在真实地球上正在发生的故事（嗯，地球，也死了）。

---

① 在基督教末世神学中，后千禧年主义或后千禧年论是对《启示录》第 20 章的一种解释。

早上好，索菲亚·克利夫斯①说。平安夜快乐。

她在跟那个没实体的脑袋说话。

那是一个孩子的头颅，只有一个头，没有附着在身体上，而是独自飘浮在半空中。

这个头颅，非常顽强。这是它在她家里的第四天；她今天早上睁开眼睛时，它还在这里，这次是在洗脸盆上徘徊，看着镜中的自己。她一跟它说话，它就会转过来面对她，而当它看见她时，它——顺带提一句，没有脖子和肩膀的东西做出那样的动作，可以称之为鞠躬吗？反正，它肯定是前倾了一下的，整个有点向前倾斜，眼睛朝下，恭恭敬敬，然后又抬起头来，彬彬有礼，神采奕奕，这算是个鞠躬呢，还是行屈膝礼？它本身算是男性还是女性？这是个文质彬彬又温文尔雅的、非常有礼貌的好孩子的头（可能是个还处在前语言阶段②的孩子，因为它相当沉默），现在这个头有哈密瓜

---

① Sophia Cleves 。

② 在婴儿掌握语言之前，有一个较长的语言发生准备阶段，即前语言阶段。一般将从婴儿出生到第一个具有真正意义的词产生之前的这一时期（0—12 个月）划为前语言阶段。

那么大（在家里跟一个甜瓜待在一起的时间，比跟孩子在一起的时间还要多，这算是讽刺还是失败？对于她而言，很幸运的一点是，亚瑟①在他自己还很小的时候就已经明白了这点：作为母亲，她更希望自己的孩子们身上少点孩子气），不过，与哈密瓜不同的是，它拥有一张脸，浓密的头发比它自身的长度还要再长上几英寸，杂乱，茂密，深色，大波浪，颇具浪漫气息。如果它是男性的话，就像是位迷你骑士；如果是女性的话，则像黑白明信片上，巴黎公园里身披落叶、背对相机的女孩一般，明信片上的这张照片（1946年巴黎卢森堡花园里的落叶少女②）是由 20 世纪法国知名摄影师爱德华·布巴③拍摄的。而当索菲亚今早第一时间醒来看到它时，这颗头颅正背对着她，头发在中央暖气吹出的热气流中舒缓轻柔地上下飘荡，不过也只有贴着暖气的那一侧头发才会如此；而现在呢，它的发丝就跟洗发水广告中那些加上了慢动作和柔焦效果的人物的头发一样，在头部自然甩动并保持平衡之后，也跟着摇摆、晃动了片刻。看见了没？洗发水广告不是用鬼魂或者食尸鬼拍的④。没什么可怕的。

　　（除了洗发水广告，或者可能所有商业广告，实际上都

---

① Arthur。
② 原文为法语：petite fille aux feuilles mortes jardin du Luxembourg Paris 1946。
③ Édouard Boubat（1923—1999），法国摄影记者和艺术摄影师。
④ 此处的意思是，既然她亲眼见到用真人脑袋能够展示出洗发水广告的效果，所以洗发水广告确实是可以由真人拍出来的，其中没什么猫腻。

是关于活死人的可怕景象①，只是我们已经习惯了，不再为此感到震惊。)

不管怎么说，这颗头颅，它并不可怕。它是很可爱的，并且因为它所表现出的彬彬有礼而显得颇为害羞，上面用到的这些词语恐怕很难令你联想起一个已经死去的事物，或者至少是一个消亡中的事物反过来侵占精神领域的概念——况且它看起来似乎没有一丁点已经死掉了的感觉，尽管在曾经有过脖子的地方，如今看起来有些可怕，在那里，曾经有一个脖子，在那里——我也只是在一些奇怪传闻里听说过——存在着一些更像是内脏、杂碎、肉块之类的东西。

但实际上，大多数像这样的东西都是藏在头发下面和下巴后面的，更何况第一件令你震惊的、与它相关的事情，就是蕴藏于其中的**生命**，它举止之间的温暖，以及索菲亚在洗脸刷牙时，它在她旁边的空气中欢快地摇曳着，点着头，就像一只绿色的小浮标漂荡在波澜不惊的水面上似的，并且当它轻快地掠过索菲亚下楼，编织着自己微型宇宙的小小星球，在下层楼梯平台上沾满死去兰花尘土的树枝间穿梭进出时，它所散发出的仁爱气息比索菲亚曾经遇到过的任何佛像都更显慈悲，比任何丘比特脑袋或者懒散的圣诞天使彩绘脑袋都更趋和善。

在厨房里，索菲亚正将水和咖啡粉倒进意式浓缩咖啡

---

① 此处她又对自己前面的推论生出了怀疑，因为这个单独出现的真人脑袋并不等于真人，可能需要被定义为活死人，即只剩下部分身体，明明应该死去却依旧保持着活人特征的死人，所以实际上那些洗发水广告——甚至所有商业广告都有可能是活死人拍的。

机。她旋紧咖啡机顶部的盖子，然后又点燃了煤气灶。当她这样做时，头颅转了个方向，远离突如其来的高温。这时，它眼里突然饱含了笑意，似乎仅仅是为了好玩，竟然掉过头来，大着胆子朝火焰飘去。

你的头发会着火的，她说。

头摇了摇。她笑了。非常开心。

我不知道它是否知道圣诞节是什么，是否知道平安夜。

哪个孩子不知道呢？

我想知道，今天的火车班次怎么样。我想知道，是否需要亲自将它带到伦敦去。我们可以去哈姆雷斯①玩具店。那里有圣诞彩灯。

我们可以去动物园。我想知道它是否去过动物园。孩子们都喜欢动物园。我想知道临近圣诞节，这座动物园是否还会照常开放。或者我们可以去看看，我不知道，白金汉宫门前的卫兵们，不管是不是在过圣诞节，他们都会在那里，戴着熊皮高帽②，穿着紧身的红色制服。那将会是一次很棒的体验。或者前往科学博物馆，在那里，你可以通过自己的手看到比如说你自己的骨头之类的东西。

（啊。

这个头可没有一双手。）

---

① Hamleys，英国历史最悠久的玩具店，创立于 1760 年，坐落于伦敦摄政街，至今已有超过 250 年的历史。
② 英国士兵特有的熊皮帽，以庆祝在滑铁卢战役中击败法国拿破仑卫队。法国士兵当时戴这种熊皮高帽以显得更高、更具威慑力，英军则把它当作礼服的一部分，传承至今。

好吧，我可以替它按下按钮，进行互动，如果它不能自己动手完成的话，我当然可以替它处理那些烦琐小事。不管你多大年纪或者有多年轻，那些新奇玩意儿永远都是如此有趣。自然历史博物馆。参观的时候，我可以将它塞进大衣里。因此，我需要带上一只大袋子。我要在大袋子上割出两个可以露出眼睛来的洞。我还要将围巾叠起来，垫在大袋子的底部，再放些柔软的东西，比如说一件套头衫。

头在窗台上嗅着从超市里买来后用剩下的百里香。嗅着嗅着，它慢慢闭上了眼睛，似乎挺高兴的。它用额头蹭着枝叶。百里香的气味在厨房里蔓延开来。它蹭得太过用力，这株植物硬生生地被它给蹭倒了，掉进了水槽里。

趁着植物还在水槽里，索菲亚顺手打开水龙头，给它浇了点水。

做完这一切之后，她坐到桌边，端起咖啡。头则靠在果盘旁边，靠在苹果和柠檬旁边。这样一种场景，令她的桌子看起来就像个现代艺术领域的小玩笑，像一副由艺术家马格里特①创作的艺术装置或者一幅画作，名为"这不是一个

---

① Magritte（1898—1967），勒内·弗朗索瓦·吉斯兰·马格里特，比利时超现实主义艺术家。他因创作了许多诙谐和发人深省的形象而闻名。他的作品经常在不寻常的背景下描绘普通物体，以挑战观察者对现实的先决感知。他的意象影响了波普艺术、极简主义和概念艺术。

头"；它看起来大概并不像是达利①的作品，或者德·基里科②的著名头颅，但是很有趣，像杜尚③将胡子放在了蒙娜丽莎的脸上，甚至有些像塞尚④的桌面静物画，她总是觉得，这些艺术品一方面令人不安，另一方面又别具一格。虽然很难相信，像苹果和橘子这样的东西，也可以是蓝色和紫色的，尽管你永远也不会相信这些颜色会出现在这些事物之上。

在最近的一份报纸里，她看到了一张照片，看起来像是人们在卢浮宫挂着《蒙娜丽莎》的墙前形成了一堵人墙。她自己也见过真正的《蒙娜丽莎》，可是实际上，早在30年前她有了亚瑟的那个时候，就已经很难再去欣赏《蒙娜丽莎》了，因为总是会有一大堆人站在这幅画作前面拍照。画作本身非常小，是一件杰作，比她想象的要小得多。也许是因为前面人群的衬托，令这幅画显得比它本身更小巧玲珑。

不过，与过去情况不同的是，如今站在《蒙娜丽莎》面前的人们甚至都懒得转过身来面对它。他们中的大多数人都背对着它，因为要将它跟他们自己一起拍进照片里；如

---

① Dalí（1904—1989），著名的西班牙加泰罗尼亚画家，以其超现实主义作品而闻名。
② Giorgiov De Chirico（1888—1978），乔治·德·基里科是一位出生于希腊的意大利艺术家和作家。在第一次世界大战前，他创立了斯库拉·梅塔菲西卡艺术运动，对超现实主义者产生了深远的影响。
③ Duchamp（1887—1968），杜尚是法国裔美国画家、雕刻家、棋手和作家，他的作品与立体主义、达达和概念艺术有关。
④ Cézanne（1839—1906），法国后印象主义画派画家，他的作品和理念影响了20世纪许多艺术家和艺术运动，尤其是立体派。

今，那幅古老的油画以其特有的优雅方式对着人们的后背微笑，人们将手机越过头顶，高举在空中。这些人拍照时的模样看起来像是在敬礼。但他们又是在致敬什么呢？

人们站在它的前方，却并不看这幅画作？

莫非是在致敬他们自己？

桌子上的头向她扬了扬眉毛。它仿佛读懂了她的心思，并给了她一个蒙娜丽莎式的微笑。

很有趣。非常聪明。

国家美术馆？会是国家美术馆吗？还是泰特美术馆①呢？

但是，所有这些地方，哪怕今天白天开放，也会像大多数公共场所一样，选择在中午提前关门，而且，无论如何，平安夜，哪里都要排队。

所以，还是不要去伦敦。

所以呢？到悬崖边散个步？

但是，万一头被吹到海里去了，又该怎么办呢？

一想到这场有可能发生的意外，她的胸口就开始隐隐作痛。

无论我今天做什么，你都可以跟来，她对头说道，只要你举止良好，保持安静。

但我完全没必要这么说，她想。我再也找不到比这更显眼的客人了。

---

① 泰特美术馆位于英国伦敦，于1897年首次对外开放，当时官方的名称是国立英国艺术美术馆。之后，该馆以其创始人亨利·泰特命名，从而被称为现在大家所熟知的泰特美术馆。

有你在家里，真是太好了，她说。这个家很欢迎你。

显然，头看起来很高兴。

五天前：

索菲亚走进客厅兼办公室，打开工作用电脑，无视一大堆有着红色感叹号标记的邮件，直接点开谷歌，在搜索框内输入：

"眼睛中的蓝绿色圆点"

或者，还应该描述得更准确些：

"蓝绿色圆点在视野一侧变得越来越大"

你的虹膜上有斑点吗？这就是它的意思！——

斑点、圆点和飘浮物：在你眼睛里面都能看到些什么

当我闭上眼睛时……我看到彩色的圆点：问问科学，这是什么原因

视力模糊，视野中出现浮点或者线状物，对光敏感，并且看到色斑——视力与眼部疾病论坛——电子健康论坛

视网膜偏头痛的五个症状——头痛及偏头痛新闻

眼内视现象——维基百科

她查了几个网站。白内障。滤光片问题。玻璃体脱离。角膜擦伤。黄斑变性。飘浮物。偏头痛。可能是视网膜脱离。如果您的斑点或飘浮物持续存在且已引起您的担忧，请立即就医。

然后她继续用谷歌进行搜索。

"看到一个蓝绿色球体落在我视野边缘位置"。

"未来是观看的艺术：第三只眼的感知，神秘的凝视"。

许多关于灵媒的东西，以及看到异光为什么是一份来自你守护天使的讯息 | 朵琳·芙秋①官方网站。

噢，看在上帝的分上。

她在镇上的一家眼镜店预约了几天后的问诊时间。

年轻的金发验光师从后面的房间里走出来，看了看电脑屏幕，然后看着索菲亚。

你好，索菲亚，我是桑迪②，她说。

你好，桑迪，我更喜欢你叫我克利夫斯夫人③，索菲亚说。

好的。请跟我来，索……，呃，验光师回应道。

验光师走上店铺后面的楼梯。楼上有一个房间，里面放着一个可以升起来的座椅，很像是在牙医的诊所里，房间里还有各式各样的仪器。验光师向座椅做了个手势，示意索菲亚坐上去。她站在桌子旁，开始做笔记。她问索菲——呃，克利夫斯夫人——上一次去眼镜店是在什么时候。

这是我第一次来眼镜店，索菲亚说。

你来是因为你的视力有点问题，验光师说。

这还有待观察，索菲亚回答道。

哈哈！这位年轻的验光师说，索菲亚表现得好像很机智，但事实并非如此。

---

① Doreen Virtue（1958— ），美国作家，同时也是一位民间心理学倡导者，"天使疗法"的创始人——这是一种新式疗法，与天使"交流"是治愈的关键。

② Sandy 。

③ Mrs Cleves 。

14

验光师做了远距离阅读测试、近距离阅读测试、单眼视力测试，还有用一股空气气流冲击眼睛的测试①，以及用光观察索菲亚眼睛内部状况的测试，这意味着索菲亚能够颇为惊讶地（并且还有些感动，真是出乎意料）看清楚自己血管中的毛细分支，还有一项——当你看到一个点在屏幕上移动时，必须按下按钮来确定自己确实看到了它——测试。

然后她又询问了索菲亚的生日。

天哪。我都不敢相信我写下的这份报告。因为，说实话，你的双眼状态实在是太棒了。你甚至都不需要专门配一副老花镜。

我知道了，索菲亚说。

确实，对于你这个年龄段的人来说，这样的状态真的很好。你真幸运。验光师说。

幸运，是吗？索菲亚回应道。

好吧，试想一下，验光师接着说道，试想一下，我是个汽车修理工，今天，有人到我这里来做一次维修，来的是一辆生产于 20 世纪 40 年代的老车，我掀开汽车前盖，发现发动机几乎跟它 1946 年离开工厂时一样干净，这简直太棒了，你简直是凯旋。

你是说我就像是辆老家伙"凯旋"② 对吧，索菲亚说。

---

① 为了检测青光眼，眼科医生可能会用眼压计来测量患者眼内的压力，这种仪器会将一股空气气流吹向眼睛表面。
② 这里索菲亚指的是 "Triumph Motor Company"，凯旋汽车公司，创建于 1885 年，1945 年与标准汽车公司合并，现已不存，品牌归宝马公司所有。

嗯，就跟新的一样好，验光师（显然没听明白，这里的"凯旋"指的是曾经的一个汽车品牌）说，就像从未被使用过一样。我不知道你是怎么做到的。

你是在推断我这辈子都是闭着眼睛到处转悠，还是某种程度上是在说，我恐怕不怎么使用它们？

是的，哈，没错，验光师说着，仔细查看了一下手边的记录文件，然后又将文件随手钉在了什么东西上，有点可耻啊，眼睛使用不足，我要向眼科医生报告。

然后她看到了索菲亚此刻脸上的表情。

啊，她说，呃。

你有没有在我眼里看到任何与你的职业有关的东西？索菲亚说。

克利夫斯太太，你最近身边发生了什么特别的事情吗？验光师回应道，你可能没告诉我一些事，恐怕是些令人担忧的事情。因为潜在的——

索菲亚用她那双（极其灵动的）眼睛使女孩安静了下来。

我需要知道的是，我必须要知道的是，我要让自己清楚地了解相关情况，索菲亚说，你的机器有没有告诉你，我应该担心自己的视力问题？

验光师张开嘴，闭上，然后再次张开嘴。

没有，验光师回答道。

那么现在，索菲亚说，我该为此付多少钱，我该付给谁？

不用付钱，验光师继续说了下去，因为你已经六十多岁了，没有——

噢，我明白了，索菲亚说，所以你才重新确认了我的生日。

什么？验光师说。

你以为我在年龄上撒谎了，索菲亚答，想要在你的连锁店里免费做一次视力检测。

呃——，年轻的验光师说。

她皱着眉头，望向下方，在她身边，是一长串庸俗的圣诞装饰品，此时此刻，她看起来像是突然迷失了自己，充满了悲观情绪。她什么都没说，只是将打印出来的表格和笔记放在一个小文件夹中，抱在胸前，示意索菲亚下楼。

你先请，桑迪，索菲亚说。

验光师的金色马尾辫上下起伏，当她们到达一楼时，验光师从她第一次走出的那扇门中消失了，没有道别。

同样有些粗鲁的是，柜台后面的一个女孩连头都没有抬，直接向索菲亚建议，说她可以在脸书上发布推文，或者在猫途鹰①上留下关于她今天在眼镜店经历的点评，因为这些点评确实会对店铺的经营造成客观影响。

索菲亚自己动手，为自己打开了眼镜店的大门。

现在外面的街道上正下着大雨，眼镜店门口配备有高尔夫球伞②，伞上用链条挂着铭牌，桌子后面就有一个伞架，

---

① Trip Advisor，旅游网站，可以提供来自全球旅行者的点评和建议。——编者注
② 一种巨大的户外伞，适合遮阳及挡雨。此处所说的是那种立在商铺门口的、有台座的巨伞。

里面装着几把伞。但女孩的眼睛死盯着屏幕，坚决不肯抬头看一眼索菲亚。

索菲亚全身湿透地走到车边。她坐在停车场自己的车里，置身于雨点打在车顶噼里啪啦的噪音之中，身上湿漉漉的大衣和汽车座椅散发出并不难闻的气味，水珠从她头发上滴落下来。这是一种自我解放。她看着雨水将挡风玻璃外的风景变成一抹动态模糊的景象。街头如霓虹般闪亮，模糊的地方布满了五颜六色的、变了形的斑点，就像有人朝挡风玻璃扔了一枚装满油漆的水弹似的；这都是因为停车场边上悬挂着一串按市政要求布置的彩色圣诞灯泡。

夜幕即将降临。

但这不是很美吗？她说。

这是她第一次跟它说话——或许它是角膜的磨损，是眼球的退化，它以超然世外的方式存在于视野内，是个古怪的悬浮物，彼时它还相当小，你还不能确定它是一个头，它小得跟一只苍蝇差不多，在她面前飘来荡去，如同一个微小的人造卫星，当她开始像这样直接对它讲话的时候，它就好像是一个钢珠，突然被弹珠台边上的钢杆给打中了似的，从车的一侧一下子跳到了另一侧。

它的动作，在一年中白天最短的这一天，在接近四点钟的冬季黑暗里，显得非常快乐。

黄昏时分，天色渐暗，在她转动钥匙启动引擎，准备开车回家之前，索菲亚在玻璃上洒落的色彩中看着它，看着它在仪表盘上自由移动，仿佛仪表盘的塑料外壳是溜冰场，它在副驾驶座的头枕上蹦蹦跳跳，一次又一次地追踪、描绘方向盘转动的曲线，然后又一次次地、像是在试探自己的技术一般，炫耀自己的本事。

　　现在她坐在厨房餐桌旁。如今，无论它是何种大小，终归都是一个真正孩子的头颅，一个脏兮兮的孩子，一个全身沾满青草回家的孩子，一个夏日的孩子，却沐浴在冬日的阳光下。

　　它是会一直保留孩子的状态，还是会变为成人的头颅？或许可以像这样设问：它会不会长大，长成一个完全成熟的人类的飘浮之头？会不会比现在变得更大些？变成一个小型自行车车轮的大小，就像折叠自行车那样？或者是一个全尺寸自行车轮子的大小？又或是一个老式沙滩排球的大小？还是像老电影《大独裁者》①里的充气地球仪那样，由卓别林所扮演的希特勒负责在空中反复拍打它，只要不间断地拍打，它就会无限变大，直到里面整个都充满了气，然后爆裂炸开，将全世界也一起炸掉？昨晚，这颗头颅自娱自乐地在储物柜下面来回滚动，想看看自己每次撞到柜子腿时，可以让多少个戈弗雷②的18世纪英国陶俑倒下，在那个时候，它第一次看起来像是一个滚动的、跌落的、被砍掉的、上了断头台的、被斩首的、非常真实的头颅——

　　这就是为什么她决定要将它关在门外的原因，这并不难，因为这颗头颅的行为模式非常值得信任。她所需要做的

────────

① 《大独裁者》于1940年首映，是查理·卓别林的第一部有声电影。
② Godfrey。

就是，在黑暗中走进花园，它自然就会跟着她一起去，她知道它必会如此，就像在县集市上买的氦气球一样来回飘动，然后，趁着它独自向前（就这么一个头①）飘浮，飘向利兰地树②，好像它真的对灌木丛感兴趣似的，她马上躲回到屋子里，关上房门，尽可能快地穿过屋子，坐到客厅的扶手椅上，她特意令自己脑袋的高度低于椅背，如此一来，任何人（或东西）从窗户外面朝里看时，都会认为她不在那里。

从零开始计算，半分钟，整整一分钟。

很好。

但这时候，窗外突然传来了轻柔的敲击声，叩、叩、叩。

她伸了个懒腰，将遥控器从边桌上拿过来，打开电视机，音量调大。

新闻以其习以为常的歇斯底里的方式，开始令人欣慰地来回滚动播出。

然而，在这嘈杂的背景声之中，还是能够再次听到那个声音，叩、叩、叩。

于是她走进厨房，打开收音机，《弓箭手》③节目中，有人试图在冰箱里找地方放火鸡，在收音机的声音之中，在通往花园黑暗处的推拉门那儿，依旧是叩、叩、叩的声音。

___

① 向前为"ahead"，括号里为"a head"。
② Leylandii，利兰地树由美国产地柏目属和扁柏属的两种柏树杂交而成，在英国广泛种植，主要用于园艺。
③ The Archers，英国广播公司第四广播电台的一部肥皂剧，自1951年以来一直是英国广播公司的主要频道。最初，它被称为一个乡村民间的日常故事，现在，它是一部乡村背景下的当代戏剧。

然后，在后门的玻璃窄缝里也是如此，叩、叩、叩。

于是，她摸黑上楼，然后又上了一层，最后爬上梯子，穿过天花板的小门，进入阁楼，穿过阁楼房间，跨过低矮的小门，来到浴室套间的最后方角落，在那里，她蜷缩在了洗手池下面。

什么都没有。

冬天的风吹过树枝时的声音。

然后，在天窗处突然出现一束光，就像那些为怕黑的孩子们突然亮起的夜灯。

叩、叩、叩。

它在那里，像一个城市里亮着灯的塔楼钟面，像圣诞卡片上的冬日之月。

她从洗手池下面出来，打开天窗，它就进来了。

它先是飘浮在与她自己脑袋齐平的地方。然后，它又将自己降到一个真正孩子的脑袋大致应该在的位置上，用心灵受了伤一般的圆眼睛望着她。但紧接着，它仿佛知道她会鄙视自己的可悲，抑或是爱捉弄人的性格作祟，它又飘浮到与她脑袋同等的高度了。

它嘴里叼着一枝冬青吗？它把这枝冬青拿出来给她，就好像递出了一朵玫瑰。她接过那根小树枝。当她接过来的时候，那颗头颅在空中做了一个小小的飘移动作，看了她一眼。

那眼神到底有何含义，意思是要她拿起这根冬青树枝，穿过这栋老房子的所有楼层，带到客厅去，打开前门，穿过门环再编织起来？

今年的圣诞花环。

　　那是 1961 年 2 月的一个星期二，她十四岁。当她下楼吃早饭时，艾瑞丝①很早就起来了——令人难以置信，艾瑞丝在休息日时从床上爬起来了——为自己做了吐司，还被她们的母亲大声呵斥了一顿，因为她把煤灰给弄到黄油里去了，然后，就好像是因为喜欢在早上八点十五分出门散步似的，艾瑞丝陪她去了学校。她们一起走到学校大门口，就在她进去之前，艾瑞丝说道，听着，菲洛②，你上午几点下课？她回答，十一点十分。好吧，艾瑞丝说，告诉你班上的一些伙伴，就说你今天感觉不太舒服，我的意思是，随便选个似是而非的症状，就跟他们说，你今天有些恶心、反胃，我十一点二十分在那边等你。她指着马路对面。再见！她手一挥，还没等索菲亚问出什么，两个四年级的男孩走过来，看着艾瑞丝走开，其中一个张了张嘴，另一个问道，那真是你姐姐吗，克利夫斯？

　　数学课上，她在芭芭拉③的桌子旁弯下腰来。

　　你知道吗，我今天觉得很不舒服。

　　噢，天哪，芭芭拉说，然后躲得离她远远的，怕她吐了。

　　艾瑞丝，聪明。

　　艾瑞丝，麻烦。索菲亚不是麻烦，从来都不是麻烦，她

---

① Iris 。
② Philo，索菲亚的昵称。
③ Barbara。

永远都不会是那个做错事的女孩，她是纯洁的、正确的，一个明确走向首领位置的女孩（而且，无论什么事，她都要当领头羊——在女孩们无意成为负责人，或者成为任何事情的优先参与者时，她每次都会跳出来，当领头羊，然后为此负责，这将是她人生中第一次发现自己这样做完全是错误的，而且她将承担恰当程度的罪恶感，不，不对，老实说，这种程度并不怎么恰当），她只是公然地撒了谎，而这件事已经令她感到——就像自己所说的那样——恶心，所以，那时她所说的，就算不是谎言，也已经是在危险边缘试探，而现在她要做的，肯定更不可能得到允许，而且也是更加错误的，不管结果会如何，这都让她的心脏跳得非常厉害，她觉得，自己整个人都因为这种剧烈跳动而产生了肉眼可见的、一下一下的抽动，肯定是这样的，"您好，老师，索菲亚·克利夫斯的身体似乎正在抽动"。在她的预想中，肯定会有人这样告诉老师，但是，休息铃响了，没有人说什么，她溜到女孩专用的衣帽间，从挂钩上取下自己的外套，穿上，扣好扣子，就好像她要到很冷的地方去一样，虽然今天真的很暖和。

她站在女校大门附近，表现得就像是自己走着走着，刚好想到了什么，于是便站在那里开始思索起来的样子。她可以看到艾瑞丝，她就在梅尔夫①那家店的正门外面，老旧的锡制科尔曼②芥末招牌挂在墙上，与艾瑞丝外套上的黄色很

---

① Melv。
② Colman's，科尔曼是一家生产芥末和其他调味品的英国制造商，总部设在诺福克诺维奇的卡罗。

是般配，就好像艾瑞丝事先知道会有这样一幅图景出现，就好像她早就计划好了，要让这样的一幅图景成真。

没有什么人注意，所以索菲亚穿过了马路。

那家店外，艾瑞丝态度坚定地站在索菲亚和路过的主妇们中间，其中任何一个主妇都有可能向她们的母亲通风报信，她按照艾瑞丝先前的吩咐，解开领带，将它卷起来放进口袋里，然后，艾瑞丝脱下她那件亮黄色的外套，外套里面，她穿着宽大的短夹克衫。她把夹克衫也脱了下来，拿在手上。

这件衣服，你可以穿到今晚午夜零点，艾瑞丝说，过了零点之后，你就必须把它还给我，否则一切就会化为泡影。情人节快乐。或者就当是我提前送给你的圣诞礼物吧。来吧，试试看。穿上去。好的。天哪，索菲①，你看起来非常梦幻。把你的外套给我。

艾瑞丝拿着校服进了梅尔夫的店，出来时却没有穿上校服，也没有把它带出来。梅尔夫许诺，他会帮忙看管校服，一直看管到明天，艾瑞丝说，但你得提前离开家，别让妈妈看到你没穿校服外套，所以……还是提前准备好借口吧。

什么借口？索菲亚说，我可没办法像你那样，随随便便就能对她撒谎。

我？随便撒谎的骗子？艾瑞丝说，好吧，告诉她，你把校服外套留在学校里了，天气太暖和了，穿不了。就这样！这可是实话。

---

① Soph，索菲亚的昵称。

确实是实话——本来应该还是冬天，二月份，但天气实在太暖和了，今天更是热得惊人，不像是春天，倒更像夏天。但她还是一路穿着夹克衫，即使在地铁上也是如此。艾瑞丝先带她去了一家咖啡馆，然后又去了一家名叫"汤锅①"的店里，吃了炖菜和土豆，接着又带她走过一个拐角，他们站在一家奥登②电影院外。外面的海报是《大兵的烦恼》③。不是开玩笑吧？

艾瑞丝看着她此刻脸上的表情，笑了起来。

你可真是美如画啊，索菲。

艾瑞丝是个坚决的反核人士。"反对使用氢弹。""反对全球核自杀。""从恐惧到理智。""你会投下氢弹吗？"这些都是反核人士的口号。艾瑞丝为了参加游行，特意买了件粗呢大衣④，关于这件粗呢大衣的争吵，成了家里有史以来最为激烈的一场争论，父亲对她大发雷霆，而母亲则因艾瑞丝在喝茶时间的言行举止震惊了来访客人而备感尴尬，并非只是因为这些不是女孩该做的事，最重要的还是因为艾瑞丝通过对空气中和所有食物中可能会弥漫的有毒粉尘知识的系统讲解，正告那些因父亲工作而专程来到家里做客的人，让他们为"那些以我们的名义被判死刑的二十万人"忏悔。父亲后来打了她，当时她在客厅对着父亲大喊：不要杀人！而

---

① Stock Pot 。

② Odeon，一个在英国、爱尔兰和挪威运营的电影院品牌。

③ G. I. Blues，1960 年正式上映的美国电影，由猫王埃尔维斯·普雷斯利（Elvis Presley）和朱丽叶特·普劳斯（Juliet Prowse）主演。

④ duffel coat，即带风帽的牛角扣大衣，是英国皇家海军专用的军事御寒单品，当时英国青年闹事游行一般都会穿这种衣服。

实际上，在此之前，父亲从来就没有打过任何人。艾瑞丝几个月以来一直说，她绝不会花钱去看这部猫王在里面扮演士兵的电影。可是，她甚至已经提前买到了上好的座位：楼座①，总之离前排越近越好。

在电影里，猫王扮演一个名叫塔尔萨②的士兵，是个在德国与一名舞蹈演员厮混在一起的美国大兵。至于这名舞蹈演员，她是个如假包换的德国人。如果她们的父亲发现，她们正在看一些与德国人相关的东西的话，他肯定会像当年发生那件事情的时候一样震怒：想当年，他将那张斯普林菲尔德③的唱片扔在地上，重重地踩了几脚，将唱片给踩碎了，并且将碎片统统扔到了垃圾桶里。他之所以会这样做，仅仅是因为唱片里有一首德语歌《花都去哪儿了》④ ——他认为与德国人相关的一切都跟种族主义密不可分。猫王和德国女舞者在莱茵河的一艘渡船上，索菲低声告诉艾瑞丝，莱茵河非比寻常，那里的人拥有当地特殊的测量单位。（艾瑞丝叹了口气，翻了个白眼。当猫王对着篮子里的婴儿唱歌时，艾瑞丝同样也在长吁短叹，这首歌讲述的是一个孩子历尽艰难，终于成长为一名小战士的故事。影片最开始时，猫王开着一辆坦克，使用一柄长长的、造型夸张的导弹发射器，射

---

① 指剧场里为了增加座席或做特殊用途而从一面或几面墙里向外延伸出的平台，尤指剧院中最高层平台。

② Tulsa。

③ The Springfields，英国流行民谣三重唱，曾于 20 世纪 60 年代初在英美年轻人当中极为流行。

④ *Where Have All the Flowers Gone*，皮特·西格尔（Pete Seeger）于 1955 年创作的歌曲。

出一枚导弹，炸毁了一座木屋。艾瑞丝看到这个场景之后，不由得大笑起来——此时此刻，她是整个电影院里唯一发出笑声的人。但是，索菲亚完全看不出来像这样的一个场景究竟有什么好笑的，不知道艾瑞丝感到有趣的地方在哪里。最后，当她们走在伦敦街头时，艾瑞丝摇了摇头，笑着说道，一个人就像一支融化的蜡烛，说罢，她又重复了一遍，一个人的融化了的蜡烛。你是什么意思，猫王就像一支蜡烛？索菲说。艾瑞丝又笑了，把她的胳膊搂住。走吧，你啊，去一趟咖啡馆，然后回家？）

《大兵的烦恼》里有太多的歌，以至于没有哪一刻猫王不是在唱歌。但最好的歌，还是他跟德国人结伴去一处公园的时候，那里有个木偶剧团，就跟《潘趣与朱迪》①里面的那种一样。剧团里有一个父亲木偶，一个士兵木偶和一个女孩木偶，正在给孩子们演一出戏。女孩木偶爱上了士兵木偶，士兵木偶也喜欢女孩木偶，但是，父亲木偶用德语说了些诸如"你们的爱情没有希望"之类的话。然后，士兵木偶开始给女孩木偶唱一首德国歌曲。但是，木偶剧进行到这里时出了点问题，负责剧团唱机的老人播放出来的音乐节奏不太对，一会儿速度太快，一会儿又太慢。于是，猫王就说："也许我可以帮他把那玩意儿弄好。"

接下来发生的事情是，整个电影院的银幕——这是她见过的最宽的银幕之一，比家那边镇上的银幕要宽得多，这让

---

① *Punch and Judy*，传统木偶剧，由潘趣先生和他的妻子朱迪主演。表演由一系列小场景组成，它常与英国传统文化联系在一起。各种笑话往往都是由先生的搞笑情节来主导的。

人感觉很不公平——变成了木偶戏的舞台，猫王站在那里，人们只能看见他胸部以上的部分，像是一位从另一个世界过来拜访的巨人，相对而言，在他旁边的女孩木偶显得很小，这更是让猫王显得仿若神明。突然之间，他开始对着木偶唱起歌来，这一幕成了索菲亚有生以来见过的最有力量、最美丽的图景；不知为何，他比电影刚开始时，猫王跟其他士兵一起洗澡，裸着上身给自己擦肥皂时还要迷人，还要令人惊艳。

特别是有那么几秒钟的画面尤其令人感到印象深刻，后来索菲亚一直试图在脑海里重现那些画面，但与此同时，她也不能完全确定，那些画面是否真实存在过，自己是否只是在凭空想象。不过话说回来，她当然不可能只是在凭空想象。因为那一幕直击她的内心深处，令她备感震撼。

那是猫王，他在说服那个女孩木偶，虽然她只是个木偶，并不是真人，但不知为什么，看上去依然活灵活现，性格非常调皮，她还故意在猫王的肩膀上和胸口前靠了一会儿。当她这样做的时候，他朝观众之中——这里指的是那些看木偶戏的观众，当然，也可以将那些正在看电影的观众囊括进去，其中就包括索菲亚——朝着自己所爱的那个女孩，抛出了一个普通人几乎察觉不到的小眼神，他美丽的头颅微微一动，仿佛是在说，嗯，仿佛说出了千言万语，其中包括：嗨，看看这个，看看我，再看看她，谁能想得到呢？不妨好好想象一下，想出来了吗？

平安夜的上午十点，那个没有实体的脑袋正在打瞌睡。

有一些网眼状的、绿色新生植株般的物质，看上去似乎枝繁叶茂，微小的叶片和复叶纠缠成一团，这样一种物质积聚在它的鼻孔和上唇周围，变得又厚又皱，就像是干掉的鼻涕黏液一般。头颅发出呼气和吸气的声音，栩栩如生，如果有人站在这个房间外面，偶然听见了这个声音，他或者她肯定会相信，这里其实是有一个真正的、身体完整无缺的孩子的——尽管很可能是个患了重感冒的孩子，正在这里酣睡不醒。

那个什么，退热净①，她能去药房那里拿点回来吗，或许能帮上忙？

可是，它的耳朵里似乎也长出了同样一种物质。

它怎么可能有呼吸呢？这颗头颅，在没有其他任何呼吸器官的情况下，怎么可能办得到？

它的肺在哪里？

它的其他部分在哪里？

是不是还有这样一种可能，或许还有什么人在别的地方，带着一个小小的躯干、几条胳膊、一条腿，就这样跟在自己身边？那是一个小小的躯干，在超市的过道上走来走去？要么就是在公园长椅上，要么就是在别人家厨房的暖气片旁，随便哪张椅子上？就跟那首老歌《没人要的孩子》②

---

① Calpol，是英国家庭常备的婴幼儿感冒用药，主要针对疼痛和发烧等症状。

② *Nobody's Child*，由赛·科本（Cy Coben）和梅尔·福雷（Mel Foree）创作，汉克·斯诺（Hank Snow）在 1949 年录制的歌曲，歌词大意是：有一个孤儿，没人愿意收养他，因为他是个盲人。

里面唱的一样。索菲亚唱起这首歌来，声音很低，以免吵醒它，"我是没人要的孩子啊，我是没人要的孩子，我在旷野中长大，犹如一朵野花"。

它身上到底发生了什么？

发生了什么事，对它造成了如此之大的伤害？

一想到这里，她就感到很伤心。光是这种伤害本身就令人惊讶。索菲亚已经有很长一段时间没有出现过这种感觉了。海上的难民。救护车上的孩子。被鲜血浸得透湿的男人，带着浑身是血的孩子，奔向医院，要么就是远离燃烧的医院。路边，满是尘土的尸体。暴行。人们在牢房里，被殴打，被折磨。

什么也没有。

还有，可能仅仅是一些，你知道的，平凡日常中的可怕之事，普通人，在自己从出生到长大一直居住着的这个国家里，走在这里的大街上，但当你真正看她一眼时，你就会发现，这个人看起来简直糟透了，她就像是那种在狄更斯的小说里被彻底毁掉了的角色，就像一百五十年前的孤魂野鬼。

什么也没有。

现在可是平安夜，她坐在桌子旁，感觉苦痛正在自己身上尽兴演奏，那感觉就像一首精致的弦乐曲，而她就是那把被演奏的弦乐器。

它，失去了如此之多的自我，怎么可能不痛苦？

我又能给它什么呢？如此可怜的我？

啊，说到这里，这倒提醒了她。

她看了看炉灶上显示的时间。

银行有专门的圣诞节营业时间安排。

银行。

很好。就是这样。

（金钱总是有用，总会有用。）

这是今天早晨所发生事件的另外一个版本，就仿佛是在一本小说当中，索菲亚是那种她愿意选择成为、且更愿意成为的角色——相比之下更为经典的故事当中的一个角色。经过臻于完美的历练，得到精神上的抚慰，这首关于冬天的旋律，它的曲调在刚开始时是多么阴郁，随着演奏的进行，却又逐渐变得明媚起来。严寒霜冻之下，一切显得如此美丽。每片草叶都因为冰霜的覆盖，展现出更为靓丽的造型，仿佛整片都变成了银制的一般，个体本身的优美得到了很好的强化。当天气足够寒冷时，即便是原本黯淡无光的柏油路，我们脚下所铺就的这些其貌不扬的道路，也会闪闪发光。这一天，正逢人世间最平和安宁之时，我们在今天对所有人都满怀着善意。我们内心深处的一些东西，哪怕是在这一切冰冻、一切极寒的状态下，都会因暖意而融化。在这个版本的故事里，没有给那颗断掉的头颅留下任何叙事上的空间。在这部作品当中，索菲亚的人生，那段已然得到完美历练的室内乐组曲，谦逊平和，充满了经典叙事理应具备的礼节，与她所处的故事相辅相成。从经历了衰老的女性身份当中，她获得了正直的智慧，足够取得内心的安宁，谢天谢地，上述这些齐心协力终于使这段叙事成了一个经过深思熟虑之后完整写下的经典故事：内容庄重，行为有序，结构传统。这是一篇高质量的纯文学作品，在这类小说中，雪缓慢地飘落在大地上，是一种满怀慈悲的体现，雪覆盖下来，漫山遍野，完美，端庄，稳重。雪比现实中更洁白，更柔软，更不具备细节，更进一步地美化了作品中的这幅图景。在这类小说所塑造出来的世界里，没有任何一个与身体分裂开来，在虚空中，或者任何其他地方悬浮着的头颅，无论是新近诞生的人头：来自全新的暴行、谋杀或者恐怖活动；还是旧有的人头：来自过去的历史暴行、谋杀或者恐怖活动——像是过去那些被放在法国大革命断头台篮子里的人头，放在里面，作为给未来的馈赠。那些放人头的篮子，编织篮子用的柳条已经被干涸的古老血迹染成了棕色。时至今日，还是那些篮子，终于被人放在整洁的、拥有集中供暖的房屋门阶上，篮子把手上绑着一张字条，上面写着："请照顾好这颗头颅，谢谢。"

好吧，不必了。

谢谢您。

非常感谢您：

然而现实却并非如此，这只不过是个寻常的平安夜清晨。显然，这将是忙碌的一天。人们都准备过圣诞节。亚瑟会带着他的女朋友/伴侣过来。有很多事情需要提前安排。

用过早餐后，索菲亚开车到城里去了。她先去银行。银行官方网站上写得很清楚，今天将营业至中午十二点。

尽管财务状况不佳，她仍然是一个得到银行官方认证的科林斯账户持有人，这意味着她的银行卡上有一个科林斯式①柱顶的图案，上方装饰有石质叶片，不像一般的银行卡，根本没有任何图案。作为科林斯账户持有人，这意味着她有权通过私人顾问在银行获得单独接待和服务，为此，她每年要多支付五百英镑。因此，一旦有任何疑问或者需要，她的私人顾问可以坐在对面，和她坐在同一个房间里等待时，为她打电话到银行的呼叫中心。这意味着她不必亲自打电话，尽管有时——相对应的是——私人顾问也只是在一张银行便条纸上随手写下一个号码，交给客户，暗示客户在家里打电话可能会更舒服些。索菲亚最近也遇到了这种受冷落的情况，她相信，自己作为一个曾经辉煌过的女商人，在当地银行界还是很有名的，或者至少也算是颇为知名的，尽管现在真正来到这里时，她早就退休了。

去年的银行经理在哪里？他们西装革履，他们信誓旦旦，他们永远都会给出知情提示，他们随时都可以承诺，他们睿智娴熟的礼貌服务，他们肯定会提供的圣诞卡，一看就很昂贵的私人定制浮雕签名圣诞卡在哪里？今天早上，私人顾问，一个看起来像是应届毕业生的年轻小伙子，在索菲亚已经坐在他和电脑对面的情况下，三十五分钟之后，他仍在等待银行呼叫中心给他接通适合处理相应事务的工作人员的电话，他的电话不断被切断，并且也不能确定他能否在中午银行关门前顺利答复克利夫斯太太提出的问题。如果克利夫斯太太在圣诞节后约个时间过来，或许会更好。

---

① Corinthian，科林斯式，源于古希腊，是古典建筑的一种柱式。

私人顾问挂断了电话，在电脑上为索菲亚预定了一月份第一周的私人顾问服务时间。他向索菲亚解释说，银行会给她发一封确认预约的邮件，然后在前一天发短信提醒她。之后——因为屏幕上已经清楚给出了营销提示——他问克利夫斯太太是否愿意投保。

不，谢谢你，索菲亚说。

住房、建筑物、汽车、财产、健康、旅行，任何一种保险？私人顾问边浏览屏幕边说道。

但索菲亚已经拥有了她所需要的一切保险。

因此，这位私人顾问仍然看着屏幕，向她透露了更多相关信息，比如，银行可以为其高级客户提供更优惠的费率和保险组合的机会。随后，他检查了索菲亚的科林斯账户信息，告诉她，作为科林斯卡持有人，她已经购买了哪些保险，还有哪些保险不在她的科林斯账户中。

索菲亚提醒他，今天，她想在离开之前提取一些现金。

于是，私人顾问便开始跟她讨论现金。他说，现在的钱是专门为机器制造的，而不是为人手准备的。很快就会有一种全新的十镑纸币，就跟新的五镑纸币一样，用同样的材料制成，这种材料使机器更容易计数，到时候，如果你是一个在银行工作的人，用手清点钞票就会困难得多。他说，很快，就没有在银行工作的人类了。

索菲亚看到他脖子上有一道红晕，一直蔓延到他耳朵根部。他的颧骨上也有一片红晕。可能在这家银行工作的人早早就开始了圣诞聚会的饮酒环节。事实上，他看上去根本还没到合法饮酒的年龄。这个年轻人说着说着，看起来似乎有那么一瞬间，真的会马上开始哭泣似的。银行快没有人类了，他很可怜。可是，他的心事对她而言无关紧要。为什么他非要这样呢？

尽管如此，索菲亚，她还是能够从既往经验中得知，与银行工作人员保持良好关系，总归是大有裨益的，所以，她决定保持不急不躁的状态，千万不要让自己的态度变得刻薄，这样想必会惹人不快。眼下这位私人顾问正在用明显过多的话语告诉她，他最近发现，在超市里，现在到处都开始选择使用自助式结账机，以此来规避如今依旧需要大排长龙、使用真人结账的传统模式。

刚开始时，他被激怒了，他说，自己每天都去买午餐的那个超市就减少了一些真人结账柜台，用自助结账机取而代之。所以，为了对抗这一模式，他总是选择在某个固定收银员那里结账，选择真人，而不是机器。但是，真人结账的队伍总是很长，因为现在只有少数一两个人在那里进行人工收银，相对应地，自助结账机那里总是没人，因为那里有比真人更多的结账机，所以排队等候的人移动的速度总是非常快，因此，过了一段时间之后，他买午餐时就逐渐开始使用自助结账机了，而现在呢，他总是直接就走向那里，根本不多考虑。奇怪的是，最终选择使用自助结账机，反而让他感到松了口气，因为要与某人交谈，即使是最微不足道、最随意的对话，有时也会很困难，因为你总是觉得他们在评判你，或者你总是觉得有些羞涩，或是你说了愚蠢的、抑或错误的话语但不自知。

索菲亚说，这是人类交流的危险困境。

听到这个回应之后，私人顾问的目光直直地注视着她，而非看向屏幕。索菲亚知道，他正在打量自己。

她是一个他什么都不了解也不关心的老妇人。

然后，他又回头看了一眼屏幕。她知道，他正在看自己的账目数字。去年的数据不在上面。这些数据毫无意义。也没有前一年的，或者再之前的数据。

去年的银行账户数据在哪儿？

这就是实际情况，索菲亚说，人与人之间最细微的交流都是极其复杂的。所以，现在，如果可以的话，我今天特地来取一笔现金。

好的。我前台的同事会帮你完成今天的取现手续，克利夫斯夫人，他说。

然后他看着屏幕说，噢，不，不行，恐怕他们已经没办法了。

为什么？索菲亚说。

恐怕我们现在要关门了，他说。

索菲亚看了看他身后墙上挂着的钟。正午十二点零二十三秒。

索菲亚说，但你仍然可以提供我今天特地要来取出的现金。

这位私人顾问答道，恐怕不行，我们的保险箱会在下班时自动上锁。

索菲亚说，如果你愿意的话，我想让你核对一下我的账户情况。

我们可以核对，他说，但我们今天不太可能再做什么其他事情了。

她说，所以你的意思是我今天不能从自己的账户里取出我想要取的钱。

当然，你仍然可以从银行前面的取款机上取出你想要的金额，不超过你的取款最高限额就没问题，他说。

说罢，私人顾问站了起来。他没有对相关情况进行任何核实。他打开了门，因为，在这个特别的房间里，为顾客准备的特别预约时间已经结束了。

我是不是可以申请一下，再跟你们的分行经理讨论讨论这个问题？索菲亚说。

我就是分行经理，克利夫斯夫人，私人顾问回答道。

于是，他们互相祝福对方圣诞快乐，然后告别。索菲亚离开了银行。走的时候，她听见银行大门已经在自己身后锁上了。

她走向银行外面的提款机。这台机器的屏幕上有一条信息正在滚动显示，内容是：它暂时出故障了。

接下来，索菲亚陷入了交通堵塞的泥淖，所有方向都在堵车，她被困在了市中心的一片草地旁——毕竟你很难将这样一块地方称为公园。多年前，在那棵树的周围，曾经放置了一圈刷成白色的木制环形长凳，那是特地为了适配树的周长而建造的，但现在什么都没有了。她心中突然生出了一个念头，想要将车停在路中间，离开马路上的车流，到那棵树下去坐一会儿，直到交通畅通了再回车上去。她大可以将车直接停在原地，反正现在路上任何车辆都动弹不得，况且，就算一会儿它们开始动起来了，其他开车的人也可以选择绕过它。她就坐在那边的草皮上，望着这边就好。

但她还是没有动，仍旧坐在车里，只是看了看对面那棵大树。

随后，她又看了一眼公园地块已正式售出的通知，还有此地即将兴建奢华公寓、写字楼、高档商业用房等的规划。奢华。高档。马路对面，一家售卖五金、家居用品和园艺用品的商店里，传来仿若天堂的钟声。店面窗户上挂着关门大甩卖的横幅。咚。嗡—嗡—嗡—嗡—嗡。

此时此刻，她的心中出现了一个声音，有些像是广播四台某个圣诞音乐节目里的说话声，那声音正在倾诉，讲些与圣诞音乐相关的知识，听起来学识很渊博，但并不装腔作势，一点也不会令人反感：正告那些并没有在听的数百万听众，关于圣诞音乐，最有趣的一点是，它具有极强的时效性，在一年中的其他任何时候，圣诞音乐都毫无用处，但现在，在这个最凄凉的仲冬①时节，却深深地触动了我们的心弦，因为这种声音在很多方面都具有两面性，它既坚持孤独感，又坚持集体性，它最大限度地宣泄了有着极强针对性的群体情绪，同时又千方百计地去鼓励那些最微不足道、最显干涸枯萎的弱小心灵，鼓励它们沉浸于更为丰富多彩的事物之中。圣诞音乐，从本质上而言，象征着一种回溯，揭示了时间流逝的节奏——没错，更为重要的是，圣诞音乐的奏响，同时也意味着，时间在无穷无尽的循环往复之中，再一

———————

① 指冬季的第二个月，即子月，包含大雪和冬至两个节气，对应农历十一月。

次令人欣慰地回归到了一年当中的这个特殊时节，在这个特殊的时节里，无论人们是遭遇黑暗，还是遭遇寒冷，我们都会秉承一方有难、八方支援的精神，以热情好客的态度，尽可能地给予亲善友好的回应。实话实说，在这个世界上，在除了圣诞之外的其他所有时候，普罗大众对黑暗和寒冷都充满了敌意，对遭遇这两者的人们唯恐避之不及，他们在圣诞节能够得到好的回应，实在是有点奢侈。

平安夜，在这个冷冽、寂静、圣洁的夜晚，在你深沉无梦的安眠里，没有什么能够令你感到惶恐不安。她叹了口气，靠回到座椅上。她很了解它们——所有的圣诞歌曲——不仅仅是了解，她还能够一字不差地唱出来，包括高音部分。或许这就是天主教教化的结果，那个领着他们唱歌的老校长，老派威尔士人，还记得他吗？新任年轻校长履职之前，那个老校长，他很慈祥，在传授歌曲的方式上做出了一些改变：在唱完一首圣诞歌曲，准备再唱下一首的间隙里，他会让全班同学先停下来休息休息。每逢这时候，他都会高举手臂，朝学生们张开双手，就跟过去那些演舞台剧的演员一样，用念诵台词的语气和语调，给学生们讲故事。他行为随意，眼睛炯炯有神，浑身上下散发出某种浓烈的气味——是药味，并不难闻。对全班同学而言，他是一个来自遥远过去的人，所以，他们对待他和他的故事都极为严肃认真，仿佛这些故事是直接从上帝那里传承过来的一样。

比方说，他告诉大家，有一位著名的艺术家，他用一块木炭在画布上画了一个完美的圆，刚好这时候，国王的使者来了，国王派使者来给画家下命令，让画家为国王画出世界上最完美的画。于是，画家就把手头这幅画交给了使者。

这位老者还跟他们讲了什么故事？

还有下面这个。

有一个人，他在一处石头地里谋杀了另外一个人。因为他们在某件事情上起了争执。其中一个人用一块又大又圆的石头砸了另外一个人的头，那是一块大得如同头颅般的石头。他就这样砸死了另一个人。杀人之后，这个杀人的人环视了他们周围的情况，想要确认一下，在他目光所能及的范围内，是否有人目睹了这一切。没有人看到。于是，他回家拿了把铁锹，又折返回来，在田地里挖了一个很大的坑，将死人给埋了进去。做完这一切，他又将那块沉重的石头沿着桥边滚进了河里，自己也去到河边，洗干净身子，掸掉了衣服上的尘泥。

然而，他无论如何都无法摆脱死者，无法摆脱那颗被砸烂了的头颅。无论他走到哪里，这颗头颅都跟着他。

万般无奈之下，他去了教堂。上帝啊，请宽恕我，我确确实实犯下了罪行，我很害怕，怕上帝无法原谅我做过的那些事。

神父也是个年轻人，听到他这样说，便向他保证，如果他切实认罪，并好好向上帝忏悔的话，自然就会得到宽恕。

我杀了一个人。我将他埋在了田地里，那人如实说道。我用石头砸了他，他倒在地上，马上就死了。砸他的石头被我扔进了河里。

神父在黑暗的窗户后面点点头，小格栅上满是开孔。他给那人做了忏悔仪式，并说了些豁免罪孽的话。做完这些之后，那人从忏悔间里走出去，坐在教堂里祷告了一番，就这样，他得到了赦免。

几年过去了，几十年过去了，死去的那个人的下落，已经不再有人关心，不再有人担忧。所有关心他的人，如今都已逝去。其他一些曾经跟他有些关系的人，也都忘记了他。

直到某一天，有位老人在前往小镇市中心的路上，偶然遇见了一位老神父，老人认出了神父，他说，神父，请您快握住我的手。我不知道您是否还记得我。

他们一起前往镇上，聊着各种各样的事情，家庭，生活，已然改变了的事情，亘古不变的事情。

然后，当他们快要接近市中心时，老人说，神父，我要感谢您多年前对我的帮助。我想感谢您，因为您没有告诉其他人，我都做了些什么。

你做了什么？老神父回应道。

当时，我用石头砸死了那个人，老人说，然后将他埋在了玉米地里。

他从口袋里取出一只酒瓶，给老神父敬酒。神父和老人一起干了这杯酒。抵达集市广场之后，他们互相点了点头，就此告别。

老人回家去了。老神父去报了警。

警察到玉米地里挖出了一些骨头，于是，他们马上来抓那个老人。

老人上了法庭，被判有罪，最终在监狱里吊死了。

四面八方，每一个角落都散落着天使的痕迹，商店都关门了。白天的最后一点光线几乎消失殆尽。

索菲亚开车回家。到家时，她打开前门的锁。进了家门，她穿过厨房，在桌边坐下。

她用双手抱住了自己的头。

1981 年夏末的某一天，在英国南部某座城市市中心的大街上，两名年轻女子站在一家传统五金店门前。门上方有个门钥匙形状的标牌，上面写着：快速切割配钥匙。这里有一股木馏油、润滑油、石蜡、草坪处理剂混合在一起的味道。这里还有带手柄的刷头、不带手柄的刷头、单个手柄，各种组合形式皆有售卖。还有什么？钉耙、铲子、叉子、花园滚轧机，墙面上陈列着各种型号的折叠梯子，还有一个装满了堆肥袋的锡槽。卡罗①灌装液化气瓶、炖锅、煎锅、拖把头、木炭、木制折叠凳、装满一整只塑料桶里的柱塞、一包包的砂纸、摆在手推车里的一袋袋沙子、金属门垫、斧头、锤子，一两只野营专用炉子，麻布地毯垫、窗帘布、装窗帘轨道要用的那些玩意儿，将窗帘轨道拧到墙上去的工具，以及窗帘短帷幔、老虎钳、螺丝刀、灯泡、灯具、提桶、钉子、洗衣篮。电锯，各种尺寸的电锯。打造一个家所需要的所有东西。

---

① 卡罗，英国瓶装丁烷和丙烷品牌，该公司成立于 1935 年，是英国最大的液化石油气供应商之一。

她们会聊起那些花，半边莲①、庭荠②，以及一袋袋颜色鲜艳的种子包，女人们在回过头来谈论既往的话题时，总是对这些细节记得格外清楚。

她们向柜台后面的人问好，站在一卷卷不同宽度的链条旁，她们比较了每码长度的价格高低，计算着不同的总价。她们当中的其中一个将一段细长的铁链提起来，铁链顺势展开，链条相互碰撞，而她则将展开来的铁链绕过自己的臀部，测量长度；另外一个站在她对面，因为觉得场面有些尴尬，所以假装在翻看别的东西。

过了一会儿，她们不约而同地停止了手头的动作，互相看了看，同时耸了耸肩，因为她们实在没办法弄清楚需要买多长，或者说多短。

于是，她们只好先确认一下两个人手头加起来总共有多少钱：不到十英镑。她们决定还是买挂锁，因为挂锁是最小巧、最便宜的，那么，总共只需要买四把挂锁，如此一来，还能剩下足够的钱买大约三码长的铁链。

五金店老板钳下了她们需要的铁链长度，她们付了钱。店门上悬挂的迎客铃在她们身后叮当作响。她们在夏日特有的慵懒中，在那被烈日拉长了的英国式背影中，从市区慢慢折返回去。

没有人看她们。在这阳光明媚、令人昏昏欲睡的街道

---

① 桔梗科半边莲属多年生草本。
② 十字花科庭荠属下的一个种。花期四至五个月。生长在荒漠、石滩、路旁。

上，完全不会有任何人想到要多看她们一眼。过马路的时候，她们站在路边，等红绿灯。此刻，市区的大街看起来异常开阔。这些大街在她们进店之前就已经这么开阔了吗？要不然，就是她们之前一直都没有注意到？

她们不敢放声大笑，直到彻底走出了市区，走向通往其他方向的路上时，她们才终于笑了起来。由于憋了太久，她们笑得前仰后合。

想象一下，她们手挽着手，走在如此温暖和煦的天气里，其中一个女孩挥舞着袋子，里面的链条叮当作响，挥舞的同时她还在大声唱歌，逗得旁边的女孩笑了起来，一路上，袋子里的链条一直这么丁零哐啷地响着，歌声一刻也不停歇。另一个女孩的口袋里装着挂有微型钥匙的挂锁。道路两旁绿地的草丛里，满是杂草和野花，一切都沐浴在夏日浅黄色的阳光之下。

今天是冬至。亚特①身在伦敦，正在使用一台破旧的公共电脑，它曾经是放在图书馆查询处供读者们自由使用的一台电脑，不过现在已经不在查询处了——图书馆内的这个地方，大门位置挂着一块牌子，上面写着"欢迎光临创意商店"。此刻，亚特正在谷歌上随机输入一些单词，想看看这些单词在频繁的搜索中是否会紧接着自动出现"死"这个词。大部分单词都有，就算不是马上出现，一旦你输入【单词】之后再加上字母 d②，最终也会出现这个结果。

　　他对这个发现感到有些激动——尽管他自己也不确定是什么原因，或许他是个受虐狂——当他输入"艺术"这个词时，它就会出现，在搜索结果最上面自动跳出来的结果是：

　　"艺术已死"

　　然后他试了试"受虐狂"这个词。

　　"受虐狂"这个词后面并没有跟着出现"死"。

－－－－－－－－

① 这里原文为 Art，为上文 Arthur 的昵称，同时也双关下文中的"艺术"一词。

② 即"死亡"（dead）的首字母。

　　然而，"爱"这个字绝对是会出现"死"的。

　　他所在的这个空间，跟"死"完全是南辕北辙。四周极其嘈杂，到处都是人们做事时发出的声音。要在这些旧电脑上占有一席之地是相当困难的。现在有很多人都站在那里等着，仅有五台电脑能用，指望其中某一台能够尽快腾出空位。排队的人当中，有些显得非常急迫，好像真的有事情需要马上用电脑做似的。还有一两个看起来颇为紧张、慌乱，在电脑隔间里坐着使用的人后面来回踱步。亚特并不在意。他今天什么都不在乎。以温柔和善、彬彬有礼的举止在朋友们当中享有美誉的亚特，体贴大方、多愁善感的亚特，今日绝不让步于他人的需求，只要他喜欢，只要他乐意，他就要在这该死的隔间里想待多久就待多久。

　　（温柔和善、彬彬有礼、体贴大方、多愁善感这些词语当中，只有多愁善感后面会出现"死"这个字。）

　　他今天还有很多事情要做。

　　他还要写一篇关于冬至的博客文章，并且要赶在冬至过去之前发布。

　　他输入"博客"，然后输入"是"。

　　出现了，"死的"。

　　他输入"大自然是"。

　　这是需要额外添加上字母 d 的单词中的一个。当他加上 d 时，搜索框会出现如下建议：

　　"大自然是危险的（dangerous）"

　　"大自然正在消亡（dying）"

　　"大自然是神圣的（divine）"

"大自然是死的（dead）"

当然，输入"自然文学作家①"，并不会出现"死"。当你输入词语时，会出现一排缩略图，上面是过去和现在所有伟大的自然文学作家炯炯有神的面容的小照片。他看着那些小照片，看着那些若有所思的小小面容，看着这些浓缩在一排排小小在线方块里的、世界知名的博学大师，他的内心深处感到一种可怕的悲哀。

天性②能改变吗？

因为他的天性就是无能且不负责任。

他是一个自私的骗子。

在这些自然文学作家的生活中，事情的发展从来都不会出现什么大问题，难道他们就没有通过撰写人与自然的文字也无法解决或者缓解的问题吗？再看看他自己。

夏洛特③是对的。他不是个真家伙。

夏洛特。

他的母亲正期待着他和夏洛特在康沃尔④居住的三天时间。

他从口袋里掏出手机，看着屏幕。夏洛特已经通过@rtinnature 这个账号发了个假推特。昨天，她假装自己是他，告诉他在推特上的 3451 名关注者，在以年计算的这个全新

---

① Nature writers，写作自然文学的作家。自然文学即以自觉的生态意识反映人与自然关系的文学，强调人对自然的尊重、人对自然的责任与担当。著名的自然文学作品有《瓦尔登湖》《寂静的春天》等。

② "天性"和"自然"的英文都是单词"nature"。

③ Charlotte 。

④ Cornwall，英国英格兰西南端的郡，位于德文郡以西。

的观察周期里，"他"看到了新周期里的第一只硫黄蛾蝴蝶①。"提前三个月看到第一只硫黄蛾蝴蝶，高呼胜利②!"她还故意在这句话中犯了拼写错误，这令"他"的措辞看起来显得颇为愚蠢和草率，考虑到使用了"胜利"③这个词，或许是想吸引一些纳粹分子的关注吧，她还故意发布了一张停在叶子上的雌性黄蝶的照片，这张照片是她从网上直接下载下来的。推特发疯了，刮起了一阵小型风暴，@ rtin-nature 账号短暂走红，因为有超过 1000 名激动、愤怒、通常只会在网络上使用轻度谩骂语言的自然爱好者立即将他视为完全不懂一只新生蝴蝶和一头苏醒了的冬眠哺乳动物之间区别的人。

今天的推特——在半个小时之前，还是使用他的账号——又告诉了大家一个显而易见的谎言。今天，夏洛特在推特上发布了她在暴风雪中找到尤思顿路④的照片。

根本没有下雪。现在是十一摄氏度，阳光明媚。

回复已经像倒掉的啤酒一样，迅速泛起了丰富的泡沫。愤怒、挖苦、仇恨、嘲笑，还有一条推特说，如果你是个女人，我马上就给你发死亡威胁：亚特不确定这是否能够被当成一个后现代笑话。更糟糕的是，有几家媒体，一家澳大利

---

① brimstone，一种常见的黄色蝴蝶，主要分布在英格兰北部。当这种蝴蝶栖息在树叶上时，它们翅膀上棱角分明的形状和浓密的脉络与树叶非常相似。

② 原文为"sieg hting"，存在拼写错误，实际上指德语纳粹用语"Sieg Heil"。

③ 原文为德语"Sieg"。

④ Euston Road，伦敦的一条街道。

亚的，还有一家美国的，已经开始关注此事——它们在自家的官方推特账号上提及了这件事，发布内容中还留下了他的推特账号。其中一段推文的题目为"伦敦市中心首降大雪的第一批照片"。

这时，拿在手里的手机突然亮了："亲爱的外甥。"

是艾瑞丝。

昨天，艾瑞丝给他发了短信，告诉他"硫黄蛾蝴蝶"这个单词还有其他的含义。"亲爱的外甥，你有没有核实过，或是恰巧一时忘了还有其他一些东西也会被称为'硫黄蛾蝴蝶'，我说的是空对地导弹里用的那类东西①。它可不完全是蝴蝶的含义呀！一旦空对地导弹里的那玩意儿扇动翅膀，肯定会产生另外一种蝴蝶效应。爱你的，艾瑞丝。"

今天，她说的话出乎意料地令人感到安慰。"你在推特上发的东西，听起来不太像是你本人的语气哦。:-$。② 所以，现在不妨马上告诉我，你对于此事的个人认知：究竟是我们任由科技摆布，还是科技受制于我们？爱你的，艾瑞丝。"

嗯，这可太棒了。因为，如果连他那位上了年纪的老姨妈——这位姨妈已经七十多岁了，而且，可以说基本上也不怎么真正了解他——都能看出他的这几条推特是伪造的，那么他就完全不必担心，他那些真正的关注者一定会弄明白事实真相的。

---

① "brimstone"一词同时也有"硫黄"的含义。
② 原文如此，为文字表情符号。——编者注

"在推特老兄①那里，伦敦可是下了齐膝厚的雪哦!"

他不会因此而表现得意志消沉、愁眉苦脸。

他的表现会比那好得多。

他不会给她带来一丝一毫对峙的乐趣。

他不会让自己降到如此低端的水平。

他会让她自食其果，她的劣行自然而然就会暴露出她本身的卑鄙。

（有趣的是，夏洛特反而如此渴望着要与他保持这样或者那样的联系。）

他环顾四周，看着图书馆里所有的人。我的意思是说——打量着。看到了吗？这个房间里根本就没有任何一个人知道，或者说在乎他的名字和他头像照片在网络上发生的事情。当你这样打量的时候，就好像这件事并没有真正发生过一样。

唯一的不同之处在于，这件事确实发生过了。

那么，到底哪一边才是真实的呢？难道这个图书馆不属于世界吗？屏幕上的那个世界，确实是存在的；那么这个世界呢——坐在这里的这副身体，还有他周围的人们，难道就不是世界吗？他望向窗外，望着如笨重纸箱一般的旧式电脑显示器之外的地方。车水马龙，人流从四面八方穿梭而过，一个女孩正坐在对面公交车候车亭里读着些什么，她应该没有陷入到推特的混乱当中去，对吧？

没有。

---

① 原文为"tweeby mates"。

所以，他也不需要陷入到混乱中去，

但是，

"推特老兄"。

夏洛特在贬低他，同时又让网上的人们觉得他在贬低自己的关注者。这件事在很多方面都令人感到恼火。她显然知道事情会发展至此。她之所以特地在推特上提起下雪的事情，就是为了令他感到恼火。因为她很清楚，在下雪这件事上，他早已提前安排好了一切——他已经为此仔细规划了相当长的一段时间，当雪真正来临时——如果今年确实还会下雪的话——他会为"艺术自然"① 博客写一篇以雪为主题的文章，他准备——或者说曾经准备——以脚印和字母印记为方向来写这篇文章。"每一个写下来的字母，无论是数码印刷，还是以墨水为媒介，只要写在纸上，都是一种轨迹，一种如动物行走在雪地所留下的足迹。"这句话就在他的笔记本上，已经写下有差不多一年半的时间了。她很清楚关于这件事的一切，因为去年冬天很暖和，所以她早就预料到，他一直在等待合适的时机。如今，他早已为此事做足了准备。首先，他拥有大量优秀的相关词语储备，而且脑中还在不断浮现出好词佳句，比如行踪、印记、印象等。除此之外，为了让文章显得更专业些，他还专门搜集了一大堆关于降雪气候的不怎么常见的高级词语，比如毛毛细雪②、融雪③、尖

① Art in Nature，有双关含义，也指"亚特在自然之中"。"Art"是亚瑟的昵称。
② Blenky，现在很少使用的天气术语，指小的雪。
③ Sposh，指泥泞湿滑的融雪。

峰积雪①等。他打算——或者说曾经打算——加入些富于政
治色彩的内容，在看似不统一的情况下谈论自然的统一性，
谈一谈统一性是如何通过雪花随意的美感与风向的影响反向
揭示出来的：雪花如同一棵树的枝权，会向许多方向延伸，
但其最终的落脚点却集中在一个方向上。（夏洛特认为这是
一个非常蹩脚的想法，并且为此专门给他讲了一通道理，说
他是如何如何没有抓住重点，她说，除了最优秀、最具政治
意识的自然文学作家之外，所有的自然文学作家都习惯于自
我满足、自我蒙蔽，在动荡不安的年代里对自己的身份进行
自我安慰，现在"雪花"这个词已有了全新的含义，他应
该写出这样的内容。）此外，他还一直在做水分子相互交换
的笔记，并且决定将文章的副标题定为"慷慨的水"②。他
一直在关注这样一个问题：为什么在几乎没什么风的寒冷天
气里，一些东西结冰之后会产生烟雾一样的东西，就如同火
焰一般。他还记录了雪和冰的结合体，这种结合体被称为
"雪冰"③，用它可以直接制造建筑物，因为它非常坚固。还
有冰在某些表面上会形成羽毛模样、蕨叶形状的存在，在另
一些表面上却并不会形成这类存在等等关于形态方面的记
录。以及没有哪两片雪花的晶体形状是完全相同的：这确实
是事实。以此类推，他还调查了片状雪花与晶体雪花之间的
区别，各类雪花的共有特性——顺带一提，这也是相当具有

---

① Penitents，安第斯山脉特有的尖峰形积雪，那里空气干燥，雪可以
生长成高达几米的冰叶片，又高又窄，颇为壮观。

② Generous Water。

③ Snice，指的是一种冰冻的水，其物理特性介于雪和冰之间。

政治色彩的东西，有必要单独展开来写一写——以及雪花从天空中飘落的方式。雪花飘落的方式多种多样，每种运动模式都有其特点，仿佛构成了独属于它们的一套字母表；每片雪花飘落时，都会使用它们所掌握的独特语法，讲述一段独一无二的语句。

夏洛特从他记录雪况的笔记本里用力扯下好几页纸，扔到了公寓窗外。

他朝外面望去，在树梢和灌木丛中，在停在下面的汽车的挡风玻璃和车顶上，他看到笔记本纸张的遗骸，在人行道上被风吹得四处飘散。

她说，你，号称自然文学作家，这可真把我给逗乐了。你不能只是编造，编造一些自己在田野徘徊，或是在运河边晃悠的鬼东西，把这些统统发布到网上，然后号称自己是自然文学作家。无论如何，你不过是一根无人问津的野草罢了，这就是你身上最接近大自然的特征："墙头草，两边倒"，在网上举报别人①，然后拿那一点点酬金。不要以为你可以骗到别人，更不要指望能骗到你自己，就仿佛你除了是个不光彩的告密者之外，还是个什么像样玩意儿似的。

他们之所以会吵架，是因为她无意间发现，他拿了属于她的一本书，将书页摊开来，垫在那里，然后在上面修剪指甲。她当然要求他不要这样做，在此之后，因为他对自己被批评一事感到恼羞成怒，于是便开始反过来抨击她，说她一

---

① 原文为"grassing on people"，俚语，此处"grass"既指代小草，也指告密的人。

直都在对世界上各种各样的状况进行无休无止的抱怨。

所以，当她再次开始抱怨，说来自欧盟区的人们被迫在入境处等待，想看看他们是否能留在这个国家时，说那些跟欧盟区人士结婚的英国人以及那些出生在英国的外籍孩子可能最终无法留下来等等这样那样的问题时，他马上反驳道，他们早就已经给出了自己的选择——他们心甘情愿地选择来这里生活，他们自己本来就愿意去冒这样的风险，所以，这根本就不是我们的责任。

自我选择，她说。

是的，他回应道。

你这样说，就仿佛我们在谈论那些试图渡海逃离战争却溺水身亡的人一样，你竟然认为我们不需要对此负任何责任，因为这是他们自己的选择，选择从他们被烧毁、被轰炸的房子里面逃离，然后又选择上了一艘最终会倾覆的船？她说。

这就是她一直在说的那套废话。

好在我们没事，他说，别担心了。我们有足够的钱，我们都在从事有保障的工作。我们不会有事的。

她说，你对自私的默许可不是完全没事。

然后她开始大声疾呼，列举这四十年来政治自私主义①

---

① 自私主义是一种政治行为，表示对财富和商业成功投以过多关注，而忽视暴行，削减社会计划，或是歧视其他群体等行为。此处的四十年政治自私主义是指 1973 年英国加入欧共体一事，完全是基于功利主义和实用主义的选择，这四十年来，英国内部不断有脱欧的诉求。

所带来的影响，仿佛已经从不知道哪里获得了特许，可以肆无忌惮地使用任何自己知道的"真知灼见"，妄议这四十年来政治影响的方方面面，而你自己——假若你是夏洛特的话——事实上也不过才活了二十九年而已。夏洛特的这类行为实在是无聊透顶，令人感到极为厌烦。不，不仅如此，它甚至也是一种在口头上反复造成自我伤害的方式：举例而言，夏洛特一直在唠叨某个反复出现的梦境，在梦中，她用一把剖鸡剪——那是一种剔骨专用的剪刀，非常暴力——在自己胸口处剪开了一个锯齿形的口子，然后又将自己的胸脯像鸡胸肉一样分成了四块，做汤。

在我的梦里，我是个四分五裂的王国，每当夏洛特想要得到关注时，她总是会这样说。在我的梦里，我自身就体现了我们国家可怕的分裂。

在她的梦里，好吧，的确如此。

她说，自上一次公投之后，我们这个国家的人民，人与人相互之间都怒不可遏、剑拔弩张，我们的政府却没有采取任何措施来缓解这种愤怒，反而利用人们的愤怒来达成自己政治上所谓的"权宜之计"。如果要我说，我在历史上见过什么类似事件的话，那么这就是一套典型的、庞大的、法西斯主义的老掉牙的伎俩，不仅如此，这还是一套玩起来非常危险的把戏，很容易引火烧身。至于美国发生的事情，显然与此有直接关系，而且可能和经济领域发生的战争密切相关。

亚特大笑起来。夏洛特看起来很生气。

这太可怕了，她说。

没有，并不可怕，他与她针锋相对。

你在自欺欺人，她说。

夏洛特说，世界的秩序正在发生变化，真正新鲜的是，掌权的人都是自私自利、只知道以权谋私的小人，他们对历史一无所知，也没有任何责任感可言。

他马上反驳道，这其实也不是什么新鲜事。

他们就像是一种全新的存在，她毫不理会，继续说了下去——就像不是由真正的历史进程和人类文明所孕育出来的产物，而是由，由一些——

他看着夏洛特坐在窗边，一只手放在锁骨上，另一只手在空中挥舞着，她在努力寻找合适的对比词句——

由什么？他故意追问了下去。

由一些——塑料袋们，她答道。

嗯？他示意她继续。

塑料袋们——那些东西没有丝毫历史厚重感可言，她接着说了下去。使用塑料袋很不人道。使用塑料袋的人没有脑子，完全不清楚塑料袋发明之前人们携带东西的方式。当它们最终不再被任何人使用的时候，还会在好几百年时间里对环境造成破坏。这是几代人的损失。

塑料袋确实是这样，确实如此，他说。

停了一会儿，他接着说道，所以呢。

你怎么能这么天真？她感叹道。

在讲了一个过于简单的反资本主义比喻之后，你说我天真？他据理力争。

预先策划好的把戏粉墨登场，取代了正常的政治秩序之后——她没有回应，自顾自地说了下去——我们被强制推向了冲击疗法一般的社会运转模式，首先感受冲击，迎来彻底的震撼，然后接受训练，适应冲击的强度，并且等待下一次冲击。二十四小时滚动的新闻报道中，持续不断地提供着冲击性事件，就好像我们是小婴儿一样，每天的生活就是从奶头到睡觉，再从睡觉到奶头——

他打趣道，偶尔来点"奶头乐"也不错。

（她对此毫不理会。）

——从冲击到冲击，从混乱到混乱，仿佛要将这种感觉当成营养品似的，她说，但这根本就不是营养。这是营养的反面。这是虚假的母爱、虚假的父爱。

可是，他们这样做究竟是为了什么？为什么要持续不断地将我们从一个冲击事件推向另一个冲击事件呢？他说，那样做又有什么意义？

分散注意力，她回答道。

那么，究竟是为了什么具体的事情，才需要分散人们的注意力？他穷追不舍。

为了让股市急剧波动，她继续说道，让货币走势震荡。

他说，去年的那个阴谋论就是这样讲的。不只去年，前年、大前年也都是这样说的。总是如此，同样的套路，plus ça change①。

她说，已经有了"变化"（而且，紧咬住他刚才的那句

——————————

① 法语，意思是事物变化越多，它们就越保持不变。在英语中，这个短语通常用来形容即使一件事所涉及的人与事不尽相同，糟糕的整体处境却不会有任何变化，即"没有任何变化"。

话，故意用法语说了"变化"这个词）。不仅仅是字面意思上的气候变化：一切都有了翻天覆地般的变化。眼下这种情势，就仿佛人们一直在暴风雪中前行，除了铺天盖地的喧嚣与炒作之外，他们确实也想要去了解真实发生过的事情。

我也很想畅聊那些翻天覆地的大事件，如果你愿意的话，聊上一天一夜都没问题，可惜我眼下还有工作要做，他说道。

说罢，他打开笔记本电脑，开始查找网站，网上可以买到某个品牌旗下还有货的棒状除臭剂。他用了许多年的那款除臭剂，如今已经停产了。她走过房间，用手背敲打着电脑屏幕。她嫉妒他的笔记本电脑。

他说，我还有一篇冬至的博文要写呢。

冬至，她说，你说过的。最黑暗的日子。其他日子从来没有像这样的。

是的，确实如此，他回应道，冬至是周期性的，每年都会有。

不知为何，夏洛特突然就爆发了，两人开始吵起架来。可能她一直都很讨厌他的博客。在吵架的时候，她说，他的这个博客根本就无关紧要，没有任何存在的意义，内容上极其保守，而且跟政治扯不上一点关系，无关紧要。

她说，你什么时候提起过世界上那些已经陷入危机的自然资源？水资源战争？像威尔士那么大的大陆架即将从南极洲一侧断裂，你写过吗？

什么架？他说。

海洋中的塑料，写过吗？她说，海鸟身上的塑料呢？几乎所有鱼类或水生生物内脏里的塑料微粒，你关注过吗？世界上还存在原水①这种东西吗？

她说这些话的时候，双手举过头顶，抱住头。

好吧，我又不是个政客，他说，我做的事情，本质上而言，确实就没有什么政治性。政治不过是转瞬即逝的玩意儿罢了，而我所写的内容与之恰恰相反。我可是在田野里观察了一整年的事物发展规律，甚至仔细观察过树篱的结构。树篱，嗯，没错，就是树篱。它们可不具备什么政治色彩。

她当着他的面笑了。随后，她开始大喊大叫，说事实上树篱是多么具有政治性的一件事物，说他竟然如此无知。接着，她又变得怒不可遏，连续说了好几次"自我陶醉之人"这个词。

"艺术自然"博客，给我提鞋都不配，她说。

他就是在听到这句话的时候离开了房间，接着又离开了他们居住的公寓。

他在楼道里站了好一会儿。

她没有出来接他回去。

于是，他干脆直接下楼去了，到了外面，看看能不能将他记录雪况的笔记本抢救回来。

当他回到建筑物里，走进自家公寓时，发现门厅的橱柜门被打开了，里面的所有东西都散落在地板上。夏洛特从胡乱打开的钻头架子上随便选了一个钻头。此时此刻，他的笔

---

① 原水，一般是指采集于自然界，包括地下水、山泉水、水库水等自然界中的天然水源，未经过任何人工的净化处理。

记本电脑被倒过来，悬挂在两张椅子中间。她举起钻头，按下开关。电钻在空气中发出轰鸣，嗡嗡作响。

这时应该来点情景喜剧里常见的罐头笑声①。

你他妈的在干什么呢？他在电锯轰鸣声中大声喊道，你会把自己给电死的。

她举起一只又大又扁的黑色玩意儿。

死了，她说，就跟你的政治灵魂一样。

说罢，她将那玩意儿像扔飞盘一样旋转着扔给他。是笔记本电脑的电池吗？哇哦。新型电脑的电池，多么神奇啊，他一边躲闪，心里一边想着。

电池擦身而过，撞在了电视机屏幕上，他很庆幸没有打中自己，像这样一种又扁又薄的玩意儿，仅仅从外形上判断，当角度恰到好处时，似乎真的可以直接将人斩首。

（就在这一刻，他开始怀疑，夏洛特恐怕也发现了，他的笔记本里存有写给艾米丽·布雷②的电子邮件草稿，内容是他可能在星期三下午四点到六点之间安排时间同她见面。他很怀念与艾米丽之间曾经有过的性生活，于是便起草了这封邮件，想问问她，是否同样怀念与他之间的这段性生活，稍后是否还有可能，进行一些相关安排云云。

可是，他毕竟还没有发送邮件呢。

他甚至都不确定自己是否真的会发送这封邮件。

不过话说回来，等到眼前这件事结束，他还是会给艾米

---

① 罐头笑声，又称背景笑声，是指在"观众应该笑"的片段插入事先录音的笑声。

② Emily Bray。

丽发一封新邮件的——在他买了新的笔记本电脑之后。)

政治上的。

灵魂。

他之前已经试过"政治"这个词了。它后面确实紧跟着"已死"。

"灵魂正"

出现"正在死亡"——"灵魂正在死亡"

好吧，还有希望，至少还没有完全死亡。

"笔记本电脑已"

出现"已死"。

他的笔记本电脑肯定是已经死亡了，屏幕上铺满了疯狂的马赛克。夏洛特走了，她的行李箱也不见了。以上就是他为什么要敲打这样一台公共电脑的键盘的原因。这台电脑的键盘令他的手指感觉很难受，简直就像一些他根本不愿回想起来的性爱过程一样，疲软无力，不仅如此，在这台电脑上他甚至都找不到@键。

他短暂地考虑过，无论如何也要联系上艾米丽·布雷，问她是否愿意跟他一起去他母亲家过圣诞节，因为既然他大张旗鼓地说要带夏洛特来，但最后却谁也没带去，会显得很软弱，也很尴尬。

但他和艾米丽已经有三年没说过话了。

自从有了夏洛特之后。

他拿出手机，查看联系人。没有，没有，没有。

他开始嘲笑自己的这个想法太离谱、太愚蠢了。

于是，他又读了一遍老艾瑞丝发来的那条短信。

听天由命吧。

不至于。

再加把劲。

他会挺过来的。然后——是的——他会写下他是如何挺过来的。他会为"艺术自然"博客写一篇闪亮的文章，讲述自己是如何在这个尔虞我诈的世界中生存下来的，不仅如此，不仅仅是生存这么简单，这篇文章里更要讲述他是如何成功跨过如同刺鼻洋葱般层层剥开的连环欺诈的（噢，这很好，写下来吧，亚特），如何辨别最接近你的人、最亲密的人所说的谎话，没错，最亲密的人竟然在你毫不察觉的情况下对别人说关于你的谎话，甚至盗用你的身份来说关于你的谎话。总之，他将用锋利如剃刀般的笔触，斩断一切虚假的叙述。这篇文章将是尖锐而灼热的，它将会是开诚布公、一目了然的，是关于一切不能从你身上夺走的东西的。他会将之命名为《真相终将揭晓》①，或者干脆缩写成"TWO"。

不过"TWO"这个单词，让他又想起了夏洛特。

他的心沉了下去。

手中的手机开始嗡嗡作响。

也许是夏洛特！

不，是一个他根本没见过的号码。

他拒绝接听。

然后，又是一个他没见过的号码打了过来。接着又来一个。

---

① *Truth Will Out*。

他看了看推特。

果然，她刚刚又用他的账号发布了一条新推文。他首先在屏幕上看到了一个链接，关于这个链接，有这样一段说明文字：

只是想让你们知道，我会为每次摇唇鼓舌①收取十英镑，关注者们只收个友情价就好，五英镑。

他点击了链接，链接引导他来到了一个页面，上面有一张他的照片，是他们去年去泰国度假时举杯饮酒的照片。下面有一个号码。

是他的电话号码。

噢，上帝。

他关掉了手机。

他环顾四周，看看是否有人正在看他。确实有些排队等待使用电脑的人正在看着他，但只是因为他此刻突然远离了屏幕，他们希望他能够赶紧离开。

谁又能想到，他的世界已经崩溃了！

他把手放在脖颈上，他在不停出汗。

"摇唇鼓舌"？这是什么与性相关的词语吗？

当人们摇唇鼓舌的时候，会对彼此做些什么？

他在网上查了一下，相关定义马上就出现在公共电脑的屏幕上，看来不是什么带有淫秽意思的词语。

----

① snow-job，俚语，通常指用不真诚的话语欺骗他人。此处一语三关，因为"snow-job"与"blow-job"（口交）发音近似，在部分人群中是付费口交的暗语；另一方面，"snow"（雪）也与夏洛特伪造的、亚特之前的下雪乌龙事件有关。

似乎是个跟《特种部队》①动画有关的词语。

好吧。

他将已经关机的手机放进口袋里。推开椅子，走向男厕所。

在男厕所里，在唯一一扇可以上锁的门后面，他坐在那里，盯着地砖。这里太可怕了，气味难闻，而且什么也看不见。如果这就是隐私，那这隐私本身也毫无意义。

他站起来，打开门。

当他出来的时候，男厕所里有个女人。她很年轻，二十多岁，也许是南美人，深色头发，也有可能是西班牙人或意大利人。她正在用干手器喷嘴里涌出的气流温暖自己的胸口，以及裸露出来的乳房上半部分；她将出风口拧了个方向，令它偏向自己这边。十二月，她只穿了一件领口很低的上衣。见到他出来，她朝上衣和干手器分别做了做手势。

冷的。暖的。原谅我。她在干手器的轰鸣声中说道。女人身上的那件衣服已经有些破损了。

我原谅你，他回应道。

她笑了笑，朝暖风流动的地方弯下腰去，当他离开男厕所时，他觉得自己的心情好了一些，只是因为遇见了另一个人，与她进行了短暂的沟通，看到这个人在做这样一件可爱、自然又温暖的事情。

———————————

① *G. I. Joe*，1985 年的美国动画片，"G. I. JOE"是其中美国特训敢死队的代号。"Snow-Job"也是该动画片中的一个角色，并非因为带着滑雪板而被称为"Snow Job"，而是因为他是个骗子。

他刚刚大声说出了"原谅"这个词。在此之前，他从来都不知道，这竟然会是个如此强有力的词语。此时此刻，他的脸上没来由地浮现出了微笑。下楼梯时，从他身边走过的人们纷纷望向他，因为他们都觉得很奇怪——这个人不知道在笑些什么。他们当中，没有哪怕一个人懂得向他回以微笑，可他也并不在意。当他穿过楼梯平台、返回创意商店时，他多么希望刚才能够想起来问问她，问那个用干手器暖胸部的微笑姑娘，是否愿意跟他一起去他母亲家里过圣诞节。

哈哈。只是想象一下。

然而，现在已经有一个满脸皱纹的男人坐在了亚特之前的座位上，正在键盘上敲击不停，他身边还有一个女人，胳膊和腿上挂着三个很小的孩子。女人将亚特用来占座的外套整齐地叠了起来，放在他的记事本和公文包上面，并且一起摆放在了隔间的地板上。

这很公平。亚特向这位女士点头致意，在这光线肆无忌惮、令一切暴露无遗的创意商店的长条灯下，这个女人看起来比他见过的任何人都更疲惫——至少在他眼中是这样的。

谢谢你，他说。

他的意思是，谢谢她帮忙叠起了他的外套。但她似乎早已看穿了他的意图：恐怕是因为和她在一起的那个男人坐了他的位置，所以，他打算使些坏手段，将位置给抢回来，至少也要想办法挖苦讽刺他们一番。事实上，当亚特说完"谢谢你"之后，她看起来反而是一副随时准备骂人或是找麻烦的样子了。于是，亚特只好屈身拿起自己的东西，默默走向创意商店门口，他在服务台前停了下来，跟那里的女人借了一支连着绳子的圆珠笔，在他手背上写下了"肆无忌惮"和"暴露无遗"这两个成语。

没有什么失去。没有什么被浪费的。看见了吗，亚特？一直就是一半满。

一半的傻瓜。(夏洛特在他耳边说。)

他从侧门离开图书馆大楼；那实际上是图书馆大楼改建之前的正门，是留给现在住在这栋大楼中其他区域的豪华公寓里的人们使用的。虽然只能这样灰溜溜地离开，但他不应该因为此事就随便生气，为你无能为力的事情生气，实际上是在浪费自己宝贵的精力，夏洛特一直都是这样说的。想夏洛特的事，其实也是在浪费宝贵的精力，为了将自己从这些琐事、从她的身上解脱出来，现在，他要离开这里，要大步行走在这个城市的街道上，去寻找——无论在哪里，只要能找到就好——找到属于自己的一抔净土

(濒临死亡

被分成二十四块

注定被毁灭

被摧毁

已经死亡)

所以，此刻在他的手中仪式性地握住了一抔尘土，只是一抔尘土而已，以它自身独有的节奏在呼吸着，缓慢呼吸，仿佛正在沉思，它的存在完全依赖于自身，所有的愤怒、所

有的腐败，统统在内部消化。地球时刻不停地给予提醒，当
温度下降时，它会变硬、会冻结；而当温度上升时，它又会
解冻，重新变得柔韧。冬天就是这样：这是一种练习，让你
记住应该如何令自己平静下来，又应该如何柔韧地恢复自身
活力，这是使自己适应它带给你任何冰冻或融化状态的大好
机会。由此得到启示，温柔有礼的亚特也自会去寻找真正的
土壤。真正的城市土壤。他会在城市的树木与人行道相连接
的地方仔细搜寻；有时候，如果这些树木没有被橡胶包裹在
特制的园林绿化弹性塑料制品之下的话，在它们的周围就能
找到一些真正的土壤。大自然是懂得自我适应的。大自然总
在变化。

当他走到大街上时，看见了一个女孩，这就是三小时前
他从创意商店窗口看到的那个女孩。此时此刻，她竟然还在
公交车站旁，坐在同一个地方读东西。不管是什么，她都读
得很用心。

他看到有一辆公交车停了下来，下来了一些人，上去了
一些人，然后车子又继续前进。

他看到另一辆公交车出现，停下来，然后又开走了。而
这一切发生时，那个女孩依旧如此，仍旧坐在那里，仍旧在
阅读。

她看起来十九岁左右。很漂亮，脸色苍白。她阅读时的
模样，可以说是浑然忘我，甚至显得有些粗鲁。但最重要的
是——非常专注。

当普通人坐在公交车站时，通常只是坐着而已，没有谁
能有这样的专注力。

此时此刻，他已经将土壤抛在了脑后。

他穿过马路，站在公交车站候车亭旁的马路边缘一侧。从这个位置，他可以看到她在读些什么。那竟然是一份外卖菜单。他又走近了些，仔细看了看，辨认出"免费""送餐""品种"和"一桶"等字样。

她正在读一份"小鸡农舍"① 店里的菜单。

她先读了读菜单的正面，接着打开菜单，从左边读到右边。然后，她又将它给折起来，用读一本好书的心态认真阅读了反面。

当她读完反面后，又将菜单翻过来，重新读起了正面。

三天后的平安夜早上。

比他们约定的见面时间晚了二十分钟。

女孩不在这里。

在他所提议的地方，信息板前排座椅附近，没有任何一个像她这样的女孩，或者说年轻女子正在等待着他。

所以说，她没有现身。

所以说，她不会来了。

很好。这也称得上是一种解脱。

这当然是个非常愚蠢的主意，从提出开始到现在，他一直觉得挺后悔。

此外，他还能省下一千英镑，这些钱他可真不想浪费在这个实验上。

———————

① Chicken Cottage。

所以，等他到了那里之后，还是会跟母亲一道，勇敢渡过这次的难关。或者，干脆随意编造点故事来应付好了：可怜的夏洛特，她病得很重。我从没见她病得这么厉害过。"那你怎么还离开她？"噢，不能这样编，那么，她在她妈妈家里，去她妈妈那里过圣诞节去了。或者，再换个更好点的说法：她病了，她妈妈专程到伦敦来照顾她，这样我就可以抽出空来，跟你一起过圣诞节了。

他给自己倒了杯咖啡，扫视了一下坐在座椅上的人们，还有周围等待的那些人。接下来，他又在附近绕了好几圈，仔细检查了一遍，以防自己万一看漏了。

实话实说，他并没有真正记住她长什么样，他们两人相识的时间加起来恐怕不会超过普通人吃一个三明治所需的时间。

他也不能给她打电话，因为她当时告诉他，自己没有电话。

无论如何，现在想想，跟这种没有电话的人搭讪，或许真是个坏主意。

眼下他已经调整好了自己的情绪。

他不再有之前那种感觉：因为知道自己被外界关注着，所以需要刻意表现得与众不同。

可是随后他却看到，在远处，有一个人出现了，她是如此醒目，绝对就是那个女孩，他对此感到很惊讶，几乎可以说是非常震惊——为什么他一眼就认出那不是别人，一定是那个女孩呢？

她的身影在他眼中出现又消失，消失又出现，在希思罗

机场快线①坡道上熙熙攘攘的人群当中，在人们大包小包的
行李、礼物包装纸筒和塑料购物袋之间，她就像是一个静止
不动的点。此刻，她正在那里仰望着车站屋顶，人们在她周
围的坡道上上上下下、穿梭不停。

亚特赶紧跑到自动售票机那里，为她排队买票，以免当
着她的面买票，那样会显得他既粗鲁又无礼。等他好不容易
买完票时，已经不剩多少时间了。他去了之前约定好的地
点，一排排的座椅上却没有见到她的踪影。

无奈之下，他又瞧了瞧大厅对面。她还在那里，还站在
坡道上。

当他过去接她时（因为火车还有不到十五分钟就要开
了），他发现她正满怀热情地注视着什么，似乎是车站窗户
上的一些老式金属花饰，设计很独特。

他站在坡道的底部，手里来回摆弄着咖啡杯，从一只手
换到另一只手。她还是没有瞧见他。

他穿过往下走的人流，爬上坡道。

哦，嗨，她说。

所以这是不是——比方说——轻装旅行日？他说。如果
是的话，我想这个车站里的其他人并没有接到通知。你的行
李呢？

嗯，我不知要不要给你买杯咖啡，他说，我不知道你

---

① Heathrow Express，一条机场铁路，连接希思罗机场及伦敦市区帕丁
顿站。

想不想喝。

你有座位可坐，他在火车上说道。我喜欢站着，不用担心，我可以坐在地上。我就坐在地上。

噢，我为 SA4A 传娱工作，他说，也就是 SA4A 的传媒娱乐部门。SA4A，你知道的，就是那个 SA4A。我简直不敢相信，你竟然没有听说过他们。嗯，他们规模很大，无处不在。在传媒娱乐部门内部，我的职务是版权整合。这意味着我会检查所有形式的媒体，包括线上和线下的所有内容格式、电影、视讯资料、各种印刷品、音轨，所有的一切，我需要搜寻版权侵权行为，任何非法的或者未经认可的引用和使用，当我发现任何不恰当的地方、任何没有走结算付款程序的违法使用时，都会向 SA4A 传娱报告，以便他们可以向版权侵权方追讨合法的款项，或者直接提起诉讼。一旦他们已经向 SA4A 结清款项，我就会确认一下，然后，一切又回归井然有序①。什么？不，我在家工作。哦，哈哈，不是，所谓的"井然有序"意味着……怎么说呢，就好比某件事情最终获得了正式批准，可以以合法的形式对外呈现了。这份工作非常有意思，从来都不会令人感到无聊，再加上——说出来你可能不相信——我是自己的老板，给自己打工，拥有完全属于自己的时间。我的意思是说，如果我想的话，半夜也可以起来工作，这一切都是由我本人来决定的。所以，这就是我为什么选择做这个的原因。而且，这也意味着我可

---

① 原文为"shipshape"，"ship"也有船的意思，此处女孩误解了亚特的意思，认为他在船上工作，故有后文。

以看到很多东西。我看到了很多其他人可能在一百万年内永远都不会看到的各种各样的东西。

花生？他反问道，噢，所以这意味着你必须穿一些经过特殊处理的、达到工业级卫生标准的衣服。或者换一种方式，你登上火车之后，必须提前向旅伴告知此事，如此一来，对坚果过敏的乘客就可以提前知道，不要去你附近的地方①？噢，原来是指那些——那些东西对地球真的挺不好的。我确实非常不喜欢它们。我是说，作为一个真正关心地球的人，原则上是必须这样去做的。好的，好吧，如果你这么说的话。

如果你不介意我过问的话，他说，你多大了？

还有，请别介意我多问一句，他说，好吧，恐怕只有作风古板的人才会特别在意，不过我还是要问一下，你身上所有这些打孔的地方，具体是怎么回事？不，我的意思是，我能理解，这没问题，但是为什么有这么多？

事实上，我应该专门向你解释清楚，我母亲是个有点个性的人。他这样说道。她非常——当然，你也可以说她这个人过分挑剔——爱干净、爱整洁。而且，她的年纪恐怕比你想象的更大一些，她生我生得比较晚，她是那种一定要在前门脱掉鞋子的人。各种东西都干净整洁，人也干净整洁，我的意思是，我也喜欢干净整洁，但只是普通程度，她却是那种——你只要看到她就知道，是那种把干净整洁武装到牙齿

---

① 此处亚特误解了女孩的意思，后文紧接着会有交代。两人的对话是错开来之后又交织到一起的，或许是在用这样一种方式来暗示两人之间的对话根本不在一个层面上。

的人。

我需要行李吗？她反问道。

她说，我一点也不介意。我怎么会觉得你应该给我买杯咖啡？哦，我懂了！哈哈！我喜欢什么都不加的咖啡。你刚才脸红了，你知道吗？好吧，为了方便你以后参考，我确实喜欢什么都不加的咖啡。反正我现在不需要，谢谢你。

但你是付钱的那个人，她说。不用，我是员工，我可以坐在地上。不，我不介意。真的不介意！我真的不知道。听着，我们两个都可以，都坐在地上怎么样？走廊上那些袋子旁边还有些地方可以坐。来吧。嗯？

他们是谁？她说。一个什么？你在船上工作？哦。井然有序。哈哈！

我在 DTY① 工作，她说。我每天有一半的时间要用花生把送的东西垫起来，另一半时间要把掉在地上的花生捡起来，放回盆里去。这比一天十二个小时呆呆地站在购物中心里却没办法向客人成功售出一块肥皂要好得多。不，不，不对，不是真的花生，但就像是真正的花生一样的东西——是包装用的填充物，总之，我们管这种填充物叫"花生"。那些绿色的、白色的，五颜六色的，聚苯乙烯制品。你错了，它们是可以回收的，它们不含任何有害的东西。没有你想的那么糟。我很喜欢！我确实很喜欢它们！没有，这很有趣，因为——因为它们非常轻，所以，当你拿起它们的时候，每

① 应该为 "Deliver To You" 的缩写，为当地快递点或快递公司。

次都会感到惊奇。你总是以为它们会更重一点，即使你已经反复告诉自己它们很轻，即使你其实知道它们真的很轻，可是，在你认为自己确实已经知道此事之后，你拿起一个来，它就像，哇哦，太轻了，就像拿着一个真正极轻的东西似的。就好像自己手的重量也跟着变轻了一般。就像鸟类的骨头一样轻。如果你一次性拿起好几个，在你的手里放满它们，眼睁睁地看着自己的手里满是这东西，但你的眼睛却无法理解，因为，虽然你看见自己手里放满了东西，但你的手却几乎感觉不到任何东西。

哇哦，你真的很老古板呢。她说，我二十一岁。在此之前，为了纪念生命中一些特别的时刻，我陆续打了不少孔。你没有其他朋友做穿孔的吗？好吧，别担心，我们到那里时，我就把这些饰品全都拿掉。

所以，不管怎么样，她说，你最好再告诉我一些我要假扮的那个人的事情。她叫什么名字？

亚特意识到，足足一个半小时，他都没有一次想起她。

夏洛特。

她叫夏洛特，他说。

说罢，他自嘲地笑了笑。

有什么好笑的？女孩问。

这样做还挺有趣的，他说，我还不知道你的名字，你也不知道我的名字。

也许我们不需要名字，她说，不管怎样，我现在是夏洛特了。

好吧，他说，但事实上，我叫亚特。

什么，真的吗？她问，你叫"艺术"？

嗯，其实那是"亚瑟"的简称，他回答道，那个，你知道的，古代的那个国王①。

所以呢，到底是哪个国王？她又问道。

你不会是真的打算问这个问题吧？他说。

我难道不是在发问吗？她说。

你肯定知道亚瑟王是谁，他说。

我应该知道吗？她说，不管怎么样，我对你实话实说，我叫勒克斯②。

你叫什么？他问道。

先是 L，然后是 U，最后是 X，她说。

勒克斯，真的吗？他反问道。

是韦卢克斯③的缩写，她说，这个名字是根据，那个，你知道的，窗户。

这是你现编出来的，他说。

我有吗？她说，怎样都好，帮我扮好夏洛特。首先，我需要上一堂关于夏洛特的课。

他告诉她，自己的母亲从来没有见过夏洛特。所以基本上，夏洛特可以是任何人。

---

① 指亚瑟王，是传说中的古不列颠最富有传奇色彩的伟大国王。人们对他的认识更多来自凯尔特神话传说和中世纪的野史文献。
② Lux，也指照度的计量单位，简称勒。与此同时，还是"力士"这一联合利华旗下品牌的名字。
③ Velux，丹麦知名窗户品牌，在欧洲家喻户晓。

她甚至可以是我，她说。

我不是这个意思，他说。

他脸红了，她看到了。

易怒，是吗，你的夏洛特？她问，性格有点敏感？

她简直就是我生命里的困苦之源①，他说。

那你为什么要带她回家呢？她说，为什么不告诉你的家
人真相，说她是你生命里的痛苦根源？——

困苦之源，他说。

——你不想带她，所以就决定不带她来了？她问道。

如果你不想要这份工作，嗯，勒克斯，他这样说道，
（在说出她名字的时候，他停顿了一下，因为他不由自主地
在脑中问自己：这究竟是她的真名呢，还是凭空编造出来的
一个名字？）我的意思是，如果你现在突然想改变主意，那
我一点也不介意。大约一刻钟之后，这趟列车会停靠一处车
站，我很乐意为你支付回伦敦的费用。如果我们先前谈好的
这个安排存在什么令你感到不适的地方，尽管直说。

她看上去瞬间就显得有些惊慌失措。

不不不，她说，我们已经商量好了。整整三天时间，一
千英镑。顺便说一下，我算出来的结果是，每小时时薪差一
点就能到十四英镑，如果你在我们行程结束后的那个星期二
决定再额外给我八英镑，也就是说，二十七日再给我八英
镑，好吧，我的意思是，如果你最后总共付给我一千零八英

① 原文为"Bane"（造成困扰之事物），勒克斯听成了"Pain"（痛
苦），此处同样译为两个相近词（"困苦"与"痛苦"）。

镑，那最后算下来刚好是每小时十四英镑。这种算法比其他情况下的时薪金额要简明扼要得多。

他对此什么也没回应。

我这样说并非是对你最初提出的一千英镑不满意，她说。

我感觉有点不太好，他说，我在阻止你过圣诞节，我在带你离开你自己家庭的圣诞节。

她笑了起来，好像觉得他说话很有趣。

我的家人们都在国外，她回答道，别难过，想想看吧，就好比我现在这样——我也不知道该怎么说——就像是在酒店行业工作一样，别人过圣诞节的时候，我工作正忙，但这也意味着圣诞节过后，我就能够过上一个如梦似幻的、独属于自己的圣诞节。等你的圣诞节顺利过完了，走了，我还能继续过我自己的圣诞节，而且，我还能用你付给我的工资好好过圣诞呢。

谈些跟钱相关的事情，总让人觉得怪怪的……既然如此，那就先这样说定了，他说。

她笑得很迷人。

成交，她回应道，公平公正。既帮到了我，也帮到了你。如果你妈妈从来没有见过你的那位夏洛特，那就很简单了。我是说，我可能还是需要一些小建议。比方说，你的夏洛特是聪明还是愚蠢？友善还是不友善？她喜欢动物吗？诸如此类的事情。

你的夏洛特。

夏洛特，聪明。

夏洛特，愚蠢。

夏洛特，友善。

他看着旁边的女孩，看着这个陌生女孩说着夏洛特的名字。

夏洛特，漂亮。比任何人都漂亮。比任何人都更具感知力，更有理解力。夏洛特的背——床上的夏洛特，裸露着美丽的背部，脊背的线条对着他。夏洛特，极富魅力。还有什么其他词语可以拿来形容夏洛特？说话时音调优美。待人接物，体贴入微。总是用她那特有的、睥睨众生般的姿态抓住他的心。可以说，她所选择的沟通方式完全就是"耐心倾听你"的对立面，也即"回应一大堆你根本不知道她到底在讲些什么"的话语，或是精准地回应出那些你想说却没办法说出来的东西。她这个人完全缺乏自知之明。她那篇幼稚而真诚的大学论文，是关于吉尔伯特·奥沙利文①所写的一段歌词，论文题目为《〈哦哇咔嘟嘟哇咔日〉②：20 世纪 70 年代主流娱乐中的语言、符号学及呈现》。她的笔迹。她的香水。她的项链与手镯。她床头柜上的化妆包永远都是鼓鼓囊囊的，她那些化妆品的味道。她的热情，她对各种事物的热情。她将这个世界看得多么重要。她对这个世界所遭遇的各种不幸感到无休止的缺憾和愤怒，仿佛这些不幸实际上是发生在她自己身上一般，是她本人所遇到的不公和侮辱。她汹涌的情感无穷无尽——她对一切事物都怀抱着这种无穷无尽

---

① Gilbert O'Sullivan，1946 年 12 月 1 日出生于爱尔兰沃特福德县，爱尔兰著名歌手、词曲创作者。

② *Ooh Wakka Doo Wakka Day*，是一首英国知名的尤克里里艺术歌曲。

的情感，除了他。夏洛特，令人生厌。夏洛特，令人发狂。
夏洛特做着疯狂的事情，总是走着走着就停下来，跟她在街
上看到的任何一只猫说话，在任何一条街上，在这里，在那
里，在希腊度假时，只要看到一只该死的猫，她就会马上蹲
下去，伸出手来，仿佛亚特根本就不在那里似的，仿佛这只
猫根本就不想跟亚特说话似的——即使事实确实如此——仿
佛整个世界变得只有她自己，以及一些她甚至都不认识的
猫，仿佛她是这世界上唯一一个拥有动物磁场的人似的。

　　夏洛特离开的时候，故意带走了他那把专用螺丝刀，如
此一来，他还得出去再买一把螺丝刀，才能将笔记本重新装
回原样，看看里面有什么东西还能够抢救回来。

　　火车上，也不管后面是谁的背包，他直接靠在了上面。

　　应该如何形容夏洛特，这个问题嘛……他欲言又止。

　　不过事实上，他根本就不需要再去费心形容夏洛特了，
因为那个女孩，那个叫勒克斯的女孩，已经在某人的行李箱
旁边抱着头睡着了。

　　此刻，他为这份信任感动不已——跟一个不认识的人在
一起还能睡着，这是需要信任的。

　　接下来，他又被自己的感动给感动到了。

　　自恋狂。她睡着了是因为她对你不感兴趣。（夏洛特在
他耳边说道。）

　　他想知道，事情发展到最后，他会不会跟她上床。

　　自恋——

　　她的身材纤瘦，但很结实，整体看起来比她所讲的年龄
要小。她的头比这个身体应有的尺寸要大。她的手腕和刚出

生不久的孩童一样纤细，脚踝裸露在靴子上方，瘦弱得令人担忧。她的脸庞闪着金属光泽，显得很坚韧，令她看起来比实际年龄更成熟一点。她的衣服很整洁，但却暗淡陈旧。她的头发很干净，但却没有光泽。她现在睡着了，显得筋疲力尽。她似乎很久没有吃过饱饭了。此时此刻，她看起来就像是被睡眠狠狠打了一拳，然后从很高的地方扔在了火车车厢的过道上。

他问她，那天为什么偏要坐在外面那么寒冷的地方，而不是坐在马路对面温暖的图书馆里。她告诉他，她跟创意商店服务台后面的那个女人意见不合。什么意见？他追问道。那是我跟她之间的事情，她说。当时，他在公交车站候车亭那里，主动提出要给她买些"小鸡农舍"菜单上的东西。所以，你是打算用现实来破坏我此刻脑中的完美想象吗？她如此回应道。

眼下，他想知道自己身上穿着的这件高领毛衣是不是还挺不错的。

如果不是必须要先打开手机才能用摄像头的话，他肯定会用手机来确认一下自己的形象。

自恋狂。

他摇摇头。他不知道自己到底在做什么。眼前这个女孩，就像一只受伤的鸟儿。

圣厄斯①！几个小时之后，当他们的火车进站时，她将

_____

① St Erth，英国康沃尔郡的一处民间教区村镇。该村位于圣艾夫斯东南四英里处。

会看到火车站的这个地名标志。他们拼错了！她将会这样说。

还有：我们什么时候能够看到那堵墙？

什么墙？到时候他会这样问她。

有玉米的那堵墙①，她则会这样来回答。

还有：当火车沿着海岸线驶出时，她将会说，这里看起来可真像是老明信片上的风景。就跟那些老旧的、已经褪色了的卡片上所呈现出来的画面一模一样。那是城堡吗？这地方是真实存在的吗？所以，你是在这附近长大的吗？不，他会说，我是在伦敦长大的，但我母亲几年前在这里买了栋房子，我甚至还没有见过那栋房子，但我母亲的姐姐曾经在这里居住过，我想，在我印象中，似乎她在我小时候曾经给我寄过书还是什么的，因为我知道关于这里的很多传说，比如，这里的景观是由沉睡的巨人们打造而成的，诸如此类的故事吧，不仅如此，我还知道，这是个拥有属于自己的古老语言、且这门语言永远都不会消亡的地方，这门语言总是会奋起反抗，即使似乎已经在逐渐消失，最终也会回来，不会被任何东西轻易杀死。你知道的，描述特定语言风格的那个词——个人语型②（白痴）。

你刚才叫我什么来着？女孩将会这样回应他。

然后，她会冲他扬一扬眉毛，因为在那个时候，她将会

---

① 此处指英国康沃尔郡，英文为"Cornwall"，其中"corn"为玉米，"wall"为墙，故有文中所说。

② 原文为"Idiolect"，这个词的发音与白痴"idiot"类似，故有下文中勒克斯的调侃回应。此处译文已在括号中注明。

发现，他竟然低估了她的知识水准，误以为她真的不知道
"个人语型"这个词。而他将会笑出声来。火车驶入车站
时，亚特将会处于一种自嘲的状态，会对自己先入为主的错
误想法进行一番自我批评。

公交车服务——车站的布告栏上写着——已永久中断。

要花一个半小时才能打到出租车。然后，考虑到圣诞节
期间的交通状况，又要花上一个半小时，他们的出租车才能
在黑暗中将他们送到家门口。

在路上，在车里，女孩摘下了耳棒、鼻环和唇环，还有
螺栓耳钉，以及连接鼻孔和嘴唇的小链子。

门口的牌子上写着"切布雷斯"①。

女孩问，这是什么意思？

不知道，亚特答道。

噢，一栋名叫"不知道"的房子，女孩说。

从宅子大门到房屋前门的道路漫长得出人意料，本来这
条路就很长，暴风雨过后，道路变得泥泞不堪，走起来自然
也比往常更艰难。他打开手机，照亮道路。一打开手机，推
特的提醒声就嗡嗡作响。噢，上帝啊。这里网络信号这么
差，竟然还能收到这么多的信息。此刻，他有些担忧，担心
这些信息可能是要提醒他什么重要的事情。不过，他并不打

---

① 原文为"CHEI BRES"，康沃尔语，"心灵之家"的意思。康沃尔语
是凯尔特语，与威尔士语和布列顿语一样，是凯尔特岛语系的布莱
特语或布列顿语分支当中的一员。

算面对它们——恰恰相反，为了转移对手机的担忧，他开始将自己的注意力放在此刻正行走在泥泞当中的靴子上，开始担忧起靴子的状况是否良好。除此之外，他还在考虑着，当他们一会儿正式到达房屋前门时，记得要提醒身边的女孩将她的靴子脱掉——房子的前门显然就在那边，因为树篱后面亮着灯。

可是，等他们转了个弯之后，才发现那其实并不是房子前门的灯，而是汽车的车灯。他们发现，有辆汽车被丢弃在了小路中间，驾驶座那侧的门开着，作为车库来使用的外屋的门也开着。

是这里吗？女孩问道。

呃，亚特以此作为回应。

他们走了过去。他伸出手来，在房屋内侧的墙壁上摸索，寻找电灯的开关。当荧光灯管闪烁着亮起时，他总算看清了这个地方：这里的空间很大，远比一个车库所需的空间宽大，里面摆满了用大纸盒装的各种东西。

存货仓库，他说，这是我母亲的连锁店。

是什么类型的商店？女孩问。

说罢，她指了指靠在墙上的一块人形立牌。那块人形立牌已经相当老旧了，是真人大小的——那是戈弗雷的全身像，一只手放在臀部，另一只手在他头顶的彩虹拱门图案上奋力挥舞，写出了一行艺术字："戈弗雷·盖博①说了：噢！别这样！"

---

① Godfrey Gable。

啊，亚特说，那是我父亲。

这个女孩显然不认识戈弗雷。她不会认识的，年纪太小了。而且，假设戈弗雷不是他父亲，他恐怕也认不出来。

（夏洛特不仅知道戈弗雷是谁，她甚至有一张他在电台现场录音的黑胶唱片，虽然并没有唱片机可以让她听这张唱片。当亚特第一次见到她时，她对戈弗雷的了解甚至比那时初遇她的亚特知道的还要多。）

真疯狂，女孩说。

这件事说来话长，亚特说，事实上，我并不怎么了解我的父亲。

你描述得真奇怪，女孩说。

我只见过他两次，亚特说，而且，他现在已经死了。

这番话奏效了，她不再对他讲怪话了；相反，她只是注视着他，脸上露出恰到好处的悲伤表情。

他转身将外屋的灯关掉，坐到车里的驾驶座上，找到大灯开关，关掉了车灯。一切都暗了下来。

这栋房子，还有这一大片土地，然后你现在又告诉我，这里还有另外一栋大房子？女孩感慨道。

他们继续沿着小路行走，前往那栋大房子。在黑暗之中，它隐隐约约地显现出了昏暗的轮廓。房子的前门敞开着，里面的门也开着。

把你的靴子脱了，他说。

当他将自己的靴子脱下来时，门廊亮了，然后大厅也亮了起来。他走过自己先前寄出的那张放在圣诞袜里的尚未拆封的圣诞卡。女孩走在他前面，寻找大灯的开关；这时，大厅外的另一处客厅亮了起来。这里的温度很高。接着，休息室的灯也亮了。很热。

他打开一扇门，发现这里还有另一个小房间，里面有厕所和洗脸盆。他赶紧洗了洗手。

他穿过大厅，经过那些装满贵重瓷器的展示柜。那些都是戈弗雷的。它们摆得歪歪斜斜，有些已经碎掉了，破碎瓷器的碎片，大部分都是直接留在旁边，要么就是叠放在那里，乍一看去，就仿佛有流星击中过这里似的。

他走进一间大厨房。女孩已经在这里了，坐在他母亲对面的桌子旁。雅家炉①散发出巨大的热量。他进来时碰到的暖气片已经非常烫了，伸手摸上去时，几乎都要烫伤了。但他的母亲却穿着一件纽扣大衣，戴着围巾，手上是羊皮手套，头上还有一顶厚厚的毛皮帽子，这帽子令她的脑袋看起来很像是某种动物的。

她在毛皮帽子下的那双眼睛滴溜溜地注视着正前方，谁也不看，仿佛这里除了她之外，再没有任何其他人存在了。

这是你母亲吗？女孩问。

亚特点点头。

他四处寻找着锅炉开关，或者恒温器之类的东西。但什么都没找到。他打开冰箱，里面几乎什么都没有。只有一罐半空的芥末、一个鸡蛋，一包未开封的沙拉，里面有某种褐色的不明沉积物。他往旁边的一个大橱柜里看了

---

① Aga，一种可以用于烹饪或取暖的保温炉灶，多用于英国。

看，里面有两个咖啡包、一管有机浓缩汤料①、一包尚未开封的核桃。

他回到桌子旁。碗里放着两个苹果和一个柠檬。他坐了下来。

目前这种情况不太正常吗？女孩问道。

亚特摇摇头。

女孩咬了咬指甲。

你现在是打算动身去冷点的地方吗？她对他母亲说道。

母亲发出一点声音，那是一种呼哧声，声音里带着不耐烦、嘲讽和轻蔑。

我去叫医生，亚特说。

他母亲抬起一只戴着手套的手，表示拒绝。

你休想叫医生过来，亚瑟，她开口道，除非从我的尸体上跨过去。

女孩站起来。她将那顶帽子从他母亲头上摘了下来，然后将帽子放在了桌上。

你太热了，她对他母亲说道。

她松开围巾，摘下来叠好，放在母亲面前桌子上的帽子旁边。女孩又弯下腰来，解开外套的扣子，准备从母亲的肩膀那里用力，将外套整个抽下来。在女孩的努力下，外套整个都松动了，但是，如果不先摘掉手套，她就无法将外套真正从他母亲身上顺利脱掉，而且母亲也已经将戴着羊皮手套

---

① 欧洲家庭常备的一种速食浓缩汤料，装在牙膏管里，挤出来煮沸就
  能作为汤底使用。

的双手紧紧地握在一起了。

你想把手套也摘下来吗？她问。

不，谢谢你，他母亲说，非常感谢。

把手套脱下来，索菲亚，亚特说，这是我的朋友，夏洛特。

很高兴认识你，女孩说。

我很冷，非常冷。他母亲只说了这样的话来回应。

她在大衣里耸了耸肩膀，于是，大衣又裹住了脖子。

好吧，女孩说，好吧，如果你觉得冷的话。

她打开柜子，找到一只杯子，从水龙头那接满了水。

我不知道你是否知道，如果你知道的话，他母亲用戴着羊皮手套的手接过水杯时说，你的脸上全是小洞。

我知道，女孩答道。

除此之外，我也不知道你是否知道，你在这里有多么不受欢迎，他母亲说，今年圣诞节我特别忙，没时间招待客人。

不，直到现在我才知道此事，女孩说，但我现在知道了。

事实上，太忙了，你可能不得不睡在外屋，而不是房子里，母亲说。

任何地方都行，女孩说。

不，不会的，亚特说，她不能睡那里。索菲亚，我们不能睡在外屋那儿。

他母亲没有理他。

顺便说一句，我儿子，他之前告诉过我，说你在小提琴上技艺超群，母亲说。

啊，女孩说。

所以，既然你已经在这里了，你可以挑选一个合适的时间，给我演奏看看。我很喜欢艺术。我不知道他有没有跟你讲过。他母亲继续说道。

噢，我太害羞了，恐怕不能当着你的面演奏，女孩说。

过于谦虚，基本上都会令人反感，总是这样，他母亲说。

不是这样的，我可以诚实地讲，我没有你想象中那样擅长拉小提琴，女孩说。

好吧，我现在不需要知道你的其他情况了，他母亲不耐烦地说道。

谢谢，女孩说。

不客气①，母亲说。

不，我不受欢迎，女孩说。

哈！他母亲说。

他母亲的脸上几乎露出了微笑。

但之后她很快便收敛了表情，穿着户外的衣服坐在那里，目光紧盯着什么，但其实又什么都没看。女孩退后一步，礼貌地走到大厅里，站在那儿。她在门口朝亚特招了招手。但亚特已经跟刚才完全不一样了，他的动作变得有些僵硬，整个人仿佛愣住了一般，什么都做不了，唯一能做的就是站在那里，仿佛一个站在戏剧演出后台待命的小小演员似

① 亚特母亲所说的"不客气"原文为"You're welcome"，字面意思是"你是受欢迎的"，下文女孩故意针对字面意思进行了回应，表达对亚特母亲态度的不满。

的。此时此刻，他的脑袋里空空如也，就好像里面所有的东西都被瞬间抽空了，就像那首关于桶里有洞的老歌一样①：亲爱的莉莎，这就是他此刻内心的全部，一个大洞。"噢，那就赶紧修补它吧，亲爱的亨利。"

他一直不太懂这首歌——你怎么可能用一根稻草来修补一个破洞呢？除非这个洞非常非常小，不过现在，他内心的破洞实在是太大了。这首歌用它富于喜剧色彩的声音在他身上开始了演奏，使他成了母亲生活大舞台上的一个小小演员。简直是昨日重现。

他看着桌上花瓶里早已枯萎的花束。这里四处散发着的奇怪气味恐怕就是从这来的。它们令他对母亲感到更加愤怒，今晚她的表现超过了以往任何一次——她正在超越自己曾经创下的纪录。

并不是白痴，而是个人语型。母亲此刻表现出来的，恰恰就是他之前向女孩描述过的、一种世界上没有任何其他人会讲的语言。而他，正是世界上最后一个能够读懂这种语言的人。在这件事情上，他处理得太轻率了。此时此刻，他已经忘记了先前的旅途劳顿，漫长的火车旅程，几乎一整天的辛劳。此时此刻，他的自我意识已经死掉了，就像某种已然消失的语法结构，一座由音素②和语素③所组

---

① 这首歌是 *There's a Hole in the Bucket*，1997 年由哈里·贝拉方特（Harry Belafonte）演唱。这首歌讲述的是两个角色亨利和莉莎关于一个漏水的水桶的对话。

② 音素，是根据语音的自然属性划分出来的最小语音单位，依据音节里的发音动作来分析，一个动作构成一个音素。

③ 语素，是语言学术语，是指语言中最小的音义结合体。

成的坟场。

　　他尽了最大程度的努力。他终于动了起来，一步一步穿过房间，走向站在门口的女孩。女孩伸出手来，挽住了他的胳膊。

　　有没有什么人是你现在可以打电话叫来看看的吗？她问道。

　　她是悄悄对他讲出这番话的，如此一来，他的母亲就不会听到了。她很善良，她的善良令他退缩，几乎退缩到足以跟他母亲的冷淡相提并论的程度。

　　我会把那辆出租车叫回来，他说，我会再叫一辆出租车。它能带我们去——去……我不知道，镇上有间旅馆，我可以预订一个旅馆房间。我可以试着叫辆出租车直接送我们回伦敦，不过我觉得——考虑到现在是平安夜，而且现在已经很晚了，我们可能需要等到……

　　别傻了，别像个窝囊废一样，女孩说。

　　我可不是个……他争辩道。但女孩马上举起一只手来，表示她不想听。

　　姐姐，她说。

　　什么？他问道。

　　你说过，她有个姐姐。她就住在这附近吗？

　　他用自己那双又大又笨拙的双手将女孩推进大厅里。

　　我们得给她姐姐打电话，女孩说。

　　我办不到，他说。

　　为什么不？女孩问。

　　她们两个之间从来不说话。她们已经有将近三十年没有说过话了。

　　女孩点了点头。

　　打电话给她，她说。

一月：

这是个相当温暖的星期一，九摄氏度，在这隆冬季节的最后几天里，有大约五百万人——大部分是妇女，参加了全世界都在举行的游行，抗议当权者的厌女症倾向。

一个男人对着一个女人吠叫。

我的意思是，像狗那样吠叫，**汪汪汪**。

这种情况发生在英国下议院。

那个女人正在讲话，她在问一个问题。那个男人却在她提问时冲她大声吠叫。

说得再具体些：一名反对党女性议员，正在下议院向外交大臣提问。

她质疑一位英国首相，认为他品行不端，这位首相多次对外宣称，说自己与一位美国总统**关系十分亲密**，可是，这位美国总统习惯于将妇女比作狗。不仅如此，他还在日历上明明白白地标记为"大屠杀纪念日"的这一天①公开宣布，

---

① 指每年的 1 月 27 日，国际大屠杀纪念日——此为缅怀纳粹大屠杀受难者的纪念日。

打算禁止大批外籍人士进入美利坚合众国，只因为他不认可这群人的信仰和所属种族。

这位女性议会成员发言时，逻辑十分严密，她一方面质疑这项计划中的裁定是否中肯，一旦它正式获批，将会对眼下的难民危机和因叙利亚战争被迫流亡的人们造成何等深远的影响；另一方面，她又提出一个相当严肃的问题，无论在这里，还是在美国，领导层的态度和决策很可能都会在很大范围内影响到……她的发言还没有结束，一名保守党资深议员已经开始像狗一样冲着她吠叫起来。

汪汪汪。

一些小知识：下议院是英国议会的两个议院之一，这两个议院是英国立法至上原则的双生机构。

这位女议员毕业于法律专业，在巴基斯坦碰巧是个半红不红的电视明星①，在她进入下议院的前几年时间里，她一直在演一部在巴基斯坦当地播出的流行电视剧。

这位男议员过去曾经是股票经纪人，他是温斯顿·丘吉尔的孙子②。

事后，当女议员对此事公开抱怨时，男议员道了歉。他表示，这只是个轻松的玩笑。

女议员接受了他的道歉。

---

① 英国议会当中有不少巴基斯坦裔议员，伦敦市长萨迪克·汗（Sadiq Khan）就是巴基斯坦移民后裔，不少巴基斯坦裔英国人过着"两地生活"，这与英国多年来采取的难民政策密切相关。

② 此处所指应为英国已故前首相丘吉尔的孙子尼古拉斯·索姆斯爵士（Nicolas Soames），此人经常在议会破口大骂。文中所说的首相指英国现任首相鲍里斯·约翰逊，美国总统指特朗普。

两个人都很客气。

现在还是冬天。没有雪。整个冬天几乎都没有雪。这又将是有史以来最温暖的冬天之一。

不过，有些地方比其他地方更冷。

今早，穿过田野的山脊结了霜，太阳只融化了山脊一侧的霜冻。

"艺术自然"博客。

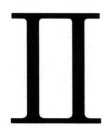

现在是圣诞节清晨的黑暗时刻，黎明破晓之前，与此同时，这也是高唱那首关于一个迷路的孩子在雪地旅行的老歌的最佳时间。

（但歌中的孩子是谁？孩子去哪儿了？那孩子怎么会在雪地里呢？孩子真的很冷吗？如果是夏天、春天或者秋天，孩子是不是也一样会迷路，还是因为是冬天，所以才更容易迷路呢？）

我不知道。

关于这个故事，狄更斯在《圣诞颂歌》① 里只写了这样一段话："后来，他们有一首歌，来自小提姆②，那是关于一个迷路的孩子在雪地里独自旅行的故事。小提姆有一副哀伤纤弱的嗓子，唱得确实很好。"

所以，还不如由我来告诉你一些更具体的东西，一些至少可以得到证实的东西——

（怎样才算是可以得到证实的？）

———————

① *A Christmas Carol*，查尔斯·狄更斯的三部圣诞主题小说之一。
② Tiny Tim，《圣诞颂歌》的主角之一。

可以证实，意味着我们可以证明对应的事件是真实的，因为世界上确实存在关于它们的事实——

（好的。）

——比方说，我可以告诉你一两个完全可以证实的事实——

（非常非常真实①，哈哈！）

——是关于一位名叫开普勒②的先生，他研究无尽的时间与世界的和谐，而且，他相信真理与时间之间存在着亲缘关系——

（什么是亲缘关系？）

亲缘关系就是家族联系，我想，他认为真理和时间之间有着某种联系，就像家族里的人是相互关联的一样。

（噢。）

他是最早发现哈雷彗星的人当中的一员，属于第一批察觉到地球人看到的哈雷彗星其实是同一颗彗星，而并非每次来访都是不同彗星的人。在他之前的好几个世纪里，人们一直相信自己看到的是不同的星星，但实际上，那是同一颗彗星，一次又一次地折返回来，一次又一次地到地球来拜访我们。开普勒先生，他是一个既知道近距离观察也懂得远距离观测的人。曾经有一次，一片雪花偶然落在了他的衣领上，结果他就成了历史上第一个研究雪花边数的人，并且提出了雪晶是由重复图案构成的观点。

———————

① 原文为法语"fiable"，也是上文中"可以证实"英文单词"verifiable"的后半部分。
② Kepler（1571—1630），德国天文学家、数学家与占星家。

（雪晶和雪花一样吗？）

可以说基本上是一样的。但是，雪花也可以被认为是由两个或者更多的雪晶聚集在一起之后所形成的一种特定结构。总之，他发现这种形状具有对称性——

（对称性又是什么？）

是……噢，上帝啊——

（是上帝吗？）

哦，哈哈，不是上帝。但是上帝……不得不说，这个想法真的很不错。在我看来，所谓的对称性，恐怕真的是来自上帝的旨意。所谓"对称"，是指事物具有非常相似的形状，要么就跟照镜子一样，互为映射；要么跟小孔成像一样，相互平衡；要么干脆完全一致——在这种情况下，也可以说两个事物之间具有一致性。我们还是举例来说明吧，比如你的两只耳朵，它们就是对称的，还有你的眼睛、你的手，都是对称的。但是，开普勒先生想要知道的是，如果每个雪晶都跟其他雪晶有着相似之处，但同时又是完全独特的，与其他任何雪晶都不完全相同，那么上帝究竟为什么要把它们造成这样？毕竟在我们所提及的那个年代，人们出于形而上学的原因，总是认为这类问题的答案很重要——

（什么是形而上学——）

噢，天哪，好吧，好吧。"Meta"① 的意思是改变，或者超越自身，"physical" 的意思是客观存在的事物。不得不

---

① "形而上学"英文为"metaphysical"，原文将"meta"和"physical"分开来解释。

说，至少开普勒先生从来没有在雪地里迷路，或是死在雪地里，与此相对应的——笛卡儿①先生，他是一位法国哲学家，也是一个爱雪的人，对雪非常感兴趣，于是他就专程去了一个多雪的国家，挪威，或者是丹麦，芬兰还是瑞典……总之，去了多雪国家之后，他由于老是爱在室外晃悠，因为寒冷而着凉，得了肺炎，几乎刚一搬到那里就去世了。

（好吧，但什么是形而上——）

——还有一个农夫，他的名字我记不起来了，但他生活的年代比开普勒和笛卡儿晚几百年，他是个生活在美国的农夫，他非常喜欢雪花②，为了拍摄雪花的照片，他竟然发明了一台内置显微镜的照相机，想象一下——

（哇——）

——他用这台相机来拍摄单个雪晶的特写照片。然后，直到有一天，他在暴风雪中外出，结果他也死了——

（噢，不要啊——）

所以，那个迷路的孩子呢？迷失在如此之大的暴雪中，头顶上密密麻麻的树枝载满了雪，形成了一大块密不透风的雪盖。月光想方设法地突破雪盖上相对没有那么厚的部分，令这些部位的树枝闪闪发亮。巨大的雪盖仿佛一块摸起来冰冷，但却有月光来负责一路照亮的甲壳似的，而且，它隔绝了外面的恶劣环境，对孩子起到了保护作用。从树林的一端延伸至另一端，这块甲壳直接通往冥界的大门。

---

① Descartes（1596—1650），法国哲学家、数学家和科学家。
② 此处指威尔逊·本特利（Wilson Bentley，1865—1931），他是世界上第一个用照相机拍摄雪花的人。

（甲壳是什么？）

是一辆行进速度很快的大篷车①。

（是这样的吗？）

哈哈！你竟然这么轻易就相信了我的胡诌！不，其实它是这样的一个词……就像是……类似外壳一样的东西，像是乌龟或者螃蟹背上的那种外壳，保护它们柔软的内脏不受外界影响的坚硬物质。除此之外，这个词也有含比喻性的一层意思，比喻某种东西可以覆盖住你，从而可以保护你。

（像盔甲一样吗？）

没错。还有，刚才我还提到了"冥界"，你知道什么是冥界，对吧？

（知道。）

那么，是什么呢？

（世界之下的另一个世界②。）

好吧，普通人其实更倾向于将冥界视作天堂的对立面，换句话说就是地狱，一个充斥着硫黄的地方。在地狱里，由于温度极高，岩石会逐渐变成熔融状态，然后相互融合在一起，成为一些特殊的物质，就跟历史上一度覆盖意大利的庞贝和赫库兰尼姆③这两座古城的物质类似。当这些物质从火

---

① 此处"甲壳"原文为"carapace"，"大篷车"英文为"caravan"，听起来前者像是后者的变体，因此被拿来开了这个玩笑。

② "冥界"一词的原文为"underworld"，字面意思为"这个世界之下的世界"。

③ Herculaneum，意大利坎佩尼亚区古城，位于那不勒斯东南八公里处。公元79年，维苏威火山爆发，庞贝古城被岩浆摧毁，赫库兰尼姆则被火山灰吞没。

山中喷发出来之后，能够将城镇埋在下面，保存十几个世纪之久。但冥界的真实情况却并非如此，因为冥界根本一点都不热，它站在热的对立面上。冥界和地狱，就像冬天和夏天，温度上是截然相反的。试着想象一下，冥界，这是个万事万物都死气沉沉的地方，所有在这里的人也都是死气沉沉的，冥界又冷又黑，有点像是——想象，想象一下这个画面——在一只乌鸦被剐空了的眼窝里——

（呃。）

——想象一下，如果这个眼窝和巨大的地下洞穴一样大，比伦敦的任何一座火车站都要大得多——

（哇，好吧。）

——有趣的是，既然我们在讨论极热和极冷，那么，我们当然知道，热和冷都能够以不同的方式来进行破坏，或者保存东西。就像伟大的哲学家培根①先生曾经做过的那样，顺便说一句，他也是死于寒冷——极度寒冷的天气里，他在外面闲逛，突发奇想，用雪填满了一只鸡的内脏，因为他很想知道，以这样一种方式来保持鸡肉的冷冻状态，是否意味着人类可以得到将肉类储存得更久的手段。不管怎么说吧，噢，我们讲到哪里了？

（甲壳。）

对！那个孩子，在由冰雪组成的甲壳下面，一路穿过树林，来到了冥界的大门前。那里有一道巨大的门，是用坚冰做成的，它是如此巨大，高耸入云，孩子根本就看不到门的

---

① Bacon（1561—1626），英国文艺复兴时期散文家、哲学家。

顶端。但是，当孩子伸手敲这道门的时候，他的心中却没有丝毫畏惧，而是充满了自信。想想看，隆冬时节，一个迷失在雪地里的孩子，期待着帮助、温暖和安慰，敢于敲响无比巨大的门，那个孩子能够做到，你在听吗？——

（我在听——）

孩子能够做到，是因为现在刚好是冬至时节，这是一年当中孩子可以跟神明进行接触的重要时间点，孩子可以对神明说话，而神明也务必要认真倾听孩子们所讲的话，总之，这是一个孩子跟神明之间能够产生联系的时间点。

（就像一家人。）

孩子敲了门，门本身也很寒冷，每次敲门，孩子的拳头都会粘在门的表面上，于是，孩子每次敲门之后，不得不花些力气将拳头从门上扯下来，好几次过后，手上的皮几乎都快要被扯掉了，而且，你也很难判断里面的人到底有没有听到敲门声，因为——如果你在冰上敲过就知道，手一敲到冰上，声音就会消失。

哪曾想到，突然之间，传来一阵震耳欲聋的可怕巨响。孩子抬起头来，发现天空中出现了摇曳着的、用冰雕琢制成的一百把钥匙。

走开，一个声音从冰里开口说道。

你能不能行行好，告诉这个地方的房东先生或者房东女士，我已经在雪地里迷路好长时间了，帮帮我吧，孩子恳求道。

等你死了之后，再回来这里吧，冰之声回答道。

你能不能请他——或者请她给我找个温暖的角落，让我休息休息，孩子说，还有，能不能给我一些吃的东西、喝的东西？等到我认清方向之后，就重新踏上旅途。

冰门发出一阵飓风般的叹息。随后，有什么东西出现了，那东西把孩子给抱了起来，用冰冷的手指拎着孩子，拎着孩子外套的肩膀位置，将他拉扯到空中。这些手指上，每一根都长有层层叠叠的牙齿，就跟鲨鱼的牙齿一样，这些牙齿刺穿了外套上的羊毛，擦破并灼伤了孩子脖子周围的皮肤。然后它又以死神般的速度，飞快地拖着孩子穿过冰冷黑暗的迷宫。

（噢。）

但是，不必担心。因为这个孩子非比寻常，他就像炙热的血液一般，瞬间流过每个冷血的大人的血管，洞穿了整个冥界。冥界里遍布着冷血的大人，他们都曾经是孩子，但是，长大之后，他们就会迷失在雪地里，像这样冷血的大人有千千万万个，而这个孩子，他犹如一股热血，流淌过了他们所有人的身体，当孩子穿过他们身体的时候，孩子看到的是最纯粹的颜色——绿色，圣诞绿，那是最亮眼的绿色，因为绿色不仅仅是夏天的颜色，绿色也是冬天的颜色。

（真的是这样吗？）

地球就是由绿色所构成的。绿色。苔藓、藻类、地衣、霉菌。它是所有植物在开花之前共同的颜色。远古时代，第一批树木的颜色，在那个时候，这些树木还没有真正的叶子呢，之后才有了针叶，那些生长在冷暖之间，第一个间歇期的树①——

（什么是间歇期？）

所谓间歇期，就是指短暂的停顿。圣诞树与创世之初的那些绿色树木之间有着千丝万缕的联系，在世界决定发明其他颜色之前，它们就已经在茁壮生长了。可以说，是冬青的绿色造就了浆果的红色。

（树木也有属于它们自己的家族吗？）

有的。天知道这个故事里的孩子是从哪里得知这些琐事的，不过，你应该知道，当人们拍摄照片或者电影时，绿色也是最容易被抹去的颜色，将图像置于蓝色或者绿色的背景下，就可以更容易地将它们剪切下来，然后再与其他图像拼接到一起，使它们看起来正处在它们本身并不存在的地方，比如说，将人挪到飞毯上，或者像宇航员一样飘浮在太空中。

（是的。）

所以，在那冰刀般的手指松开之前，这就是那个孩子脑袋里面所想的事情，然后，手指松开了，那个孩子像被摔在屠夫的肉板上一样，重重地摔在了冰冷的地板上，再然后——

（什么是屠夫的肉板？）

我之后再告诉你吧。如果我忘了，你到时记得提醒我一

---

① 针叶植物是至今仍存活在地球上的史前植物，已经被证实最早的针叶植物出现于三亿年前。此处的"间歇期"指冰川间歇期，即两个冰川期之间的那段时期。

下。反正，请先想象一下那个孩子，在伟大的冥界之神面前，他既瘦弱又渺小，仿佛在风雨中飘零的小叶片。冥界之神屹立在他的冰王座上，这个神明的每一只手都像一座巨大的自动化商店，布满了冰制的弹簧刀。

（噢。）

孩子站起身来，整理好大衣，理顺了大衣上的羊毛。他抚摸着不久前冰牙穿过羊毛的地方，对那里露出来的一排排小洞感到颇为恼火。

这时，神说话了。

还活着吗？神问道。

那个孩子用鼻子呼了呼气，他的呼吸在寒冷中清晰可辨，紧接着，他冲神做了个鬼脸，好像在说：看到了吗？

不错不错，神说，好一个幸存者。

这里很冷，孩子抱怨道。

你觉得这里冷吗？神说，我是寒冷之神，这不算什么。我会让你见识见识，到底什么才叫真正的寒冷。另外，停止你的那种行为。

哪种行为？孩子问道。

神指了指孩子的脚。

孩子朝下看去。他的脚不见了。脚踝正处在水中央。孩子正在融化地面。

每过一秒，孩子周围的地面就会融化一点点。

听我说，快住手，神说道。

孩子耸了耸肩膀。

怎么会这样？孩子喃喃自语。

神开始感到恐慌了。他逐渐失去了对自己那个湿滑王座的控制。巨大冰厅的顶部，神在王座上胡乱摆动，想要维持住平衡。

马上停下来，神尖叫道。

夜半时分，村里的教堂钟声在午夜响了起来。

又来？

但午夜已经过去了，不是吗？

索菲亚起身。然后，她走下了楼。

亚瑟带来的年轻女子就坐在餐桌旁。她正在吃已经吃掉了一半的炒鸡蛋。

你要不要来点？女子问道。

她说话的声音很轻，好像是特意这样轻的，如此一来，便不会吵醒任何人，尽管厨房附近根本就没有任何人在睡觉。

索菲亚什么也没说。她站在门口，朝水槽看了看，水槽边上有个未洗的平底锅。

年轻女子顺着她视线的方向跳了起来。

我现在就去洗，女子说。

她确实这样做了，她小心翼翼、安安静静地洗了平底锅。然后又将锅放回了正确的地方，根本不用别人告诉她具体应该放在哪里。

索菲亚点了点头。

她在门口转身，回到床上。

她在被窝里重新安顿了下来。

头倚靠在她的肩膀上。

早些时候，当平安夜逐渐过渡到圣诞节时，她站在窗前，听到远方村子里的教堂钟声在午夜时分敲响。这是个静谧的夜晚，并不寒冷，顺着风吹来的方向，远方的钟声如期而至；暴风雨过后，这里的人们将迎来一个温暖的圣诞节，既没有霜冻，也没有严寒，令这里的冬天景致显得一点也不庄重；午夜时分，钟声和谐共鸣，相比于凛冽寒冬里的那种钟声，这里的钟声平平无奇，乏味又无聊。死。死。死，钟声敲响时，听起来仿佛是这样的。或者也可能是：头。头。头①。村里的教堂只有一口钟，所以无法演奏出曲子。她想着，这种单纯的钟声，听起来就仿佛记忆深处有人用斧头不停劈石头一样，像这样的一种行为，只会损坏斧头上的好刃口。

但是，那颗头颅眼下却落在开着的窗户的窗框上，快乐地跟自己玩进进出出的小游戏：以窗口为通道，伴随着钟声稳定的节奏，在房子内外一进一出。

从昨天开始，这颗头颅已经陆续掉了一些头发。此刻，它看上去乱糟糟的。但它依旧保持着平静的微笑，就跟柴郡猫②一样，每当经过外面冷空气和房间里的温暖相碰撞的地方时，它都会高高兴兴地闭上眼睛。过了好一会儿，它还是

---

① 这里又是取谐音，"死（dead）"和"头（head）"发音相似。
② cheshire catly，《爱丽丝梦游仙境》中的虚构角色，以其独特的顽皮咧嘴笑容而闻名。

像钟摆一样来回摆动着，不断进进出出。每当外面有风刮过来的时候，它还会稍微偏转一下，以防自己一不小心朝着风的方向飘远。索菲亚关上窗户时，头颅就像一只听话的猛禽，飞过来趴在她的手腕上，任由自己被放在了床上，放到了索菲亚的枕头边。

她告诉头颅，去睡觉吧，然后便开始给它讲起圣诞故事来。

一个女人受到了天使的眷顾。这个女人快要生孩子了。她身边有个男人，这男人并不是女人腹中孩子的亲生父亲，但他却是个非常好的男人，是家庭中不可或缺的父亲角色。眼下他正牵着驴子，驮着女人，一连走了好几英里地，来到一处挤满了人的热闹小镇里。此地的统治者正下令清点人口，方圆百里的居民们都聚集到这里来了，因此，小旅馆里没有房间。小旅馆里没有房间。小旅馆里没有房间，而孩子就要出生了。

小旅馆老板还是想办法给这对夫妻提供了一处地方，供他们生孩子使用，那是旅馆的马厩，他通常在那里饲养牲畜。哦，对了，还有星星，她忘记了星星的部分。人们就是因为有星星，所以才知道要到马厩里来探望这个新生的孩子，探望玛丽怀中的婴儿。然后，她开始对着它唱起那首歌来，但是此刻，唱那首歌已经超出了她这个讲故事者的个人能力，于是，她便改唱起《小毛驴》① 这首歌。

---

① little donkey，圣诞歌曲。

唱完之后，她给头颅讲了妮娜和弗雷德里克①的故事，这对搭档是《小毛驴》的原唱。她说，他们是外国人，非常有魅力，我想，其中一人应该来自奥地利，或者是斯堪的纳维亚的贵族后裔。反正，这首歌在当年是非常受欢迎的流行金曲。

头颅用一视同仁的、严肃且专注的神情聆听孩童诞生的故事、驴子的故事和外国流行歌星的名字。当她唱到钟声在伯利恒②响起这部分时，它开始在枕头上轻轻地前后滚动，配合歌曲的节奏。

她把这些全部讲完之后，它给了她一个奇异的、带着感谢意味的目光，这就是它全部的回应——它仿佛被人施了魔法，那种魔法将所有的面部表情都从它身上移走了，令它变成了一尊面无表情的雕像，就如同一张古老的、罗马式的、看不出任何表情的大理石脸。

它的头发掉得更多了，掉下来的头发纷纷撒落在枕头上，逐渐形成一个半圆形的图案。她将头发收集起来，整齐地摆放在床头柜上。新近可见的头顶，之前一直被头发覆盖着，非常苍白、脆弱，就像一个孩子的囟门③。于是她起身，在放手帕的那只抽屉里面，比较靠后的位置，找到了一

① Nina 和 Frederik 都是哥本哈根人，20 世纪 60 年代早期流行演唱组合，擅长民歌，两人展现的是一对轻松快乐的夫妻形象。
② Bethlehem，巴勒斯坦南部城市，位于耶路撒冷以南，耶稣的诞生地。《小毛驴》这首歌中多次出现这一地名，"钟声在伯利恒响起"出现在后半段。
③ 婴儿头顶骨未合缝处。

块大手帕。她用大手帕包住头颅的头顶，以防没有头发的头颅会感到寒冷。做完这一切之后，她回到床上，将床头灯关掉了。几乎秃顶的头朝她微微笑着，戴着新头巾，在黑暗中闪闪发光，就好像是由伦勃朗来负责点亮的一般①，就仿佛是伦勃朗画了孩童时期的西蒙娜·德·波伏娃②一般。

她躺在床上，感受着睡梦中这颗头颅的重量，心里想着，一旦她吃像炒蛋这类油腻的食物，特别是像那个女人用黄油做出来的那些东西，恐怕难免会觉得身体不舒服。

尽管不舒服这件事本身可能是值得的，因为可以重新体验一下生病的感觉，因为——在她的记忆当中，生病其实具有一种与众不同的乐趣，通过无秩序的混乱力量来清空自己，取得某种形式的净化。生一场重病，这是人类生命当中诸多接近阈限时刻当中的一种，在死亡尚不比活着更可取的阶段，这些阈限时刻始终都是强而有力的，因为虽然你感觉很糟糕，但却给了你机会，让你可以跟令自己活着或者死亡的那种力量讨价还价。

她抱着头，在睡梦与清醒之间徘徊，梦见了一些无头的脖子、无头的石质躯干、无头的圣母玛利亚、无头的婴儿耶稣基督，又好似只有脖子，或是只有半个头。然后，她的脑海中浮现出了古代浮雕中那些身体残缺不全的无头圣徒，还有刻在圣洗池上的圣徒群像——同样也是残缺不全的——这些破碎的圣徒，无论它们是因为暴徒们愤怒的自以为是，还

---

① 此处所指的是伦勃朗布光，通过这种布光使人物脸部整体得到强调。
② Simone de Beauvoir（1908—1986），法国存在主义作家，女权运动的创始人之一。

是当时不容任何异议的意识形态，总之，在宗教改革运动①的教堂中，它们被破坏得只剩下脖子了。她继续思考。在人类历史上，无论何时何地，世界上总有一种极度不容异己的风潮在作祟，而且，相关的暴力手段总是针对头部或者脸部。她想到了数百座教堂的木制祭坛屏风上被烧毁、被刮掉的脸，今年圣诞节敲响穿过田野的钟声的那座教堂里亦是如此，

已死亡，

的头颅，

恰恰因为它们遭受到如此的破坏，最终才会变得比破坏之前更美，作为背景的鸢尾花饰是富丽堂皇的红色和金色，头部或脸部下方，是栩栩如真的服装，看上去仿佛正在微微飘动的彩绘织物，它们随身携带着的造型生动细致的工艺品向你揭示了每个人物代表的具体是哪位圣徒或使徒（圣杯、十字架、不同形状的十字架，一本书、一把刀、一柄剑、一把钥匙），因为那些意图摧毁它们的人从来都不会特地去破坏它们所拿的工艺品，或是它们的心脏。在金色光环之下，原本应该是脸的地方——那里如今看起来就跟戴了面具一样，不过，矛盾之处在于，那里如今看起来也如同面具被揭下来了一样——现在只剩下烧焦变黑的木头。

这是一个很明确的警示。**看看你所崇拜的圣徒实际上是由什么东西制造而成的。**这一现象雄辩地证明了一个道理，

---

① 通常指 1517 年马丁·路德提出的《九十五条论纲》，到 1648 年《威斯特伐利亚和约》出台为止的欧洲宗教改革运动。

即一切象征性的东西，最终都会被揭露为谎言，你原本崇拜的一切，只要遇到了"现代性"这根大棒所幻化成的各种形式，最后除了焦炭和瓦砾，什么都不会剩下。

不过话说回来，与此同时，这一现象也起到了相反的作用。这些已被破坏掉的圣像和雕像，如今更像是生存——而非毁灭的证明。它们证明了一种全新隐忍状态的存在：神秘、无头、无脸、匿名。

索菲亚肩上睡着的头颅逐渐变得沉重起来。

她低头看了看——这颗头颅，这是属于她自己的圣诞婴儿，此时此刻，因为它的头发已经全部消失无踪，所以看起来就跟婴孩一般，仿佛回到了婴儿的状态。它在睡觉，是的，像个婴儿一样睡觉（尽管如此，但却完全不像亚瑟曾经有过的婴儿时期，在那个时期，亚瑟会大声号哭，她也会因此而度过一整个可怕又糟糕的夜晚。如果自己的亲生孩子是像现在这样的，那么，或许她也会变成另外的一个人；或许亚瑟也会是一副全新的模样）。一根睫毛落在了它的脸颊上，接着又落下一根，在每一根细小的睫毛掉落在这颗婴儿球的脸颊上之后，它似乎都会变得更重，眼下它已经很明显地压在了她肩膀未知的骨头上，令她感到相当程度的疼痛，但也没有重到将她整个人完全压到动弹不得的地步，毕竟她还是能够猛地一下坐起来（她坐起来之后，这颗头颅仍然在熟睡中，它像一只煮熟了的复活节彩蛋一样，从她手臂上滚落下来，顺着她的大腿一路滚到了床上的一个凹陷处），她开始接着思考另外一个问题：

亚瑟带到这里来的那个女人，她从哪儿搞来的鸡蛋？

冰箱里并没有鸡蛋。

也没有黄油。

好吧，确实还剩下一个鸡蛋。她之前买了六个鸡蛋，但那已经是两个多月之前的事情了。

如果那女人吃了那个鸡蛋，她就要死了，而且会很痛苦，很快就会死于食物中毒。

食物中毒会令人失去知觉吗？

因为，如果这个年轻女人此刻就倒在厨房地板上——不省人事地躺在自己吐出来的一大摊食物残渣中，又该如何是好呢？

午夜时分，村里的教堂响起了钟声。

又来了？

噢，真是够了。

索菲亚站了起来。她下楼去了。

厨房里的女人并没有死，也没有失去知觉。她很好。索菲亚开门时，她马上抬起头来。

哦，嗨，她说。

你有不舒服吗？索菲亚问。

不舒服？她回答，没有，我很好，谢谢。我感觉很好，比平常好多了。

这是我第二次下楼，还是第一次下楼？索菲亚问。

这是你第二次下楼，女人说。

你是夏洛特？索菲亚说。

我是夏洛特，来这里过圣诞节周末的，女人答道。

夏洛特，你姓什么？索菲亚说。

她茫然地看了索菲亚一会儿，然后回答道：

贝恩①。

一个苏格兰名字，索菲亚说。

如果你要这么说的话，就算是吧，夏洛特·贝恩说。

但你不是苏格兰人，你来自哪里？索菲亚说。

夏洛特·贝恩笑了笑。

试着猜一猜，她说，如果你猜对了，我就给你——让我们赌点值钱的——我就给你一千英镑。

我从不赌博，索菲亚说。

你是个非常聪明的女人，夏洛特·贝恩说。

你不是英国人，我知道，我能从你的声音里听出来，索菲亚说，我的父亲自战争时期开始，就承袭了对一些来自特定国家的人们的仇恨，这种仇恨非常持久。

是哪场战争？夏洛特·贝恩问。

别那么迟钝好不好，索菲亚说，大战，第二次世界大战。那场大战令他的生活中充满了异国口音。战争时期，如果有人在电视上或收音机里说某种外语，或是说特殊口音的英语，抑或是如果有人从他所憎恶的地方来到他所在的房间，他就会离开那个房间。他讨厌德国人。他讨厌跟法国人合作。即便只是偶然听到某个歌手在唱外语歌，也足以令他勃然大怒。随后，在战争结束之后的日子里，他从事金融方面的工作。这给了他更多不合逻辑但却同样顽固不化的、对特定种族和民族的仇视。不过，我本人却是思想比较开化的

————————

① Bain。

一代人，我会接受你，因为你是亚瑟的伴侣，和我一样，都是英国人。

谢谢，夏洛特·贝恩说，但我确实不是——英国人。

对于我而言，你就是，索菲亚说（同时把手高举在空中，以防止对方进一步的抗议），现在，告诉我，你怎么认识我儿子的？

我相信，你的儿子已经让你对这个相识故事感到厌烦了，夏洛特·贝恩说。

我想要你来让我厌烦一下，索菲亚说。

噢，好吧。好的。我会的。我是在一个公交汽车站遇见他的，夏洛特·贝恩说，我休假日这天刚好待在一个公共汽车站里，他走过来跟我说话。我们去喝了杯咖啡，他给我买了点吃的。

你们认识多久了？索菲亚问。

对我来说，还是个新鲜事，夏洛特·贝恩说，几天吧。

你是不是因为我告诉你要睡在外屋而不能睡在床上，所以在跟我赌气？索菲亚说，如果是因为那样的话，那我现在食言了——欢迎你睡在房子里。

没关系，夏洛特·贝恩说，我没有那么累。我在来这儿的路上，在火车上睡了一觉。再加上我们在等着让你姐姐过来，所以整理了一些床铺，我希望我们的做法没有造成什么问题，因为我在楼上的柜子里找到了些亚麻被褥之类的东西，就直接拿来用了。做完这许多事之后，我就很清醒了，过了我能睡着的时间了，这里有个大炉子，很温暖，有一只鸟在唱歌，我可以在窗户那边听到，所以我就坐在那里听了会儿，都有点忘记要干吗了。

你什么？我的什么？索菲亚问。

睡觉，我忘记要睡觉了，夏洛特·贝恩说。

你等着让谁过来？索菲亚问。

你的姐姐，夏洛特·贝恩回答道。

来这栋房子里？索菲亚问。

是的，夏洛特·贝恩说。

在这里？现在？索菲亚问。

她累了，夏洛特·贝恩说，她大概三点差一刻的时候到的这里，无论从哪里来，都是开了很长时间的车，所以她上床睡觉去了。我们把各种东西收拾好，然后你儿子也回床上了。

各种东西，索菲亚重复道。

对话结束，夏洛特·贝恩穿过房间，打开了冰箱门。

就像是别人家里的或是广告里的冰箱，又或是一部关于理想家庭生活的电影里会出现的那种冰箱，里面装满了食物。冰箱的明亮、清新和丰富程度令她大惊失色。

上帝啊，索菲亚说，我最不需要的东西。

索菲亚重新回到床上，将那颗头颅放到身边，听到村里教堂的钟声敲响了十二点。

再一次。

索菲亚叹了口气。

除非现在是另一个圣诞节。1977 年的圣诞节，一个星期天，但是，对于住在康沃尔郡这座破旧大宅子里的人们而言，圣诞节似乎从来就没有什么区别，她的姐姐艾瑞丝现在就——你不能称她现在就生活在这里，因为艾瑞丝跟这帮外国人，还有那些游手好闲、不给任何人付房租的家伙——擅自住在了这里，她姐姐艾瑞丝年纪太大了，不能像大学生一样潇洒地生活，再过三年，她就该满四十岁了。

不过，她姐姐艾瑞丝一点也不在乎自己的生活状态。索菲亚想起了她们的母亲，当艾瑞丝在加油站工作时，母亲会告诉任何一个询问她女儿近况的人，说艾瑞丝在一家石油公司有个很好的职位。

今天是圣诞节，但怎么看都不像是圣诞节。她们的母亲对这样一种状况也感到十分厌恶。这可能只是某个星期天而已，可能是一年当中任何一个老调重弹、普普通通的星期天。不，它甚至连星期天特有的气氛都不具备，它可能是寻常一周当中的任何一个寻常日子：星期一、星期二、星期三。

不对，它甚至也不像这些日子，更像是什么都没有的一天。

你唯一能了解的、唯一的相关线索，就是这是圣诞节，或者某个特殊的纪念日，如果来自其他星球的外星人当真存在，那你就是外星人，将自己的飞船降落在（令人惊讶，因为降落的这块土地面积相当大）地面之上，降落在靠近一处（显然曾经非常美好，当你小的时候，在这里玩耍简直像是在漫游，大概可以称之为"老钱"的）大宅的（偏远之地正中心的）荒郊野外地块。电视机一直开着，BBC 频道播出着世界各地新闻，比平时多了些圣诞气氛。另外，虽然已经快要到午餐时间了，但电视上仍在播放《玉女神驹》①。

依照此处的具体情况看来，恐怕不会有圣诞午餐之类的东西了。毕竟，对于这座宅子而言，圣诞节可能太过布尔乔亚了点儿。另外，跟艾瑞丝住在一起的（天知道一共有多少人，感觉是五十人，但真实情况应该是接近十五人）这帮离经叛道的家伙当中，此刻有两个仍在呼呼大睡，每张旧沙发上都有一个，他们可能从昨晚开始就在那里了，整整一夜，没有上床睡觉，也没有脱衣服，或是去做任何正常人该做的事情，他们倒头便睡，根本不管自己人在哪里，而且到现在都还没有醒过来。

所以，即使索菲亚想要在这个圣诞节的上午坐在家里看《玉女神驹》这部令人感动至深的经典电影——在这个圣诞节，尤其是她父亲还在该死的新西兰，而她母亲也已经死了——除了这把四条腿高低不一的硬椅子之外，她就再没有其他地方可坐了。

公社。

擅自占据。老鼠屎，看，这里，地板上。

无政府主义的生活可以替代伦理道德。

生活上不负责任的软弱借口。非法肮脏嬉皮士宿醉的虚伪浪漫，顺带还占用了他人房屋。不过话说回来，这里面有

---

① *National Velvet*，是由克拉伦斯·布朗（Clarence Brown）执导的剧情片，伊丽莎白·泰勒（Elizabeth Taylor）、米基·鲁尼（Mickey Rooney）等主演。1944 年 12 月 14 日在美国首映，后常在电视上重播。该片主要讲述了寻找发迹机会的麦·泰勒来到布朗家，和布朗家的小女儿互相勉励参加赛马的故事。

人足够聪明，至少让发电机正常工作了，所以宅子里有电，对此非常感谢（哈姆雷特①），因为天气有些冷，索菲亚觉得心脏不太舒服。还有，住在这里的一个人，她认为这个人的名字应该叫保罗②，有一件很有趣的中式深色条纹棉袄。艾瑞丝的室友们都称艾瑞丝为艾瑞③，昨天，他们看到她在房屋破旧的橘子园里，从他们堆放外套的一张桌子上挑出一件外套，然后把它翻了过来，似乎是想看看接缝处有没有标签——但并没有。

我想，你刚刚给了我这个小能手妹妹一些为明年市集活动做准备的灵感，保罗，艾瑞丝一边说着，一边搂过索菲亚。

这是索菲。当索菲亚到她怀里来之后，艾瑞丝透过缭绕的香烟烟雾对大家说道，你想要哪个房间，索菲？

这座房子共有十六间卧室，尽管有些卧室的天花板上有洞，还有一间卧室，鸟儿直接从屋顶瓦上的大洞钻进来，在房间里栖息过冬，住在这里的人本身并没有确定的房间，他们到了晚上之后，想睡哪间就睡哪间。

不是屋顶上有洞的那间就行，谢谢，索菲亚说道。房间里的人们听到这个回答，纷纷笑了起来。厨房里挤满了人；有人在桌子边的长凳上挪了挪，好让她坐下来参与聊天。

---

① 原文为"Hamlet"，因为此处作者在索菲亚身上套用了《哈姆雷特》剧中的台词：For this relief much thanks, It's bitter cold, and I am sick at heart. 此处作者略有改动。

② Paul。

③ Ire。

他们正在讨论意大利的一个地方。有一天，一个农夫在他的农家院子里干活，看见他的猫突然摔倒在地上。当他去看它在干什么时，发现猫已经死了。他捡起猫。结果它的尾巴掉下来了。

索菲亚笑了。一想到猫和它的尾巴掉下来，她就忍不住笑了笑。

没有其他人在笑。每个人都转过身去看她。她不再笑了。

这只猫死了，因为去年这处农场附近一家工厂里有个阀门发生爆炸，工厂生产的有毒化学药品通过阀门喷溅的雾气泄漏了出去。而由于该地区是一个以生产家具闻名的地方，毒气很快就污染了当地相关产业，灾难在几个月之后仍旧存在，如今世界上没有人愿意再去购买那里生产的家具，以防制造家具用的木材有毒。在当地，甚至没有人知道到底哪里被毒气渗透了，直到有一天，所有的叶子都从当地的树上掉落下来，就跟到了冬天一样，树干全都变得光秃秃的，但其实当时才刚刚七月。当地的鸟儿也从天空中坠落，猫、兔子还有其他小动物也都死了。然后，住在当地的人们开始带孩子去医院看病，因为孩子的脸上长满了皮疹和疖子，几乎没有例外。但是，工厂的老板们依旧没有向任何权威人士报告泄漏情况。所以，直到毒气弥漫了好几周之后，当局才派军队让受毒气泄漏污染影响严重的一个城镇的居民撤离，住在那里的人们不得不将家庭拥有的全部东西都留在自己的房子里，什么都不允许带走。这件事在当时一定非常可怕，因为他们的房子随后就被推土机给推平了，残骸废墟统统被埋在一个巨大的土堆底下。人们被警告不要吃当地种植的蔬菜或者水果。现在，住在那附近的人们根本不知道自己是不是已经得病了，很多农作物都被摧毁，当地年轻人接到了当局的通知，警告他们不要试图生孩子。

听着听着，索菲亚感到有些走神了。

她抬头看了看飞檐上那些看似在胡说八道的拼字游戏，数了数一行行字母里用到的辅音和元音，这些都是住在这里的人画的，尽管整体上已经显得残破不堪，但形式上却依旧优雅："i s o p r o p y l m e t h y l p h o s p h o f l u o r i d a t e w i t h d e a t h"①。

这一串字母实际上是单词的组合，或者说基本上是单词的组合。

从左至右，依次有"I""So""Prop""Me""Meth""Ethyl"②。最后一个单词通常是拼写为"Ethel"的，对吗？连续跳过几个字母，接下来的部分基本上算是对应了"氟化物"（fluoride）这个词。再然后绝对是"约会"（date），接着是"和"（with），最后则是"死亡"（death）。

餐桌边那群人当中的其中一个，正在谈论她从朋友的朋友那里听来的传闻，说是在灾难发生地，有个认识的当地人，此人跟朋友们一起到意大利另一个地方去度假，谁知到

---

① 原文实际上是一句完整的话：isopropyl methyl phospho fluorid ate with death，即"异丙基—甲基—二氧磷基—氟化物，食用致命"。

② 意为"我""所以""支持""自己""冰毒""乙基"。但其中有些字母重复了，有些甚至并不对应原来的字母串，此段可视作玩拼字游戏时的推理过程。

了酒店之后，酒店老板让他们不要提自己是哪里人，以防住在酒店的其他人感到惊慌失措，然后都会离开。

索菲亚旁边的女孩给她递过去几张皱巴巴的报纸，上面印有一些照片。两只猫趴在地上，看样子像是睡着了。它们似乎并没有死亡，甚至可以说看起来挺正常的。确实很像猫，但细看又有些奇怪：它们拉直了身体，侧躺在地上，眼睛闭得紧紧的。其中一张照片上，孩子的脸上遍布着像砂纸一样粗糙的疱疹状纹理：因为正在照相，所以孩子的脸上保持着微笑。

在其他国家发生的这些事情实在是太可怕了，索菲亚说。听到这句话，围坐在桌边的人们纷纷笑了起来，好像她讲了个非常有趣的笑话。

考虑到她此刻的关注，为了让她对话题更感兴趣些，他们开始讨论起某个特殊的地点。他们似乎对这个地点十分熟悉，熟悉到就仿佛是外面不远处哪条街附近的一个地方似的。至于这地方的名字，听起来就像是音乐厅里的演奏家人名，或者狄更斯小说中的角色名字。他们说，那里有一家秘密工厂，厂子里专门生产 CBW①——他们讲事情时总是喜欢用首字母缩写来表示特定的词组；女人们慵懒地搭在男人们身上，男人们则用各种大写的首字母组合来讲话。"它制造

---

① 应该是"Chemical Biological Weapon"的缩写，意为生化武器。

了 CBW。它制造了 OP①。它制造了一种听起来像是 TCP②的东西。"

好吧，TCP 真的很有用，索菲亚说，你几乎可以把它用在任何东西上。

有人因此而笑了起来，不过只有一个人，那是个叫马克③的男人。噢，还有一个人，是其中的一个女孩，她穿着一件曾经非常漂亮的羊毛套衫，但现在衣服旁边已经有些散开了，她靠过来，给索菲亚递了一支烟，问她是做什么工作的。

"我妹妹可是女强人，"艾瑞丝站在索菲亚身后，像大人对待小孩子那样，拨弄了一下索菲亚的头发，"她中学毕业之后，还在读大学时就已经开始创业做生意了，还记得她那时才大学一年级，就靠卖阿富汗大衣④赚了一大笔钱。可能在座各位里面，有不少人都买过我这个天才妹妹的大衣。索菲，最近卖的是什么？"

"流苏花边绳结布料⑤，"索菲亚说，"包、比基尼，还有衣服上都能用上这种绳结布料。希腊在过去几年真的可以

---

① 应该是"organophosphate"的缩写，意为有机磷酸酯，常用作农药。
② 这里指英国 TCP 牌消毒液，TCP 为"Trichlorophenol"的缩写，即三氯苯酚，TCP 消毒液可以用来处理开放性伤口和丘疹，稀释后也可用作漱口水。
③ Mark。
④ 阿富汗大衣，一种羊皮或山羊皮大衣，里面是羊毛，外面是柔软的仿麂皮皮革。这是阿富汗人传统大衣的一种衍生样式。
⑤ Macramé，一种使用打结技术生产的纺织品，可制成流苏花边毯子、吊床等。希腊盛产这种纺织品，故有文中所说。

说是彻底开放了。还有杰拉巴长袍①也在卖。对了，我这边最新上架的东西，是一款全新的聚酯纤维布料，价格便宜，但真的很耐磨，用起来反而比普通面料更显自然。事实上，聚酯纤维布料在纺织品领域已经得到一致认可，人们相信它必定能够补充粗棉布的空白，而且能做得更好。"

桌子周围鸦雀无声。

"当然，英国的马德拉刺绣②依旧很受欢迎。"索菲亚接着说了下去，"照我看来，这种受欢迎程度，甚至可以说是历久弥新，马德拉刺绣作为朋克风格服装当中带有讽刺意味的一部分表达，也是相当不错的。"

人们变得更加沉默。

终于，那个显然是艾瑞丝现任男友的家伙，鲍勃，开始讨论起他们所在地区的一些人，这些人曾经为军队工作过，现在正饱受折磨。以鲍勃的话题为引子，大家不再以沉默的方式来回应索菲亚，而是纷纷回归到对世界局势和政治的讨论上来了。

这是个有电视机的房间，房间使用的墙纸看起来很独特。莫非是 19 世纪末 20 世纪初时建造的老房子？如果这不是座空置的废屋，而是某个人真正居住着的一个家，那该是一栋多么可爱的房子啊。索菲亚此刻就坐在那把硬椅子上，

---

① Djellabas，摩洛哥当地传统连帽宽松长袍。
② Broderie anglaise，一种白色针织品技术，融合了刺绣、裁剪和针花边的特点，19 世纪时在英国很受欢迎。

看着电视上的伊丽莎白·泰勒①沿着一条明亮的轨迹行走着——电影中使用了一种能够让特定区域显得格外明亮的电影染印法②，这种方法只有在圣诞节时才有其实际意义，令你即使是在用如同这台电视机一样的黑白电视机看电影，也能够知道哪些区域使用了这种方法来处理，从而呈现出不一样的明亮色彩。此时此刻，她很想知道，艾瑞丝长期住在这栋屋子里，每当她泡了一杯茶，或者只是偶然经过厨房时，看到厨房墙上写着"死亡"这个词的时候，她的内心感受是怎样的。艾瑞丝没有回家参加葬礼。她是不忍心吗？或者是有谁不允许她去吗，还是她纯粹只是懒得去一趟而已？

家里没有任何人提起艾瑞丝的名字。

昨晚，她听见一个在座的人很正式地结束了谈话，搞得仿佛这一切其实是一次正式会议，而不是人们围坐在桌旁闲聊，大声朗读他们所提到的那本关于春天的经典书籍；有个女人，盖尔③，在众人面前朗读了一个刚开始时听起来像是要过圣诞节，但显然并非如此的故事。"屋檐和屋顶瓦片之间的排水沟里，仍有几大块白色的颗粒状粉末；几周前，它像雪花一样飘落到屋顶、草坪、田野和溪流上。没有任何坏女巫魔法，没有任何敌人安排的袭击行动，没有谁特地来阻

---

① 索菲亚正在看的《玉女神驹》是伊丽莎白·泰勒十二岁时主演的电影。

② Technicolor，又称"特艺彩色"，是用照相方法制作模片，用三色套版印刷方式生产彩色影片的工艺，多被用于拍摄对色彩要求较高的舞蹈音乐及卡通类型影片。

③ Gail。

止这个受灾世界里新生命的重生。这一切都是人们自作自受。"

一切都那么具有象征意义，一切都是那么沉重。

她走到这栋房子顶层冰冷的房间里，在楼下火炉旁让身体暖和起来之后，这里显得非常寒冷。当她正试图穿上大衣取暖的时候，艾瑞丝过来敲了敲门，她带了一个电暖炉上来。

我知道你会觉得冷，她说。

她插上电源。索菲亚拽了拽自己的大衣衣角，稍微盖住自己带来的《广播时报》①，以免被艾瑞丝看到。在家里过圣诞节时，至少是艾瑞丝不再回家过圣诞节的这段时期里，她最喜欢做的一件事，就是翻看父母买回家的杂志——翻看这些杂志出版的圣诞双周特刊，并且用笔在她打算花时间阅读的东西旁边画一个小十字。在艾瑞丝来房间送电暖炉之前，她一直在读那本《广播时报》，几乎都快哭了。这里恐怕是仆人专用的楼层，整体破败不堪，房间里的毯子非常老旧，地板上既没有铺地毯，也没有使用油布地毡或者亚麻垫布，唯一的东西就是刷过油漆的粗糙木板。今年《广播时报》的圣诞版封面很特别，从远处看去，就像是一棵快乐的圣诞树，但是，当你拿近看时，这棵圣诞树就变成了一个可爱的、白雪皑皑的典型的英国村庄，中间有一条小路穿过村庄，一只狗在门口，还有一个邮筒。当艾瑞丝将电暖炉布置

---

① Radio Times，英国电视和无线电节目周刊杂志，定期刊载电视与广播节目表，1923 年创刊。

妥当，走过来坐到床垫边上时，她不动声色地用大衣将杂志彻底盖了起来。艾瑞丝将自己的一大堆包裹给她看，这些包裹在收到的时候就已经全部被撕开检查过，然后又用邮局专用的胶带绑在一起，算是重新封口。那些胶带上写有"发现已被打开或损毁，由官方进行封口处理"的字样。不知为何，艾瑞丝觉得这些胶带很有趣。过了一小会儿，艾瑞丝吻了吻索菲亚的头，然后便起身下楼，又去找她的朋友们了。

她没有提到——根本就没有提及过——她们的母亲。

此时此刻，索菲亚跟几个已经熟睡的、她并不认识的人在同一个房间里过圣诞节，看着电视上威薇·布朗①的母亲，很严厉，但同时也充满爱意，令她的女儿有机会在全国马术大赛上骑马。

《广播时报》封面上的那个红色邮筒②：为什么它的意义如此重大，同时又如此渺小？她希望它所象征的意义能够跟以前完全保持一致。而且，像圣诞节这样一个节日，它在以前对如此多的人都有如此重要的意义——即便是现在也一样，这种意义是一代代传承下来的——可是，为什么对她而言，圣诞节如今却再也没有任何意义可言了？一周七天中的每一天都有名字，都是特定的概念，因此都必须具有特定的含义，圣诞更是如此。可是如今，特定的概念却令她感到身心俱疲，令她感受到了此前从未体验过的极度疲惫状态。

如此一来，圣诞节就有了一种卑劣且无价值的全新意

---

① Velvet Brown，《玉女神驹》里的女主角。

② 此处指上段中出现在《广播时报》圣诞特刊封面上的邮筒，象征圣诞节。

义，一种毫无意义的意义。

深呼吸，索菲亚。

再过一小会儿，就是《比利·斯马特的马戏团》① 节目了。今天下午将会播放的大片是《绿野仙踪》②。

好吧，《绿野仙踪》有一部分是黑白的。

BBC 频道今年的《电影大联播》栏目播放的是猫王系列电影。猫王现在也死了。

艾瑞丝走进有电视机的那个房间，给她端来一杯热乎乎的饮料，不是茶或者咖啡，而是带有农家小院味道的那种东西。索菲亚说：

你还记得当年那天，你带我去看《大兵的烦恼》吗？我们去了伦敦。

艾瑞丝还处于半梦半醒的状态，她的头发统统堆在脑袋一侧，需要好好梳洗打理。她身上所散发出来的气味跟这栋房子完全保持着一致，甚至比这栋房子本身所散发出来的气味还要正宗。与此同时，她身上还散发出一股混浊暧昧的气息，那是性欲特有的气味。房子里的每个人身上都有这种气味。她靠在旧沙发靠背上，打着哈欠，却没有捂住嘴，就在这个时候，电视上播放的那部电影里，大家正在给昏迷的女孩伊丽莎白·泰勒解开纽扣，方便她透气。

---

① 英国 20 世纪 50 年代末的一档知名综艺节目。

② 此处所指的是 1939 年维克多·弗莱明（Victor Fleming）版本的《绿野仙踪》，该片在电视上播放的是后期上色版本，但包括对抗女巫等部分场景仍维持原本的黑白式样。索菲亚之所以这样说，是因为电视机本身是黑白电视机，所以至少在播放《绿野仙踪》那一部分黑白场景时，这台电视机是很适合的。

不记得，她回应道。

她用双手揉了揉脸。

现在他死了，今年圣诞节，他们会在电视上搞联播，他的所有电影，索菲亚说。

有时候，死亡才能让我们活得更久一点，艾瑞丝说。

陈词滥调，老生常谈，索菲亚心想。她觉得自己像个受惊的孩子。自从她来这里之后，感觉自己越来越孩子气，越来越胆怯。尽管如此，她还是坚持了下来。

她说，这是 BBC 昨天的节目里说的。《大兵的烦恼》。

嗯哼，艾瑞丝如此回应她。

你让我穿你的外套。我们去喝咖啡了。你带我去了2i's①，索菲亚说。

艾瑞丝从沙发靠背上猛地起身，又打了个哈欠。

一百万匹野马也不可能成功拽我去看这部电影的，猫王在里面玩的尽是些愚蠢的战争游戏，她离开房间时这样说道。

出门之前，她转过身来，朝索菲亚眨了眨眼睛。

死。

头。

头。

死。

---

① 指 COFFEE 2i's BAR，伦敦苏荷区非常知名的咖啡店兼驻唱酒吧，1956 年开业，1970 年闭店，在英国摇滚乐历史上具有非常重要的地位。

十二点。

又是午夜了，看在上帝的分上。在这一天的深夜，教堂的钟声第五次敲响。索菲亚发出了恼怒的抱怨声。她在床上翻了个身。

头颅躺在她旁边，一动不动。像石头一样静止不动。

这是个恶作剧，这肯定是个恶作剧。肯定是村里哪个叛逆的孩子跑了出来，反复摇荡那口钟的绳子，反复敲钟，让听到钟声的人们都以为自己已经疯了。

然后是一个夏天，十岁的亚瑟从家门口的客厅一路走到了索菲亚所在的办公房间。所谓的"办公房间"，其实是宅子里最偏远的一个房间，离亚瑟平时活动的空间特别远。索菲亚之所以需要专门安排一个办公房间，是因为她别无选择，亚瑟放假在家的差不多所有时间，她都必须在家办公。

这是 90 年代中期的记忆，如果亚瑟此时确实是十岁的话，那就没错。

妈妈，新闻里面有个女人看起来很面熟，亚瑟说。

我在工作，索菲亚回答。

我真的认识她，但我想不起来她是谁，亚瑟说。

然后呢？索菲亚问。

我想，如果你也在电视里看一看她，你可能会想起来她是谁，他说。

这是什么新游戏，想让我过去跟你一起看电视吗？索菲亚说。

不，我只是想让你看看这个人，亚瑟说，就只看看这个人，一分钟时间。甚至都不需要一分钟。只需要几秒钟。最多十秒。如果你不快点过来的话，她就不会再出现了。

索菲亚叹了口气。她快速写下一些东西，记住进行着的内容在电子表格上的位置，将光标留在屏幕上她需要跟进的数字旁边，然后才从那台电脑前面站了起来。

当她走进客厅时，刚好看到艾瑞丝出现在电视上。她正滔滔不绝地讲着话。讲的是关于浴羊药液①的一些事情。

那可是在饮用水里面，艾瑞丝在电视里滔滔不绝，给农作物喷洒农药……农药和神经毒气之间的关系……神经毒气和纳粹之间的关系。

艾瑞丝看起来老了很多。她的体重明显增加了。她把自己整个人都搞得阴沉沉的。

总体而言，生活将她摧残得相当严重。抑郁、焦虑、困惑，她正在说着，刚刚说出这三个词。人们被安置在精神病院里，当然会这样，都是因为医疗系统的无知，所以才会导致误诊。医疗系统并没有认识到那些广泛存在的症状：日常语言使用障碍。幻觉。头痛。关节痛。

她正在某个阳光明媚的地方进行拍摄。草地已经被强烈的阳光晒到褪色，树冠丰满，夏天里，阳光下满是微尘，微尘在她身后随风飘荡。

这整个行业，实际上是过去已发生恶行的后裔，可以说是孽子——如果你不讨厌这个词的话——这整个行业，就是第二次世界大战的孽子，她继续说道。

镜头切换到采访者那边，采访者点了点头，随后，镜头

---

① 用以洗浴浸杀羊毛中寄生虫的药液，极易对环境造成污染。

又回到艾瑞丝的脸上。越过她的脸，越过屏幕，电视新闻镜头的后方，电视的后方，是汉普斯特德①的边缘地带，透过庭院的门，可以看到临近傍晚时分的天空，天气很好，阳光依旧明媚，仿佛再也不会有这么灿烂的阳光了似的。隔壁的人们正在花园里烧烤，他们的孩子开心地尖叫着，在游泳池里跳进跳出。再看节目，已经回到了新闻演播室。演播室的一位专家跟新闻播报员说，艾瑞丝所说的一切都是可笑且不真实的。

我们都在属于我们自己的时间线里，以我们自己独特的方式，四处挖掘，胡乱破坏，还要给自己埋地雷，索菲亚心想。

这样一个好日子，你怎么还在这里看电视？索菲亚冲着亚瑟大声吼道，你没有比这更有趣的事情可做了吗？

亚瑟此刻正跪坐在电视机旁，他转过身来，看起来特别沮丧。每次遇到这种情况，索菲亚都必须非常努力地进行心理建设——不是一般的努力，而是非常、非常努力——才不至于因为儿子每次表现出来的脆弱模样而伤心。

我还以为我认识她呢，他说，我们认识她吗？

不，不认识，索菲亚说，那不是我们认识的人。

她回到自己的办公房间，将手指放在她写下的数字上。

随后，她又看了看电脑屏幕上显示的数字。

对。很好。

---

① Hampstead，英国伦敦北部的一个地区。

又是午夜。

索菲亚数了一下钟声。

这一天夜里，出现了无数个午夜，她对头颅说道。头颅并不在乎。头颅此刻表现出来的沉默，就是人们常说的那种——死寂。

她将头裹到手边的被子上，拿起来。

它很重，这是迄今为止感觉最重的一次。

它现在没有眼睛了。

也没有嘴巴了。

好吧，但这或许是件好事。至少让我们将它视作一件好事吧。

仍旧有脸，但缺乏脸部特征：这两件事恐怕都不能视作单纯的好事。比方说，在十一月的晚上（现在要想想看，具体是哪一年？从她此刻穿在身上的这件衣服来推断，大概是80年代初期的某个年份吧），要么是因为索菲亚自己失去了平衡，要么就是那个模样看上去还不错的小伙子——一个她之前从未见过的人——抬起手肘，用力捅了一下她的后背，令她从自己公寓的二楼、从楼层之间的楼梯间摔了下去。

在这件事发生之前的几天，还发生了另一件事。那是跟上一件事里出现的人物完全不同的另一个小伙子，是个开敞篷车的男人——不得不说，这很奇怪，因为当时的天气根本不适合收起敞篷车的车顶——当时，她刚将自己的车锁好，是在一个停车场里，离她要专程去拜访的某位零售商的办公楼不远。这个男人突然出现，坐在自己的敞篷车里，问她是否介意在他旁边坐一会儿，以便讨论一件极其紧迫的事情。

她直接从他身边走了过去，甚至连看都没有看他一眼。

可是接下来，这个男人突然出现在大街上，在她身边开着车。他的车已经在细雨中关上了车顶，但副驾驶座这边的窗户仍然开着。这个男人在驾驶座上跟索菲亚打招呼，说自己想跟她讨论的事情很重要，事关生死，并且再一次询问她，是否介意进到车里来，跟他安静地谈一谈。

她一直走着，无视他，就好像他根本不在那儿似的。她直视前方，转过身，走进一家路过的百货公司。

她躲在自己刚刚穿过的门后面，站在一个靠近香水柜台的地方，在浓烈的香味中等待着，注视着大门，不时查看一下身后和周围。

当她终于抵达零售商公司的办公室之后，马上打电话报了警，向警方汇报了那个男子的特征，以及他所开名爵敞篷车①的车牌号码。

那是几天前的事情了。可是今晚，当她回到自己的公寓时，竟然发现前门是敞开着的。

今天早上离开时，她不可能就这样开着大门。

一个她不认识的男人眼下正在她家里。她能透过敞开的门看到他。他就坐在餐厅的桌子旁。见到她回家，他给了她一个微笑，以及小小的挥手致意，就好像他们是朋友一样。但他们事实上并非朋友，甚至连认都不认识。

你到底是谁？她站在门口问道。

---

① MG，全称"Morris Garages"，英国知名汽车品牌，公司以生产著名的 MG 系列敞篷跑车而闻名。

欢迎回家，进来吧，他说。

你到底想怎么样？她说。

那人空着两手，举起来，好像是在向她表示投降。他拍了拍旁边的椅子。

她呆站在敞开的前门旁，一动也不动。见她没有反应，他又朝旁边的椅子做了个手势。

没关系的，他说，我只需要占用你几分钟的时间。一点点时间，仅此而已。就是想花点时间给你看一下这个。

她走进餐厅里，远远地站在桌子后面。桌上摆满了照片和影印件。照片里似乎是些虽然还活着，但却遭受了严重枪击或锐器创伤的人。一个人的腿部正在流血，另一个人则是面部中弹。

接下来，他又给她看了另外一张照片，看起来像是在一间黑洞洞的房间里拍的。她看到照片的前景中有一只没有跟任何部位连接的手，只有一只手，像手套一样摆在地上，然后，在桌子下面，有个看起来像是头的物体——形状跟头很相似。

我就实话实说了。我们需要你的帮助，他说，我们已经知道你是个什么样的人了。我们希望我们自己，还有全国各地的其他人，乃至于全世界的人，都能够从我们所知的、你极好的判断力中受益。

他告诉她，建立一个值得信赖的监控相关人员的网络，是避免发生像照片中那种暴行的可选方式之一。

什么人员？她问，监控什么？

他告诉她，监控，通常有助于保持社会上万事万物的井然有序。

不仅如此，他坦言，她肯定对与监控相关的这类事情有所了解，任何人多多少少都知道一点，毕竟监控行为是真实存在的，这点他们都很清楚。而且，对那些与我们有着密切接触的人进行相对温和的监控，实际上是很有必要的，因为受监控者有可能跟相当大范围内的特定人群一道——从利益相关人士到激进分子，都有可能——在任何地方进行密谋，而监控有时能对阻止他们在某些情况下的积极参与起到至关重要的作用。

换言之，有时也能很好地救赎他们，他说。

救赎，她重复道。

一个很好的词，那人说。

你知道我已经不再是罗马天主教徒了吗？她问①。

他回了她一个令人不安的微笑，以及颇为热情的点头，好像是在认可她所做的一切。

他看起来确实是个很好的人。

不管你是谁，她说，我希望你现在就离开我的房子。

公寓，他说，这个地方确切的叫法应该是"公寓"。不过，如果我们此刻身在大西洋彼岸的话，那就是"寓所"②。无论如何，这里挺不错的，很舒适。

他将照片和文件收拾到一起，从口袋里取出一张名片，或者可以说那就是一张纸。总之，他将它放在了桌子上。

---

① 此处"救赎"的原文为"redeem"，是天主教常用语，故有此说。

② 原文为"Apartment"，一般为美式英语用法，前面"公寓"原文为"flat"，一般为英式英语用法。

当你有什么事情需要联系的时候，他说，打电话找巴斯先生①即可。考虑看看吧。不需要做太多事。我只需要知道一些简单的事情。什么时候，在哪里，跟谁。完全没有恶意。因为这好歹是生命之谜的答案。

是什么？她问。

抱歉，什么是什么？他反问道。

对你而言，生命的奥秘是什么？她重新组织了问题。

这个答案本身就是一个问题，那个男人说道，作为一个不速之客，他仍旧坐在她的桌子旁。而问题是：我们究竟应该对谁编造出来的神话买账？

我现在就带你出去，巴斯先生，她说。

噢，我不是巴斯先生，他说。

那么巴斯先生是名爵车里的那个人吗？她问。

我完全不知道你在说些什么，他回答道。

他跟你有关系吗？她继续追问。

我就是不能说，他告诉她。

说罢，他甩开椅子，把它往后一放，站了起来。于是，他由她领着路，穿过敞开的门，走到楼梯间位置，朝着一楼走去。他在途中推了她，或是她自己身体倾斜、蹒跚了一下，并且因此失去平衡，抑或是两者兼而有之。总之，她从六七级台阶的高处跌落下去，摔倒在地，手臂伤得很重。

噢，上帝啊，他说，下楼梯时一定要小心才行。

他到楼梯下面扶她起来，紧紧抓住她酸痛的手臂，死死

---

① Mr Barth。

盯住她的眼睛。

摔得真惨，他说，我希望你没事，怎么会发生这样的事？

你可真是个混蛋，她说，你要再敢靠近我，我就……

你会的，不是吗？他说。

他对她笑了笑，这是她事后还能回想起来的唯一能够称得上聪明的一个微笑——因为他知道她会以聪明的方式行事，所以才会给出这样的一个微笑。

当她回到楼上自己的公寓里——而不是房子里时，她发现那张上面印着电话号码的卡片竟然被塞进了餐桌上摆放着的其中一张餐垫的边角下方①。

天哪。

她回到紧闭的大门前，将链条拴在门上。

她把四个房间的窗帘全都拉上，就连小厨房的卷帘也拉了下来，尽管现在这个窗户所能看到的只有一面砖墙。

然后，她看了看自己正在拉卷帘的手，哼地嗤笑了一声。

她放开了手，让卷帘又弹了回去。

她在去洗手间的路上，将前门的链子取了下来。

只要他们愿意，可以随时进来。

她去拿那张小卡片，将它塞在了壁炉架上的马车钟后面。

她去洗了个澡。

———————

① 这说明来者还有其他同伙。

外面的某座城市，或是城镇，或是村庄，无论她身处何方，都会有钟声响起，是的，又是午夜。她现在人在哪里？你能够停下时间吗？你能够阻止时间在你身上故弄玄虚吗？此时此刻，一切都已经太迟了，因为她又回到了过去的索菲亚，三十年前，她刚洗好澡，给自己酸痛的手臂打肥皂，回忆起二十年前，艾瑞丝跟她躺在双人床上的情景。那一晚，艾瑞丝正在给索菲帮忙，帮她处理和声部分，艾瑞丝是高音，索菲是低音，这首需要她们合唱的歌曲名为《杂货商杰克》①："杂货商杰克，杂货商杰克，妈妈说的'你不会回来'是真的吗？"然后，艾瑞丝和索菲开始唱起她们为索菲喜欢的猫王歌曲编写的和声，用德语唱歌词。如果她们的父亲在附近的某个地方，那么他可能会无意间听到索菲亚用学校图书馆里的德语词典翻译出来的英文歌词：

> 那么我必须
> 那么我必须
> 走吧，离开这个小镇
> 离开这个小镇
> 亲爱的，你留在这里吗？

像艾瑞丝这种人，如果房间里有条牧羊犬，那么，即使艾瑞丝在那房间里——即使在那栋她之前从未去过的房子里

---

① *Grocer Jack*，一部青少年歌剧中的节选部分。

只是个完完全全的陌生人，当她遇到那条牧羊犬之后，它照样会伸着前腿来向她鞠躬，不管她坐在哪里，它都会躺在她的脚下，用鼻子顶着前爪，就这样待一整晚。

现在，记忆里又有了这样的一天，索菲亚从大学回家过周末，她决定从车站走回家，而不是坐公共汽车。她转过拐角，踏上家附近的街道，看到前方——自家的家门口发生了一些事情，有一小群人在人行道上看着艾瑞丝。她们的父亲站在前门门厅的位置，大门紧闭，父亲的两只手放在大门的顶栏上。她们的母亲在前门，从门框里望过来。艾瑞丝脚下的箱子是索菲亚的行李箱。行李箱被打开，扔在了人行道上。里面有一些衣服，艾瑞丝房间里的一些零碎东西就这样散落在地上，简直像是艾瑞丝在大街上打开了自己的行李一样。

怎么了？索菲亚问。

老样子，艾瑞丝说，我能借用一下你的箱子吗？

她把人行道上的东西收进行李箱，将箱子的两半合起来，然后锁上箱子的锁，捆好它的系带，拿起箱子的金属把手，将箱子给捡起来，摇动了一下，感受感受箱子的重量。

她要去哪里？索菲亚问父亲。

索菲亚啊，父亲回应道。

他这话的意思是：不要把自己卷进去。

再见，菲洛①，艾瑞丝说，我会给你写信的。

父母一直在念叨，说艾瑞丝还没有结婚，自从她在收音

① 前文已出现过，这是索菲亚的昵称。

机里听到英格兰某地要搞天然气提炼项目的消息之后，就一直在进行抗议活动——那种哪怕只有一个人也要坚持进行的抗议，她给报纸写信，半夜三更在小镇的集市广场上张贴海报，警察也来过了，因为他们发现她在建筑物两侧的广告橱窗上奋笔疾书，用油漆在上面写满红色标语，内容是关于海豹死在附近海滩的事件，"它们的眼睛被什么东西给灼伤了，索菲，全身都是烧伤痕迹，想象一下吧"，还有在工厂里制造的武器，其实也不在附近，而是在离这里很远的地方。她每天晚上都要在客厅那儿大闹一场，直到她们的父亲大发雷霆，她的态度才略微缓和下来。还有一些事，比如，巴黎的学生，他们的眼睛受到了伤害，北爱尔兰的人遭受了袭击。"这不是无害的。这是有毒的。他们称之为失能毒剂①，他们在电视和报纸上、他们在议会里回答提问的时候都会说，这只是一种烟，只是一种烟而已。但这实际上跟他们在战壕里曾经用过的东西有关。真的只是一种烟吗？还有，想想过去那些关在集中营里的人。那真的只是一种烟吗？"

这里并没有发生这些事。它们都发生在很远的地方。

"但它们也可能发生在这里，"艾瑞丝说，"我想知道，这到底意味着什么。每个地方都是一个'这里'，难道不是吗？"

艾瑞丝，该死的累赘。麻烦。浪费她的生命。一个接一个的警告。声誉。当局的关注。警方记录。她们的父亲在晚饭时无声地哭泣，她们的母亲说了些循规蹈矩的丧气话，低

------

① 原文为"incapacitator"，尤指战争中使用的失能毒剂。

头看着手里的东西。

我会写信的。我会打电话到你的大学。

艾瑞丝提着行李箱走在街上。所有的邻居都在看她。索菲亚看着她。她们的父母看着她。

在艾瑞丝转过街角走了之后，邻居们才回到家里。

索菲亚在洗澡。刚才有个男人把她推下了楼，还假装没做过此事。

据她所知，自那以后，艾瑞丝再也没有回过家；艾瑞丝再也没有见过她们的母亲，也没有见过她们的父亲。索菲亚从不知道，也许永远也不会知道，艾瑞丝离开的那个夜晚，压垮骆驼的最后一根稻草是什么？

稻草。太轻了。"只是一种烟。"

骆驼，压垮的背脊。

类似这样的陈词滥调。

她的手臂很疼。右侧和大腿撞到栏杆的地方，臀部撞到底层台阶边缘的地方，现在都有淤青。你不能摔得太狠，否则当然会伤得很重。

她坐在浴缸的一侧，浴缸里的水已经放完了，她用厚厚的毛巾将自己擦干。

这些毛巾一点也不像以前那些薄薄的毛巾，她的父亲仍旧——在以前的家里——使用那些毛巾。

待我好，善待我

对待我，就像你本该做的那样

我不是木头做的啊

我并没有一颗

木头心脏①

这是圣诞节的早晨。

感谢上帝。

感谢鲜活的阳光。

索菲亚坐在窗边，睁着她那双视力极好的眼睛，不再害怕午夜再临，将她给抓回去。噢，午夜，你那哐啷作响的钟声呢。午夜不敢再来。因为外面亮了起来。美好的旧日辰光。美好的全新辰光。

事实上，今天的天亮得比昨天稍早一些。昨天则比前一天亮得更早。

即使最短的那天已经过去了四天，光也依旧拥有这与众不同的特质；从黑暗的增加到光明的扩展，这样的转变、逆转，揭示了光明的回归，和光明的减弱一样，都是仲冬的核心。

很高兴知道这点。

就在这栋房子里的某个地方，她的姐姐艾瑞丝正在睡觉。

索菲亚坐在梳妆台前，将头抱在怀里。

头不再是真正的头了。它现在没有脸了。它也没有头发。它像石头一样重。一切都很光滑。曾经是它脸部的地方，现在像一块经过了表面抛光处理的石头，处理过的石

_____

① 这是猫王的一首歌曲《木头心脏》。

头，有点像大理石。

现在，很难说它应该朝哪个方向抬起，或者说朝哪个方向旋转，当它的形状是个头颅时，至少还是比较明显的。

现在已经不那么明显了。

它现在有一种自对称性。

她现在真的不知道应该如何称呼它，头？石头？它既没有死，也不再是一颗头颅。它太重了，沉甸甸的，再也不能在空中旋转，也不能做马戏团那种旋转空翻了。

她把它放在桌子上。看着它，点了点头。是时候了。

可她同时又感觉到，自己并不想让它就此变硬、变冷。

于是，她又拿起它，将它塞进衣服里，放在腹部的皮肤上，将它紧贴在自己身上。

那块小脑袋大小的原石躺在那里，什么也没做。它什么动作都没做，但却令人感觉非常亲密。

世间怎么会有如此质朴而单纯的事物呢？

它怎么会在葆有质朴单纯的同时又显得如此神秘？

看啊，那不过是块石头而已。

真是一种解脱。

这就是解脱的概念所渴望，并且一直以来都期盼着去表达的真实含义。

现在，跟我一起让时间回到 1981 年 9 月，一个阳光明媚的星期六早晨，来到一块由美军和英军协议进行军事合管的英国公共地块，那里有一辆汽车，正停在围栏的正门对面。

一个女人走了出来。

在音调很高的鸟鸣声以及夏日蜜蜂的嗡嗡声的陪伴下，女人径直走到空军基地门口负责警戒工作的警察那里，离那里不远处就是森林。

女人展开一张纸，举起来，开始读起上面的内容。当她这样做时，又有其他一些女人，其中还有一个年纪相当大的女人，正穿过修剪整齐的草地，朝着空军基地的围栏跑去，逐渐聚集起来。

如果这是 BBC 播出的一部情景喜剧，观众们此刻一定会笑个不停。

你今天来得太早了，警察对那个女人说。

听到这句话，那个女人停止了她正在高声宣读的内容。她看了一眼警察，又低头看了看那张纸，没有多说什么，又从头开始读了起来。警察看了看手表。

他说，你八点之前不能来这里。

女人又停了下来。她指着围栏边的另外四个女人。她告诉他，她们会用锁链把自己锁在这里，绝对不离开这里，这是一次抗议行为，她是来给他宣读关于此事的公开声明的。

警察有些不知所措。

那些女人难道不是清洁工吗？我还以为……

他看了看对面。

你为什么非要做这种事？

鉴于她们不是清洁工，他开始用无线电向空军基地内部报告这里所发生的事情。

围栏本身是一道一眼望不到尽头的金属网，由数百万根小铁丝和无穷无尽的菱形空隙构成，围绕在一圈九英里长的混凝土柱子之间。女人们拿出四把小锁，将自己锁在了围栏大门上。这种小挂锁，人们平时常常会拿来锁行李箱用。"是我们刚好能负担得起的那种锁。"

有个穿军装的人从基地里出来，开始跟警察谈话。

我以为她们是清洁工，警察说。

于是，一开始的那个女人又将自己的请愿信宣读给他们两个男人听。以下是她那天早上大声宣读的内容：

> 我们之所以采取这一行动，是因为我们认为，核军备竞赛是人类与我们赖以生存的地球所面临的最大威胁。我们这些居住在欧洲的人，绝对不会接受北大西洋公约组织同盟国违背我们本人的意愿，为我们设定的牺牲者角色。我们已经受够了我们国家军事和政治上的领

导人，他们在大规模杀伤性武器上浪费了大量的金钱和人力资源，而我们却能在心里听到，全世界数百万人的需求亟待满足。我们坚决反对将巡航导弹部署在我国境内。

那些专程来到这里，并主动将自己锁在这里的女人——坦率地讲，这些铁锁本身实在不值一提，关键在于其象征意义——她们想了一整晚，她们会在整件事结束之后，再去告诉那些历史学家，这样做可能会对她们造成什么样的影响。她们一直无法入睡，因为总是想到警卫和警犬，冲着她们而来的狂吠和呼喝声，她们可能会被指控的一切罪行，从扰乱治安到叛国重罪。她们希望至少能走正规流程，被扔进牢房，然后上法庭。而且，警方给予的犯罪记录可能意味着你从今往后就要彻底失业了。

在过去的十二个小时里，她们什么都没吃，喝得也很少。她们特意挑选的衣服，会让她们在不得不排尿时仍旧留有相当的隐私，不会造成什么别的问题。她们几乎可以肯定，空军基地是不会让这些女人长时间将自己锁在这么显眼的地方的。

于是，她们直接坐到地上，背靠着围栏安顿了下来。女人读着声明。警察和军人有些困惑地站在那里。

这天早上稍晚些的时候，参加和平抗议的其他一些人也陆续抵达了，甚至还有一些专程从邻近城镇赶过来加入的新人；一段时间以来，许多住在当地镇上的居民都很希望能够尽快回归到他们以往正常而平凡的生活中去；几十年前，当军队从空中看到这块理想的飞机跑道空地时，他们马上就征用了此处的地块。

接着又来了几个记者。活动组织者告诉记者们，她们之所以这样做，是为了以实际行动来进行抗议，以此来吸引一些媒体对她们正在进行的示威活动给予实质性的关注，不仅如此，她们还将在公开场合就即将被带到这里来的导弹展开更大规模的辩论活动。她们表示，自己现在所做的事情是妇女参政权团体①知道且本应去做的。

其中一人马上打电话给国防部，询问他们对妇女抗议行动的看法。

国防部的一位官员告诉记者，就算确实有少数女性将自己锁在军事基地外面的围栏上，那又怎么样呢？围栏位于公共土地上，国防部并不拥有此处的土地，所以这显然不是国防部的责任。

然后，这位官员进一步证实，国防部并没有让这些妇女离开的计划。

并非需要解决的问题，这位官员说。

这一切都令人感到有些反常。

无论如何，天气还是很不错的。参加抗议的每一个人都坐在修剪整齐的草地上晒太阳，好像她们是在进行下午的外出郊游活动似的。军人们来来往往，有些人在拍照。有个男人过来了，大声说着什么已经拍好嫌疑人面部照片，将要留

---

① Suffragette，妇女参政权团体是 20 世纪初一个活跃的妇女组织，其成员被称为"妇女参政论者"，以"为妇女投票"为旗号，争取在公共选举中的投票权。

下案底之类的事情。他是军事基地的指挥官，正在向她们进行一番义正词严的劝说。事后，其中一个女人还记得他在沟通无效的过程中，拳头上的指关节是如何因为攥得过紧而一点一点变白的。她们后来说，这个人告诉她们，他简直想用机关枪把她们中的大部分人马上给枪毙掉。最后，他还告诉她们，就他个人看法而言，她们想在那里待多久就待多久，他根本就无所谓。"当时，如果他没有展示出这种轻蔑的、不予理会的态度，我们恐怕就不会坚持要留下来，"一名抗议者在多年后说道，"我还有五个孩子在等着我，其实本来得尽早回去。"

当下午变成晚上的时候，另一个警察走过来，向女人们建议，既然是星期六晚上，最好还是离开这里。他提起美国威士忌，说这里每逢周六就到处流淌着酒精，基地里的男人很可能会在晚上出来袭击女人。

女人们无视了这点。她们仍旧选择待在原地不动。

天气变凉了，又有些潮湿，毕竟是九月。有人问，她们能不能在方形水泥块上生火取暖。她们得到了许可。基地里的一些人甚至主动过来帮助这些示威者，他们在马路对面的一处窨井下方的总水管上架起了一根竖管，方便她们使用。

截至目前，一切都表现得很友好。但是，等事件再往后发展一段时间，就会开始有人遭到逮捕。她们需要以被告人的身份出庭。她们会在霍洛威①接受判决并服刑，抗议者们

---

① Holloway，霍洛威是伦敦市伊斯灵顿区的一个市中心区，直到 2016年，这里还是欧洲最大的女子监狱霍洛威监狱的所在地。

将会发现，霍洛威那个地方的各项条件，无论是食物，还是住宿取暖，与她们后续将在营地受到的各种摧残相比，简直可以用"豪华"来形容。主流新闻界将会展开攻击，其尖酸刻薄的程度比这个国家臭名昭著的小报媒体还要恶劣。部队里的人会专门过来辱骂抗议者们，意图恐吓。他们有定期的巡逻路线，总是会在特定的时候过来。法警们也会时不时地过来一趟，破坏营地里所有看得到的东西。他们经常损毁抗议者们的财物。抗议者们也经常会与军队和警察们发生冲突。警察的暴力程度将会越来越高。还有当地的不法暴徒，他们也会定期来访，时间永远都是在半夜里，他们会用燃烧的棍子捅破聚乙烯塑料布和树枝搭成的简易帐篷，并将猪血、蛆虫和各种形式的排泄物——当然也包括人的粪便——倒在抗议者们身上。

地方议会甚至还会威胁她们，说要没收她们的下午茶茶包。

但是，现在这一切都还没有发生，现在还不是时候，刚开始时并没有这些事情，因为当权者并不认为这次抗议会对现状产生任何影响，更不必说，它会成为关于核武器的政治舆论变化的重要部分，而这种变化最终会在十年内使国际政策发生重大改变。

她们围坐在明火旁。

她们为接下来的星期天、星期一、星期二拟订了一个具有连续性的、结伴式的轮值计划。

当她们刚想出这个计划时，就已经这样决定好了；决定要正式实施了——她们将使这场抗议成为长期抗议。只要她们的身体还能够办得到，她们就会在这里停留尽可能长的时间，直到圣诞节，其中一位女士说道。

（并且，在接下来的二十年里，这里将以这样或者那样的形式建立起一个真正的和平营地。）

开始时有三十六名成年女性、几个不满十八岁的女孩，以及一批自愿过来声援她们的坚定支持者，男女都有，这群人在十天内徒步了一百二十英里，最终成功在营地会合。

之前还在路上时，她们偶然经过了一处开满鲜花的树篱，其中一些游行者摘了许多花下来，编成花环给自己戴上。然后，当她们抵达下一个镇子，找了个场地稍作休息时，有个男人专门过来对她们说了一句："你们远远走过来，看起来简直就跟从天而降的女神一样。"

这绝对不是她们最后一次被视为神话中的人物。

另外有些人在抗议的第一天晚上主动到围栏边换班，将锁在那里的同伴们换下来。她们非常小心，假装在跟伙伴们闲聊，尽可能不起眼地换班，这样基地里就不会有人突然冲过来让她们离开，不会对抗议活动造成任何影响。已经在围栏那里待了一整天的四个女人，在短暂离开的时间里，都尽量把自己打理干净，而且也找到机会吃了点东西。

然后，她们又回到围栏那里，重新把自己给锁起来，晚上就靠着围栏，直接睡在那里。

其他人则睡在寒冷的森林里，身上盖着薄薄的塑料布，也睡在这种塑料布上。

夜半时分，亚特从梦中醒来。

睡梦中，他被一群巨大的怪花追逐着，被撵得到处跑。

他以最快的速度奔跑着，完全无暇顾及身后，但他知道，它们正在向他逼近，越来越近，只要不被生吞活剥，就已经很幸运了。他根本不用转身去看，他知道，身后最近的那棵怪花，它的头部内侧已经张开，准备将他整个吞下，花瓣似的下颚，雄蕊竖立，不停颤动着，花蕊大得吓人，宛如一个攻城锤。

前面有一座古老的教堂，他跑向教堂的大门，奋力跃入，将怪花关在身后，伫立在教堂内部潮湿空洞的回音中。他看到，教堂里安置了许多年代久远的石棺，棺盖上雕刻着棺内沉睡之人的模样。还有一方石棺样子比较特殊，看起来只是一口巨大的棺材，上面并没有雕像，没有人在上面，空空如也。很好。他爬了上去，平躺在上面，像其他石棺上的人们一样，双手在胸前合十，摆出正在祈祷的模样。此时此刻，他已蜕变为一尊全身上下穿着石甲的骑士雕像。所以，那些花不会再想着要吞下他了。什么花能够吞得下石头呢？

但是，巨大的花朵依旧挤进了教堂里，它们用根部行走，将外面的泥土一路拖到了教堂的长凳上，撒满了中间的走道。也有人埋葬于走道铺设的巨大石板之下，像这样随便落下泥土，实在是不尊重他们。他突然意识到，自己现在真的有麻烦了，因为此刻他穿着一整套石头做的盔甲，被困在石板上方，几乎一动也不能动，只能眼睁睁地看着那些巨大的、不断摇曳着的怪花头部，一朵连着一朵，环绕在他的墓穴之上，全然不顾教堂的神圣气氛，猥亵下流地挥舞着枝叶，开合着它们嘴一样的花瓣。

他通过自己早已无法张开的嘴向怪花们微笑致意，他的嘴巴僵硬，嘴唇始终紧闭，他的双手不断挤压掌心，仿佛中间有胶水粘住了似的。此刻的感觉，就跟他曾经在电视上看过的那些催眠师所造成的结果一样——可怜的被催眠者，观众们看得一清二楚，他们是多么敏感，多么脆弱，竟然那么容易就受到了催眠术的影响。

他真的很敏感，敏感得要死。

别再欺凌我了。我是关心政治的。真是太可悲了。瞧瞧你们那副模样，全是大嘴，一大堆雄蕊。再看看我，僵硬得跟石头一样。弗洛伊德会怎么解析这个梦呢？

当他在黑暗中猛地睁开眼睛时，他实际上已经大声喊了出来，喊出了最后的一句话。

他的晨勃逐渐趋于平静。

他坐了起来。

他在哪里？

他在"切布雷斯"，他母亲在康沃尔的房子里。不管这名字具体是什么意思。

当眼睛习惯之后，他就起床了，能看清房间的大致轮廓。他沿着门边的墙，摸索着找到了电灯开关。空荡荡的房间亮了起来。

他不想打开手机看看现在几点了。有一股煮东西的味道。但天还是黑的。

那个陌生人，勒克斯，她不在这里。

好吧，她本来就不应该在这里的，对吧？

他不知道她会在哪里。这栋房子有这么多房间，直到现在，他都不知道这里究竟有多少房间。楼下的房间里放满了寻常的东西——你所能期待的东西——就跟一栋普通房子所需的东西一样。楼上所有的房间都空空如也，就跟空房子里的房间一样。

他蜷缩在地板上，躺在柜子里找到的床上用品里。

这些床上用品是勒克斯找到的。她为艾瑞丝整理出了一个房间。

昨晚她骂他是个下流坯子（她是他的雇员，所以真应该更有礼貌一点）。还有，虽然她是个完全陌生的人，但她太想当然，认为自己比他更懂得如何去应付他的母亲。

我自己会处理的，他当时说。

像这样一个母亲，你根本就处理不了，勒克斯说。

如果你是我真正的家人，那你就可以办到，他说。

令亚特感到极度意外的是，当勒克斯（没错，令人恼火的是，昨晚她确实比他更懂得如何去应付他的母亲）说服她脱掉所有的外套和围巾时，他母亲露出的真实体态竟然瘦得吓人，比上次见她的时候瘦多了。如今，她就跟香水广告上的那个电影明星一样纤细瘦削（瘦到你不得不在心里暗自期盼这是假的——为了那个女演员的健康着想，希望那种夸张的纤细只不过是数码修正之后的结果）。

他在空荡荡的房间里翻了个身。

好吧。他母亲眼下的瘦骨嶙峋，实际上也还是她的个人选择。

个人选择？（滚开，夏洛特。）

如果他的母亲突然感到好奇，问起他们夜间的睡眠安排——她很可能会这样问——那他就会回答，这就是他跟夏洛特一直以来的做法，分开睡，这种做法其实相当普遍，现如今，越来越多的情侣会选择分床睡。

再次见到老艾瑞丝的奇异之处在于，现在已经能够轻而易举地发现，她是多么像他母亲，简直相似到了令人感到讶异的地步。尽管她们在外貌上一点都不像对方，但是，她们却在那些最怪异的地方保持了惊人的一致性：她们都会自觉或不自觉地四处嗅探，从来不会停止，这种嗅探的模式是完全一样的；而且，她们走动时的举止姿态也如出一辙。在上述这些方面，他姨妈恰如她母亲形象的翻版，只不过是夸张、放大之后的。对于程度如此之高的还原，已经不能说是满意——不，简直就是满溢①。

凌晨两点，他打开母亲家的前门，迎面看到一个巨大的纸盒子，好似浮在空中，里面装满了各种新鲜东西：土豆、

---

① 此处作者故意将"满意（fulfilled）"拆分开来，戏谑为"满溢（filled full）"，译文中亦用谐音来还原。

欧洲萝卜①、孢子甘蓝、豆芽菜和洋葱。

亚蒂②，她说，快拿着这个盒子，这样我才好看看你。

她就在那儿。粗犷又优雅的艾瑞丝。

你看起来很好，她说。

你得把鞋脱了，他说。

见鬼，再次见到你，我也觉得很高兴，她说。

传说中的害群之马。就在这里。一个华丽的笑话，一种
亵渎。听到艾瑞丝的到来，索菲亚在夏洛特面前表现出那副
模样，看来并没有什么问题。

即使她不是真正的夏洛特。

你的姨妈，她是个什么样的人？勒克斯昨晚这样问
过他。

他耸了耸肩。

我不太了解她，他说，实际上，我几乎不怎么认识她。
不过，几年前，她在推特上关注了我，并且在脸书上将我加
为了好友。她是那种当她根本不认识别人时，就已经会管他
们叫"亲爱的"的那种人，并不是像上流社会或者戏剧界
人士常常会做的那样，我是指——以工人阶级的方式叫别人
"亲爱的"。当然，这也并非是说她曾经是工人阶级。

她们为什么不跟对方说话呢？勒克斯问。

"瞎编神话故事的家伙。"

多年以前，在参加过他祖父葬礼之后，他们坐在车里，

---

① 原文为"parsnips"，即欧防风。

② Artie，亚瑟的昵称。

他母亲的声音这样说道。

"她已经精神错乱了。没有人能够像她那样，疯疯癫癫地一直生活下去。简直就是精神病。记住，亚瑟，精神病患者总是会透过他们的幻想和错觉来看世界。你不能指望世界真的能够像她以为的那样，以你自己想要的方式来无限包容你。你不能指望轻轻松松地生活在这个世界上，就好像世界是你个人瞎编乱造出来的神话故事一样。"

分歧，他说，世界观。不相容。

凌晨时分，他向艾瑞丝，向这个瞎编神话的家伙敞开了大门。确实如此，她就像是从某个关于慷慨富饶世界的神话里走出来的一般，将那个盒子递给了亚瑟之后，马上回到自己的车里，然后带了更多美好的东西回来，一袋接一袋，黄油、葡萄、奶酪，一瓶瓶酒水。她带来的最后一样东西是种在盆里的一整棵树，并非圣诞树，只是一棵树而已，一棵普通的、没有长叶子的小树。这是我的星花木兰①，她说，这是我唯一能放进车里的一棵树。她平衡着它的重量，并且将其中的一根圆头小树枝朝向亚特和勒克斯。树枝末端是尖尖的芽，看起来像是被茸毛或者软毛覆盖着。明年就会开花了，她说，你最近过得怎么样啊，亚蒂？还有，这是——等等，这不会是夏洛特吧，是她吗？

她把那棵树放下，在身体两侧擦了擦手，跟勒克斯握了手。

你看起来跟脸书上的照片一点都不像，她说，这可真是

① 星花木兰，木兰科小叶乔木，又名日本毛玉兰。

一种神奇的技能，能够把你的样子改变得如此彻底。

对我而言，这很自然，勒克斯回应道。

我愿意为这种技能付出很多，或许你可以教教我，艾瑞丝说。

她重新拿起种在花盆里的那棵树，将它放进亚特的怀里，很重。找个地方庆祝一下，她说。（亚特担心他母亲会不高兴，考虑到花盆下面沾着的泥土，他最终还是将它留在了门廊里。）现在他躺在地板上，惊叹地发现了一个事实：只要将一棵树放在房子里，甚至还不是圣诞节专用的那种树，只不过是一棵种在装满泥土盆子里的活树，无论如何，只要树在房子里，就能感受到奇怪的象征性，甚至会令他产生慷慨大气①的感觉。

慷慨大气：这是勒克斯的词，他一生中从未用过这个词，从未想过要去使用，或者说曾经认为自己需要去使用，这是一个直到昨天才真正进入他词典的全新单词。

他会在"艺术自然"博客专用的笔记本里记下这个单词，提醒自己，以后记得去查一下它的词源。

他开始在地板临时床铺上不停地动来动去，无论什么姿势，他都觉得身上有地方痒。现在他才发现，地板竟然如此之硬，可能这就是一开始时他会突然醒过来的原因。眼下他很清醒，觉得躺在这里纯属浪费时间。

在此之前，如果他在半夜突然醒来的话，通常会做一些SA4A的工作。

---

① 此处原文为"bounteous"，有极度慷慨、乐善好施之意。

但他没有电脑。

他不能做任何工作。

应该也可以用手机来作为电脑的代替品（虽然相比之下更容易遗漏细节）。

但他不敢打开手机。不能使用手机这件事使他感到非常失落！不过，当他昨晚再次打开手机给艾瑞丝发短信时，他还是没忍住，上了推特，看到真正的夏洛特在推特上用他的账号发布了多张照片，上面展示的是别人花园里被砍断的几棵开花的树木，下面的文字写着："我没办法说谎，反正，是我砍倒了你们家的冬樱桃树，赶紧把账单或者愤怒的评论发到这里来。"

恐怕那就是之前巨花怪梦的由来吧。

"弗洛伊德会怎么解析呢？"

万能的上帝。真的，生活在一个连你的梦境都要比你更具后现代意识的时代，可真是糟糕透顶。

这可能会是一篇相当不错的、颇具政治性韵味的"艺术自然"博客文章主题。他稍后也会记下来。

他坐在乱七八糟的地板床铺里，想知道夏洛特今天会用他的账号向世界传递出怎样的讯息。圣诞贺词。就像教皇、女王会在今天发布的那类东西。真正的夏洛特，虚假的亚特。

艾瑞丝直接给他回了短信，即便只是面对一个假的夏洛特，她也感到很高兴。艾瑞丝回这条短信只用了三十秒：

"来了 x 艾瑞"①。

方便的话带点吃的,他回短信说。因为勒克斯让他这么回。

还有,谢谢她,勒克斯说。

真烦人。但他做了,因为这是个好主意:"谢谢你艾瑞"。

"窝囊废。"

嗯,他知道她这样说并不是故意的,他不是真的窝囊废。

他想知道她衣服下面不太容易看到的地方是否也有穿孔。

你的工作具体做些什么?她昨天在火车上时这样问他。你的工作日都是怎么安排的?

我坐在电脑屏幕前,书桌前面,他说。

他向她解释了自己一天中的大部分时间都是如何上网的。他告诉她,自己过去是怎么做这件事的,后来有人主动联系他,专门付钱给他,请他这么做:有一天,他偶然点进了葡萄牙一位艺术家的网站,这位艺术家的其中一组作品,是用在鹅卵石之间的空隙处偶然拍摄到的特写镜头编辑而成的电影短片,但是,这组短片所使用的配乐,版权是属于SA4A 的。

所以,你当时只是在看电影,然后你突发奇想,想知道

---

① 此处原文为"On way x Ire",x 在英国短信里是"吻(kiss)"的缩写。

究竟谁拥有配乐的版权，想知道艺术家是不是侵权了，对吗？勒克斯问。

对的，亚特说，然后我仔细查了查，版权属于 SA4A，所以，我将情况报告给他们，他们给了我一份工作，就这么简单。

你为什么要这么做？勒克斯问。

做什么？亚特反问道。

你为什么要专门去查一下谁拥有版权？勒克斯又问。

我就是单纯这么去做了，亚特说，我有一种预感。

他告诉她，这位视觉艺术家没有在他片中的任何一个地方提及版权许可。所以他才专程去查了一下，发现问题之后，就给 SA4A 发送了电子邮件。

为什么呢？勒克斯追问道。

亚特耸耸肩，因为我能，他说。

因为你能，勒克斯重复了一遍。

而且也因为那些电影，亚特说，与那些电影相关的一些事情，令我感到很恼火。

你恼火什么？勒克斯问。

我不知道，亚特说，那些与其说是电影，倒不如认为是在表述某种事实，嗯，本来就存在的事物，它们就在那里。所以，干脆把它们放到网上去。推动一下。搞得它们好像很重要似的。

你很妒忌这位艺术家的创造力，勒克斯说。

不，不，他说，当然不是。

他否定的时候显得自己高高在上，相当傲慢。

反正，这件事与妒忌无关。不管怎么说吧，那些电影几乎没什么人真正看过。它们的全部播放量加在一起，大概只有四十九次。更重要的是，像版权法这样的法律，本身是合情合理，令人信服的。

我明白了，勒克斯说，你就像安保人员一样，在伦敦那些看起来像是公共场所，但实际上却是私人所有的、根本不属于公众的地方四处徘徊。

怎样都好，他说，在那人的电影里，出现的并不是自然。虽然他口口声声称之为自然电影，但其中根本就没有大自然的影子。

啊哈，勒克斯说。

它们只是一些由……由沙砾，还有乱七八糟的废弃物为主题构成的电影，亚特说。

我懂了，勒克斯说，他的所作所为违背了你的自然主义主张。

亚特已经对这个话题感到厌倦了，不太想继续谈论下去。于是，他选择用尽可能简短的方式向勒克斯解释，SA4A 已经将这个葡萄牙人所谓的自然主义电影从网上强制删除掉了，不仅如此，他们还起诉了这个艺术家，要求他支付数额相当大的一笔赔款，然后，令他自己都感到惊讶的是，SA4A 的自动邮件程序竟然受到 SA4A 团队的指示，亲自给亚特回了一封邮件，提供了一个工作机会，最后，他获得了一份获利相当丰厚的合同。

当我在网上发现对他们有用的东西时，我就会得到奖金，他说，这不是委托型工作，我的意思是，单纯的委托型工作无法维持生活，这是显而易见的。

显而易见，她重复道。

这项工作的本质，他说，就是大海捞针。我的意思是，整个网络世界充斥着侵权行为。但你必须仔细追踪它们，才能找得到。它们大部分都不是放在明面上的。你必须费劲寻找，保持高度警觉。而且，不管怎样，这都不能算是我的本职工作，这项工作归根到底，也只是我用来支付房屋抵押贷款的手段而已。我真正的工作，对我而言最重要的事情，就是写那些关乎本质的东西——

关乎你工作的本质？她问。

——不，关乎自然。自然本身。荒野，还有天气，类似这样的一些东西，就是这样，很好理解，关于我们周遭的环境——环境发生了些什么，地球发生了些什么。当然，在进行自然文学写作的时候，确实也会带有一定的政治色彩，虽然我还没有这样写过，我是说——至少我已经对此有了更进一步的想法，等我这次回伦敦之后，我就会写出来。事实上，我正打算借这次出行的机会，好好休息一下，休养生息，为之后的写作做好准备。

勒克斯点了点头，接着发问道，这个星球的大自然是否正在以某种方式警告他呢？比方说，以天气、环境变化之类的。说不定大自然也在网上看过他的文章，然后威胁要起诉他，因为他写了与大自然相关的文章，或者换句话说，因为他在工作中使用了大自然的一部分，却没有为此而支付相应的版权费用？

他先是笑了笑。然后他突然意识到，她其实正在等这个可笑问题的答案。

嗯，我从来没有侵犯过任何人或者任何东西的版权，这难道不是显而易见的吗？他反问道。我怎么可能会这样做呢？在这个世界上，大自然没有版权，天气没有版权；树篱下的花、落叶、鸟、英国的各种蝴蝶、路上的水洼、普通的蠓虫——这些都是我最近一些文章的主题，它们都没有版权。

水洼，她重复了一遍这个词。

还有雪，他继续说了下去，我要写关于雪的文章。等到下次下雪的时候我就会写。雪也没有版权，所以，照我看来，我完全可以写它。

我能读一下你的作品吗？她说。

它们就在网上，他说，你想读多少就读多少，什么时候都可以读。任何人都可以。

然后她问他，是否知道研究人员把尸体放在外面研究腐烂过程的那个地方的故事，尤其是他们为了看看在真实天气条件下腐烂过程会发生什么变化的那部分细节。

不，他说，从来没有听说过，真有趣。

他拿出笔记本，在"艺术自然"笔记上记了一笔。

想象一下，当他做笔记的时候，她继续说道，世界上还有这样一个地方，在那里，到处都是被人类淘汰下来的机器。

什么机器？他一边回应，一边将笔记本放回背包前面的口袋里。

她说，那些旧机器。在这个地方存放着的所有机器，人类都已不再使用了。比方说，十年前常见的那种大块头电脑……不对，没有那么久——至少也是五年前淘汰下来的电脑，甚至就是去年的……我的意思是，所有过时的东西，比如那些因为接口更新而无法继续连接使用的打印机，自带屏幕的老式一体化电脑，所有过时的东西。

亚特又拿出笔记本，开始记录一些新的东西。写完之后，他再度将笔记本合起来，但这次却放在了外面的口袋里，以防她又说出什么别的有趣的或有益的话。

我喜欢在脑海中想象这些东西，她说，我喜欢想象它们被集中存放在世界上的某个地方，科学家们则忙着四处打听，满世界乱跑，试图找到这个地方，然后研究它们。

这些东西，它们永远都不会死，他说。他们会把这些东西运往国外，我们在国内，通过购买下一代机型的方式来更新它们。人们其实并不会轻易废弃它们。他们会给那些已经过时的技术打上补丁，将陈旧的机器大规模翻新，然后再将它们送到第三世界国家，要么就是送到相对而言更加贫穷的地区。这些地方跟我们国家不一样，没有像我们这样能够获得技术快速更新的机会。至少我认为情况是这样的。

她摇了摇头。

世界——她说出这个词的时候，脸上带着微笑。慷慨大气。就是一切的意义所在，不是吗？

什么意思？他说，你是说，如今的世界是慷慨大气的吗？

不是，她说，我的意思是——我们相信的事情正在发生。

2003 年 4 月，一个潮湿的星期三，亚特和他母亲坐在教堂前排，正在参加他祖父的葬礼。他母亲说，虽然教堂后面一半都是空座位，但来的人还是挺多的。

这时，葬礼承办人当中负责接待的其中一名男士走了进来，将一个女人带到了教堂前排，停在了他们坐的教堂长凳旁。那个女人坐在了他们旁边。

亚蒂，女人跟他打招呼。

嗨，他回答道。

索菲，女人跟他母亲打招呼。

母亲点了点头，但却连看都没看她一眼。

她应该是他母亲住在这里时的一个朋友，一个在他还是婴儿时就认识他的人。

当他母亲起身去取圣餐时，她坐到了后面，给了亚特一个大大的、充满悲伤的微笑。作为一个年纪有些大的人而言，她有点酷。她穿着派克大衣，而且是一件深色的派克大衣，所以并不算失礼，但她下面还穿了一件亮白色的裤装。葬礼结束后，她站在教堂门口，站在他母亲的身边，很多人跟她握手，就好像他们都认识她一样。偶尔，在祭奠的队伍中，会有这个或者那个人突然走出来，热情地跟她打招呼，甚至直接拥抱她。没有人像这样跟他母亲或是跟他热情拥抱。她一定是更了解他祖父的当地人，而他却完全不认识那些人。他只知道关于自己祖父的少许信息，也即他从学校回到家，并且他祖父刚好在伦敦市短暂停留时，他们会一起在伦敦的旅馆里吃饭。除此之外，他们还有一些合影，那是在他年纪太小还不能上学的那段时期，他母亲在伦敦忙于工作，他则跟祖父一起住在这里。

教堂的仪式完成后，一行人驱车北上，去举行葬礼。坐在车上时，母亲问他，当年跟祖父一起住在这里时，印象最深的回忆是什么，他回答道，湿衣服是放在壁炉前面晾干的。每当他把窗户关起来时，玻璃上面都会布满水蒸气。祖父走过来，伸出一根手指，在窗户上比画了几下，转眼就画出了一整条街道，有房子，有公园，街上有行人和汽车，还画了一条狗，那是一条非常漂亮的狗。

听到这里，他母亲发出一阵笑声，笑声中满含着悲伤。

我花钱给这里的房子装了昂贵的中央供暖设备，所有房间都能用上，他又做了什么？设备装好之后，哪怕我主动提出由我来支付全部供暖费用，他也从未打开过。起居室里有电暖炉，厨房里有卡罗尔牌①的灌装液化气取暖器。

亚特说，祖父母一辈当中，我真正见过面的只有他，他是我唯一的祖父，现在再也没有机会见他了。

好吧，所以，你住在这里的那段时期就是这样过的，他母亲说。

跟我讲一些关于他的事情吧，你还小的时候，对他的一些回忆，亚特说。

不必了，母亲说。

亚特皱了皱眉头。此时此刻，他坐在车子的后座，母亲

---

① Calor，英国家用取暖器品牌。文中所列举的两种都是普通家庭供暖手段，价格低廉。

在前面。

他听到母亲长长地叹了口气。然后她说道：

好吧，我记得有一次，我跟他一块儿在城里散步。这是很少见的情况，因为他平时总是坐在办公室里，除了我们的学校假期，也就是七月的前两个星期之外，我们几乎从来没有跟他一起在工作日里做什么事。反正，在当时那个特殊日子里，我们出于某种原因，穿上了我们各自最好的衣服，一起在路上走着，我实在不记得具体是因为什么了。总之，我们一起在路上走着，有一辆卡车正在给一间酒吧送货，车停得不稳，好几箱酒从后车厢里掉了出来，砸到了人行道上，发出一连串巨响。而我的父亲，他马上栽倒在地，双手抱头，就像遇到了炸弹袭击一样。

她指了指左边车窗外。有块牌子上写着"十英里"。他们就快到了。

这跟他在战争中的遭遇有关，她说。

继续开了几英里后，她又补充道：

从地上起来之后，他对此感到很尴尬。有人专门停下来协助他，扶他站起来，有人帮忙掸了掸他身上的灰尘。

又开了几英里。

她说，我觉得吧——我从来没有见过他像那天那样伤心，当时的情况下，他坚持认为自己肯定是当众出丑了。

他母亲停止了讲述，开始哼起小曲，亚特知道，回忆的大门已经关上了，仿佛回忆是一间电影院或者剧院，演出结束了，一排排的座位空了，观众都回家了。

葬礼结束后，他们冒着大雨，目送棺木葬入泥土之中，守墓人在土堆上盖了一大块布，将杂乱摆放的鲜花放到一边，码放整齐，那块布上面还有绿色的假草作为装饰。这一切都完成了之后，他和母亲首先送一位老太太回家，然后他们就跟其他人一样，开车回他祖父家里喝下午茶。他母亲一整个星期都在组织今天的这场下午茶茶会。今天早上，他们很早就从酒店过来做准备，她把从家里带来的茶巾盖在桌上，茶巾下面放满了三明治和蛋糕。

当他们把车停在屋外时，屋前潮湿的道路被云层中透出的阳光照耀着，闪闪发光，光线实在耀眼，他们不得不伸手遮住眼睛，勉强看着脚下前进。当他们再次望向前方时，看到房子的前门已经打开了。嘈杂声和笑声正在道路上回响。

天哪，他母亲突然发出了这样一声感叹。

怎么了？他问道。

生活！还有他妈的灵魂，他母亲说，原谅我脱口而出的斯瓦希里语①，亚瑟。来吧。让我们结束这一切，赶紧回家吧。

当他们走进屋子里时，之前教堂仪式坐在他旁边的那个女人正站在前厅里一群黑衣服的人当中，身着白衣。

他现在怀疑这个女人是母亲的姐姐，今天葬礼之前，他甚至不知道母亲还有一个姐姐，因为神父在葬礼发言中谈到了他祖父战争时期的生活，以及他战后在人寿保险业的日子，谈到了他已故的妻子，他凭借自己所培育的大丽菊而赢

---

① Swahili，斯瓦希里语，非洲大湖区以及东非和南部非洲其他地区的通用语。此处代指脏话。

得的那些奖项，以及他是如何在爱女艾瑞丝和索菲亚的帮助之下一路熬过来的。那个女人正在房间里谈论一首歌，她说，那是**我们父亲最喜欢的歌之一**。然后她就开始唱这首歌。这首歌的歌词讲了一个故事，是一个关于老太太生吞下了许多动物的故事：吞下了一只苍蝇，也许她会死，然后是一只蜘蛛，也许她会死，接下来是一只鸟、一只猫、一只狗……继续唱了一小段之后，这个女人的歌词让所有人都笑了起来，因为她在原本的歌词中添加了一大群根本不属于其中的动物：一只美洲驼、一条蛇、一只考拉、一只鬣蜥、一只狐猴，唱着唱着，房间里的每个人都忘记了悲伤（或许只是忘记了要假装悲伤），他们开始大声喧哗，期待着这首歌的旋律能够永远持续下去，同时大笑着议论纷纷，看她还能继续编出多少种动物，还能说出什么好玩的话来。有几个人大叫着提出歌词建议，并且为她所唱出的任何押韵之处欢呼，直到老太太吞下了一匹马，当她唱到这儿时，所有人——甚至包括牧师——都高兴地大喊道，老太太现在已经完全死掉了。

这时候，每个人都站了起来，向他祖父敬酒，有几个人走过来告诉他母亲，说她父亲一定很喜欢这样的送别仪式。

母亲露出礼貌的微笑。

那个女人，也即他母亲的姐姐，成功地让每个人都加入到了一首古老抗议歌曲的合唱当中，这首歌实际上暗示了世间万物皆有始终，何时生存，何时死亡，皆有其天命①。尽管她是在场众人里面唯一真正知道每段唱词的那个人——毕竟这是她现编的歌，她知道哪种动物应该在什么时候出现，应该在什么时候死掉，知道什么时候应该重复同一段歌词，什么时候应该舍弃掉那些逐渐变得无聊又多余的段落——但其他人还是很乐意加入进来，加入到这些循环往复的歌词之中，不断地重复，重复，再重复。

他望向自己的母亲。母亲并没有唱歌。

你不记得我了，对吗？他母亲的姐姐，他的姨妈，艾瑞丝，当他们碰巧都在厨房里的时候，她对亚特说道。

不记得了，亚特说，但我知道你唱的那首歌，关于吞下苍蝇的女人的那首歌。也许是从电视上知道的。

她笑了起来。

可能是我唱给你听的，她说，在你很小的时候。

我完全不记得了，他说，如果真是这样，那一定是很久以前发生的事情了。

那是你生命中很长的一段时间，却是我生命中很短的一段时间，她说。毕竟是你的生活、你的时间。现在，你在自己的生活和时间里做些什么呢？

我要考试，他说。

是的，她说，考试，但是，你在只属于自己的时间里，又在做什么呢？

---

① 这首歌之所以被视为抗议歌曲，是因为歌曲中的老太太象征了死神，但最后死神也死了。虽然人类的生老病死并不能违背自然规律，但人类却可以乐观地看待这一切。

嗯，我在为考试而努力，他说，如果我想上大学的话，那我就需要好的成绩。

听着，她说，亚蒂，别把我当成你那些无聊的远亲，尤其是在我们确实一起度过了你生命中四分之一的时间的情况下。

我生命的四分之一？他惊呼道。

尽管是你一生中最不可能有记忆的四分之一的时间，她补充道，来吧。告诉我一些真实的事，再试一次，我再问你一次，你准备好了吗？

准备好了，他回答。

所以，亚瑟，她假装自己真的是某个无聊的亲戚，故意用那种说客套话的声音问道。现在的学校怎么样？你上的是寄宿制学校，对吧？上学顺利吗？你上大学的时候会学什么专业呢？你具体想考哪所大学，还是已经拿到录取通知书了？毕业之后打算做什么？做这个能挣多少钱？还有，你娶的那个完美又可爱的妻子，你跟她生的三个孩子该怎么称呼？好吧，恐怕我们下次见面的时候，你就可以正式开始回答这些问题了。

他笑了起来。

她扬起眉毛盯着他看，好像在说，你觉得呢？

现在我的生活嘛，就是花了过多的时间来听这个，他说。

他从口袋里掏出自己的 iPod。

这是什么玩意儿？她问道，一个晶体管收音机？

一个什么？他说。

他解开耳机线，插上插头，打开电源，滑动着屏幕，直到找到《一切都好》① 专辑的第二首歌。然后，他把耳机递给了她。

几个小时后，他平躺在奥迪车的后座上，仍然穿着黑色西服。他母亲正在开车，他们正要重新返回南方，她要送他回寄宿学校。天色渐渐暗了下来。每当汽车经过高速公路的灯光下时，雨点都会在漆黑的车窗上闪闪发光，这令他感觉到异乎寻常的孩子气。

这个词语组合挺不错。"异乎寻常的孩子气"。他为自己能够想出这个组合感到自豪。

此刻，他正在思考，思考自己是如何看待一个已死之人的。棺材里的祖父看起来皮肤蜡黄，完全没有实在感。他一点也不像亚特曾经认识的或记忆中的那个他。相比较于看到祖父这个已死之人，房间里柠檬香型的空气清新剂的独特气味反而给他留下了更强烈的印象，这种空气清新剂的气味很冲，完全盖过了房间里的花香。

超现实，这个词如果拆开来看，意思就是超脱于现实之外。

亚特喜欢词语。总有一天，他会将想到的词语统统写下来，其他人会阅读他写下的那些词语。

索菲亚，他说。

嗯哼？母亲回应道。

---

① Hunky Dory，英国音乐家大卫·鲍伊（David Bowie）于 1971 年 12 月 17 日发行的个人第四张专辑。

他想问问她是否还好，毕竟是她父亲去世了。但他又感觉似乎……该用哪个词语来形容呢？不被允许。

于是，他转而问起其他一些事情：

你真的相信那是上帝吗？我的意思是，今天，当你走到前面，吃他们给你的东西的时候①？

她长长地呼出一口气。

我之所以参加圣餐会，是出于对你祖父的尊重，以及我对社交礼仪的重视。

可是，你真的相信吗？他问，为了祖父而不是上帝，这不是对上帝不敬吗？

等你回去了，继续思前想后，跑去学个相关专业，熬个几年，在神学院顺利毕业，最终成为一名合格的神学家之后，我再让你问这类问题，怎么样？她嘲讽道。

好吧，不过，我还想问另外一件事，他说。

与神学相关吗？她问。

不相关，他说，不过，我还是直接问好了：为什么你在嫁给戈弗雷之后，仍然以克利夫斯为姓，而不改姓戈弗雷呢？

她说，我选择保留你祖父的姓氏，是为了以后能够传给你。

那么，最后一个我想问的问题，他说道，这个问题就是……我小的时候，真的有不少时间是跟你的姐姐艾瑞丝在

---

① 天主教认为，圣体是一件圣事，在这圣事之中，基督用他的体与血，真正地、实在地隐身在面饼与葡萄酒的外形下，而基督是三位一体的其中一个位格，故有亚瑟文中所问。

一起的吗？

他母亲冷冷地哼了一声。

没有，她说。

所以我没有跟她在一起过，他说。

他母亲开始发出不耐烦的啧啧声。

你姨妈这个人，她说，她跑去告诉所有人，说那是他最喜欢的歌。你的姨妈和我的父亲。很好，我会告诉你关于你姨妈的事情。实际上，她好多年都没有回过家了。她根本就不受欢迎。你祖父对她大发雷霆。她甚至都没有去参加你祖母，也就是我母亲的葬礼。你的姨妈，也就是我的姐姐，亚瑟，她是个无可救药的吹牛大王，一天到晚都在瞎编她那套神话故事。

她说了更多关于姨妈的事情。然后，有好一阵子什么话都没说。

她打开收音机。第四频道。人们正在喋喋不休地争论，为一年前发生在伯利恒一座教堂的围攻事件吵嘴。

一方说，当时有人质被持枪劫持。

另一方说，没有人质，没有任何人被扣押为人质，只有一些人在教堂里避难，还有一些人自愿选择跟避难的人一起留在那里。

那场面给人感觉戏剧性挺多，当她吞下那只美洲驼时。
她吞下驼后又去抓蛇。想想怎样才能吞下整条蛇。
比香蕉还大啊不容易，但她还是吞下了那只大蜥蜴。
她又想着要去咽下狐猴，或许这样救赎才足够。

哪怕极度困难也要去吞，因为那是一只土豚。

瞧瞧那只角马，比她能咀嚼的极限更大。

考拉。游泳考试啦。①

艾瑞丝将耳机放进了耳朵里。

噢，你这小玩意儿可真漂亮。

他按下了播放键。

她的脸上瞬间容光焕发，这样的她看起来既年长，又像孩童一般。

无比的孩子气。

我以前给你弹过这个，她喊得很大声，大厅里的很多人都转过身来看他们这边。

她开始唱起关于噩梦来临和天空的裂缝的歌词。亚特赶紧将手指放在嘴唇上。她停止了歌唱，身体依然前倾，耳边继续放着音乐，伸手拉住他的肩膀。

我从来都不擅长保持安静，她低声告诉亚特。

让我们再来看看另一个圣诞节吧。

这次是 1991 年发生的事情。

亚特对此没有任何记忆。

---

① 原歌词押韵，此处译文部分为意译，原文：It caused a bit of a drama, when she swallowed the llama. She swallowed the llama to catch the snake. Think what it'd take to swallow a snake. It was bigger than a banana but she swallowed the iguana. She thought it might redeem'er to swallow the lemur. It was awfully hard-work to swallowthe aardvark. More than she could chew, the gnu. Koala. Swimming gala.

那是他五岁的时候，在他住的地方附近，有一个名叫纽林娜①的人，她很不听话，不肯依照她父亲的心愿去行事，父亲一气之下，砍下了她的头颅。哪里知道，当他做完这件事之后，纽林娜把自己的头从地上捡起来，塞到胳膊底下，离家出走，从此离开了他的家。这个故事令他祖父笑得前仰后合——当时他刚好过来住。祖父笑啊，笑啊，笑得眼泪都流出来了，还用胳膊紧紧搂住了艾瑞丝。祖父虽然不是长住在这里，但却经常过来。他来的时候，总是带着花花糖②，那是一种有花香味的软糖，艾瑞丝说，里面还有某种化学物质的味道。

这位没有头的女士会做的另一件事情，就是将断掉的树枝插到地里去。只需要用这样一种简单的方法，她就能够让它们长成一棵棵果树，上面很快就会挂满水果。

当他不住在祖父家里时，就住在这里。

这栋房子里有一棵比他还大的圣诞树。过圣诞节的时候，这棵圣诞树是直接种在大花盆里的，如此一来，等到圣诞节过去之后，它就可以直接再被种回地里去。

他告诉艾瑞丝，今年圣诞节，他想要一台任天堂掌机③作为圣诞礼物。她则回应他说，当一个人过分期待什么的时候，就意味着他肯定得不到什么。

不过她还是给他买了一台游戏机，虽然还没到圣诞节，

---

① Newlina。
② floral gums，松鼠牌罐装软糖的其中一种口味。
③ Game Boy，任天堂公司 1989 年发售的第一代掌机。

她告诉亚特，自己从来都不是一个遵守规则的人。他坐在她膝盖上跟她一起打游戏，想比她玩得更厉害，他们一边玩耍，一边嬉闹，她还不停地挠他痒痒，这时来了一位女士，他的母亲，在这栋房子的前门外停了一辆非常大的车，像是吉普车。母亲进到屋子里，把他给抱起来，带了出去，将他放在车后座上，再扣好安全带。座位闻起来很干净。整个车子闻起来都很干净。实话实说，这辆车里面真的非常干净。脚踩在地上空空的，没有任何东西，没有文件、毯子或者书籍。这辆车里面除了他跟前面那位是他母亲的女士之外，什么也没有。

他告诉她关于自己身上穿的新衣服，还有那台任天堂掌机的事情。她说，他们会在他即将到达的新地方再买新的，因为他已经到了上学的年龄，该换地方住了。

他告诉她，他现在已经有了一所学校，已经在上学了，而且，他有很多好朋友在那所学校里。

尽管如此，她说，但是她现在已经给他安排好了一所更好的学校，是那种非常有意思的学校，因为他可以直接住在里面，可以跟学校的朋友们一直在一起，而不必在晚上和白天之间那些没有课的时间待在家里。

他们确实又买了些新衣服，还买了新的任天堂掌机。新房子真的很大，大到你可以先从卧室跑到厨房，然后再从厨房跑到卫生间，然后还有很多别的地方可以去。

这位女士是他的母亲，她有一台很大的电视机，比他见过的任何一台电视机都大。在他母亲的家里，整个星期都是圣诞节，然后又是新年，但仅限于那台大电视机上。

圣诞节这天，快中午了。他去找母亲，发现她这栋大房子里全是空房间。他敲响了紧闭的房门，一直敲着，直到她从门后面开口对他说话。

我还没有准备好，她说，当我准备好的时候，我自己会出来的，你只要在我准备好的时候等着就好，而不是在此之前——所以，现在不要来打扰我，亚瑟。

他走到厨房里。

艾瑞丝正在做圣诞午餐。她挥挥手，示意他出去。

去写个博客什么的，她说。

他走出家门，来到外屋。勒克斯在那里。看来她真的睡在外屋了。她靠着一些箱子，为自己铺了一张床。见到亚瑟过来，她指了指自己光着的脚。

这里，这是一个地板上有暖气的地方，她说。

她把一些打开的储物箱跟板条箱移到一边，为她的床铺做了个小围栏。其中一只打开的箱子里装满了照明设备。

瞧瞧这个，她对亚瑟说道。她的每只手里都举着一柄安格泡万向灯①，这款灯明明是用当代工艺制造出来的，看起来却特别像几十年前的原版。

噢，很不错，他回应道，我可以拿一个自己用。对了，我还想要一张床。告诉我这里有没有什么比较像床的东西。

这些东西是怎么回事？她问。

---

① Anglepoise lamp，由英国汽车工程师乔治·卡沃丁（George Carwardine）于 1932 年利用弹簧结构发明的一种灯。

我想，这都是剩下来的东西，他说。

什么叫剩下来的？她说，为什么你母亲不把这些东西给卖了？这可是一大笔钱。为什么这些东西都是全新的，却看起来这么旧？

他说，这都是人们如今喜欢买的东西。看起来像是有历史的东西，看起来像是回收过来的旧货，或者是一些以前他们想买却没钱买的东西。

都是灯具吗？她问，所有这些箱子里面都是？

恐怕不是，他回答道，天知道。就我知道的而言，包括看起来像是 60 年代法国咖啡馆里使用的杯子。木柄的指甲刷，以及木柄的洗碗刷。还有那些在很久以前的战争年代使用的器具，仿品，看起来似乎是人们用来储藏饼干或者放面粉用的罐子。一大堆颇有些年头的家庭用品，当然也是假的。这些东西都能买到，只要愿意，你可以为自己的房子或者你自己购买一整段历史——当然是假的。就好比同样的一个线团，在邮局买是 1.5 英镑，但放进"凑合用"① 连锁店之后，身价马上飙升至 7 英镑一样。还有拼花被褥。仿维多利亚式样的锡制匾牌，上面压印了巧克力制造商的名字。你知道的，就是像这样的一类东西。

勒克斯一脸茫然。

所有花掉的钱，所有这些东西，所有一去不复返的岁月，他说，这些箱子里有早在我出生之前她就已经搬进来了

---

① Make Do，亚瑟母亲的连锁店品牌，后文有交代。

的金利姆毯子①，还要更早——是在文化运动②正式开始之前——你知道，文化运动发生之后，意味着她再也无法卖掉这些东西了，这些都过时了。积压的金利姆毯子对于她的生意而言无疑是一场灾难。这里面还包括上世纪90年代非常流行的捕梦网③之类的东西。你从来没有在"密涅瓦的猫头鹰"④那家店里买过东西吗？

勒克斯继续一脸茫然。

在90年代？他说。

我90年代时人并不在这里，勒克斯说。

皂石雕刻的动物、木质浮雕佛像、香薰棒、香锥、拉菲草⑤。冥想用的各种东西。那时候我还在上学，我们家在伦敦的河边有栋房子。结果，"密涅瓦的猫头鹰"这家店一点一点地蚕食掉了这栋房子。后来，她又把所有东西都卖掉了，甚至包括她自己住的那套公寓，以便凑钱开"凑合用"连锁店。"凑合用"连锁店刚开始时经营得还挺不错的，可

---

① Kilims，一种织锦编织地毯，传统上在前波斯帝国的国家生产，包括伊朗、阿塞拜疆等国家。

② 这里指英国20世纪60年代文化运动，当时有一场"反文化"运动席卷英国。金利姆毯子作为文化界主流审美也在被反对之列，故有文中一说。

③ dreamcatcher，最初由美洲土著制作的一种带装饰网兜的圆环，据信能给主人带来好梦。

④ Minerva's Owl，上世纪80、90年代文艺圈比较流行的一个文化象征。密涅瓦即古希腊神话中的智慧女神，她的典型形象是手里拿着一根权杖，权杖上停着一只猫头鹰。所以猫头鹰在西方文化中也象征着智慧。

⑤ Raffia，来自非洲的马达加斯加的一种草料。

然后呢?

他模拟出了一个炸弹爆炸的声音。

但她还有这里,他说,所以她没事。她有房子。不在公司账目上。多亏了他。

他冲着戈弗雷的人形立牌点点头。"噢!别这样!"斯卡伯勒未来主义剧院①,每晚两场演出,电话60644,6月19日星期六首演,正座票价:75便士(15日起售),65便士(13日起售),55便士(11日起售),45便士(9日起售)。

你的父亲,勒克斯说。

就是他,亚特答。

你是由二维和三维之间的一次邂逅而产生的,勒克斯说。

哈,亚特说,这解释了很多关于我的事。

你是一个现代性的奇迹,勒克斯说。

她在外屋地板上的被褥两侧各放了一盏没插电源的灯。

好了,她说,现在我们算是有家了。

她坐在床铺上。亚特坐在她旁边。

是个好人吗,她问,你的父亲?

说实话,这个问题我真的不太清楚,亚特说,我的生命中有一个洞,"父亲"这个词就在那里面。他在电视和哑剧里扮演一个同性恋者;如果我的笔记本电脑还在,我可以在YouTube上放给你看,那儿有关于他的老片子。

---

① Futurist Theatre Scarborough,开业于1921年的英国知名剧院,非常传统的老式小剧场,2014年歇业。

我们可以在你母亲的电脑上看，勒克斯说。

她不会允许的，亚特说，我的意思是，她绝对不会允许我用她的那台电脑。

我不觉得她会介意，勒克斯说，我们可以去看看。

不管怎样，亚特说，况且我也不知道密码。

我知道密码，勒克斯说。

不，你不知道，亚特说。

我知道，勒克斯说，她说了我可以去用一用。

我母亲？亚特说，让你——用她的那台工作电脑？

是的，勒克斯说。

为什么会这样？他问。

我问她，我可以给我妈妈捎个口信吗，她说我可以用她的电脑。

她从来都不让我用她的电脑，一次也不行。我这辈子都不可能用，他说。

也许你从来就没有问过，勒克斯说。

他刚想要嘲讽一下，但转念一想，她的话倒确实有可能是真的。他从来就没有问过，很有可能。

因为我知道自己会被拒绝，他说。

勒克斯耸了耸肩。

她用另外一种语言说了些带有"ks"和"zs"发音的话。

这些话的意思是，你不玩，你就赢不了，她说。

在他母亲的办公室里，勒克斯给他看了那张写有他母亲电脑密码的纸。他将密码输进去，打开 YouTube，查找关于老剧院的纪录片，戈弗雷在其中出现了总共有三分钟左右，是用有颗粒状漂白噪点的旧胶片拍摄的戈弗雷在舞台上的活动影像。他站在那里，全身收紧，双臂交叉，抱住自己，双腿也像芭蕾舞演员一样交叉着。接下来，他一边挥舞着自己的双臂，一边跑过舞台。"别这样！"他喊道。那些画面中完全看不见的观众，他们在现场镜头之外、话筒之外、剧场空间设计好的传声效果之外——笑了起来，声音遥远而虚幻。在 BBC 上世纪 70 年代初所拍摄的情景喜剧《戈弗雷的鬼脸》片段中，他先是用不屑的眼神直视着镜头，然后戴上了领结。演播室的观众们旋即爆发出一阵大笑。这部剧里最大的笑点在于，他竟然要负责给别人做婚姻指导工作。"你有没有觉得——自己已经陷入了一场——在一百万年以内都无法摆脱的闹剧呢？"他用百无聊赖的语气对着镜头说道。这时，画面中有位身材高挑的年轻金发女演员动了起来，她主动向一名秃头男子投怀送抱，这名秃头男子的脑袋只能勉强够到她那既大又挺的胸脯。"三胞胎啊。"戈弗雷说。这段视频亚特已经看过很多遍了。演播室里观众们的笑声，永远都像是被钝器击中了一样；每当摄像机冲着戈弗雷拍摄特写镜头，进一步拉长他那张跟马脸一样长的长脸时，每当摄像机这样做时，他甚至会故意讲一遍自己那句口头禅的前半部分——"噢！别呀！"——此刻，观众们的笑声就如同受到木槌击打一般，沉闷而厚重。

勒克斯皱了皱眉头。观众们又笑了。

他们到底在笑些什么？她问。

牺牲行为，艾瑞丝说。

艾瑞丝进了房间，站到他们身后，目光越过他们的肩膀，同样也在看着戈弗雷。

我觉得他是个很好的家伙，戈弗雷·盖博，她这样说道，我只见过他一次，但有时一次就足够了。如今，我认为他是个非常聪明的人，他很清楚自己正在做什么。适当受些羞辱是有好处的。当然，你已经知道了，亚蒂。他的真名是雷——雷蒙德·庞兹①。他们结婚之后，报纸基本上就不怎么报道关于他的事了。再没有其他故事可写。尤其是你妈妈生了你之后。

亚特点了点头，仿佛自己早就知道这些事了似的（尽管他实际上只是从夏洛特写论文的参考书中零星读到过一点关于戈弗雷的内容，才算是了解到了一些相关情况）。

如今——同样是为了娱乐——当我们想要见识羞辱的时候，真人秀应运而生，艾瑞丝说，过不了多久，美利坚合众国总统的表演就要取代真人秀了。

她拿出一台 iPad，递给亚特。

我觉得你应该看看你最近的推特，她说，根据你刚刚发布的消息——你告诉 16000 人，今天，在康沃尔海岸附近，你罕见地看到了一只通常只会生活在加拿大的鸟。

他是怎么告诉 16000 人的？总共也只有 3451 个粉丝啊。他满腹狐疑地接过 iPad。

16590 个粉丝。当他再看一眼屏幕时，关注数已经上升到 16597 了。

---

① Raymond Ponds，缩写为 Ray。

"注意！英国出现加拿大的莺①。"他读道，"下一条推文将会向推特上所有的观鸟爱好者送上圣诞祝福。"

任何了解相关知识的人都知道，这是加拿大莺，而不是加拿大的莺。

夏洛特，他说，我要杀了她。

不需要使用暴力的，艾瑞丝说，告诉她别再继续这样做就行了。她在这儿啊，就在这里。

亚特一口气硬是没喘上来，几乎要被自己给憋死。

我这个夏洛特不太一样，勒克斯说，我是他的另一个夏洛特。

她对艾瑞丝眨了眨眼。

噢，他的另一个夏洛特，艾瑞丝说，好吧，我这个人，从来都不会去教其他人具体应该怎样做。不过，如果我是你的话，亚蒂，我会主动向推特上的人们坦白。我的意思是，向大家汇报一下，就说有不是你本人的家伙正在冒充你。

我会的，亚特说，我正打算这么做。

除非连眼前这个你都不是你本人，艾瑞丝说，真正的你正在别的地方发推特呢。是这样吗？你是你本人吗？

我就是我，没有问题，亚特说，说实话，我比我本人愿意承认的那个我更像我自己。

我，我，我，艾瑞丝说，你们自私一代每天挂在嘴边的就只有这个。晚一点我要为这件事专门发一条推特，我要画

---

① 这里指加拿大威森莺，是一种小型北方鸣鸟，常在夏季出现在加拿大和美国东北部，冬季出现在南美洲北部。

一幅漫画，从我嘴巴里伸出一卷徐徐展开的长卷轴，我要在卷轴上好好谈谈这件事，就跟 18 世纪讽刺漫画家们画的那种花花公子插图的表现手法一样，用卷轴来说话。不对，不是花花公子，我的意思是像个总统一样——我会以一位总统的身份来谈。当然，我是指一位假总统。我会假装自己是总统，用假身份来谈这件事。

亚特的胸口感到一阵紧缩。

她知道，他暗自思忖。

他的心沉了下去。

每个人都知道，我是假的。

那还是在三年前，一个温暖惬意的十月黄昏，我突发奇想——如果你长期关注我的博客，那你恐怕早就知道我想的是什么了——没错，我想要写关于水洼的文章。为此，我已构思、准备了颇长的一段时间。瞧瞧①，现在就是检阅成果的时刻：以下就是我当年想要为你们写的东西，而今天，就是我正式决定要在写作实践中研究水洼的第一天。

还记得那天，我开车向西出了城，想去看看荒野中的一些水洼，因为我当时已经开始厌倦城市里的水洼了。城市里的水洼，它们从来都不曾令我回想起自己的童年时光，或是任何与童年相关的东西。这意味着当我望向它们时，倒影中只"隐现"出一些东西，而非

① 此处使用了法语 voila，是表示事情成功或满意的感叹词。

"显现"出什么来让我明明白白地看见：如果你能明白我这句话的意思，那你应该知道我到底在讲些什么——好吧，不管你相信还是不信，我承认，刚才敲击键盘时，我一不小心按错了，错将"显现"打成了"隐现"①。不过话说回来，重要的永远都是当下的真实。所有真实发生的事件当中，自然也会持续不断地出现搞错了的情况。混淆一旦发生，它就是真实的、可诠释的，自有其存在的意义。（注意②这个词：混淆。它一会儿就会变得非常重要。）

　　究竟是因为机缘、运气，还是命运？怎样都好，总之那天下午，怀着悲伤又难过的心情，我终于还是跟"E"一刀两断了。"E"，她曾经是跟我一起出门约会的那个女人。分手之后，我感受到了某种比忧郁更深刻的东西，就仿佛是一艘船，它那破旧不堪的船锚早已与船身分离，像这样的一艘船，它深陷于一团迷雾当中，在恶臭的池塘上漫无目的地四处飘荡。如此这般，我决定在十月这个温暖的黄昏时分，动身去看看那些尚未被人类驯服的野生水洼。我的意思是，它们并不是那种存在于闹市设定当中的水洼，不是商店外面人行道上随处可见的玩意儿。热衷于乡村生活的人们所创作出来的老派

---

① 原文中使用的这两个词为"隐隐约约地出现（loom）"和"清楚地看见（look）"。亚瑟故作幽默，说自己这样写根本就没有深意，只是打错了（键盘上 m 和 k 是挨着的，这很合理），然后又将错就错地灵感突发，继续写了下去。
② 此处使用了拉丁语"nota bene"的缩写 NB，通常用于书面注意事项。

诗歌里，能够找到它们的踪迹——那是会引得鸟儿们开心地飞过来饮水的水洼，各种各样的小鸟，在水洼里扇动着五颜六色的翅膀。都市风的诗词里是不可能出现像这样的场景的，即便有，那也是一些城市里的鸟儿，在以城市鸟类特有的方式喝城市水洼里的水，并在那种水里清理羽毛，仅此而已。

以下是我对"水洼"一词的词源考。相比之下，我更愿意称之为"历史之诗"或者"如诗的历史"。如果你对词语本身的历史不感兴趣，那么最好直接跳过下面这一段。记住：我已经提醒过你了哦。

"水洼①"一词源自古英语②中的"pudd"这个名词，意为"犁沟"或者"沟渠"，后来在中古英语③时期被加上了"le"这一词尾，以这样一种方式使其含义范围缩小。古德语中有个名词为"Pfudel"，意为"一池水"。"水洼"这个词同时也有"搅浑、混淆"的意思。根据我手头这本词典——并非网络上那些乱七八糟的词典——里查出来的定义，它还可以表达"搅拌棒④"的意思。由此，我倾向于认为，这就是我们为什么会把"水洼"和"泥巴"这两个词结合起来的原因：土跟水这两者放到一起，用搅拌棒混合起来，岂不是直

---

① 原文为"puddle"。
② 古英语，或称盎格鲁-撒克逊语，是有记载的最早的英语形式，中世纪早期在英格兰、苏格兰南部和东部使用。
③ 中古英语是诺曼人征服英格兰之后，直到15世纪晚期所说的一种英语形式。
④ 原文为"muddler"，为"混淆（muddle）"的衍生词。

观地表达出了"混淆"的含义①!

我飞快地驶出了城市,说得更准确些,是以 M25 高速公路所允许的最高时速在行驶。然后,我在第 15 号岔口驶出高速,下了分道公路,在某处小村庄停了下来。我不记得下高速后这条分道公路的具体名字了,因为驶出分道公路的时候,我正朝着一处花园绿地挺进,那块绿地极为广阔,沿路也都是好风景——当我看到路边一条石子路上的野生水洼时,瞬间就将关于此地的其他细节统统从脑海中抹去了,其中自然也包括分道公路的名字。尽管已是秋天,那块绿地上依旧能够听到昆虫的嗡鸣声,能够看到四处活动的生趣盎然的小动物,可以清楚地观察到太阳的角度,看见来自宇宙的光线在地球上形成的阴影。

我注视着那条石子路,注视着少量降雨过后,路面遗留下来的那一小块棕黑色水面,心中终于生出了一种感觉:我的童年时光获得了延展,它现在比那天之前的一天,乃至于我生命中的其他任何一天都具有更深远的意义。

我之所以会这样说,是因为当我还是个小男孩的时候,总是喜欢玩同样的一个小游戏——在一处很大的水洼里堆放自己从别处找来的树枝。暑假里,我家附近停着很多汽车的地方,就是这个水洼的藏身之处。停车场

① 此处亚瑟相当于玩了拆字游戏:"泥巴(mud)"跟"水洼(puddle)"混合起来,就变成了"混淆(muddle)"。

的小水洼，对于童年的我而言，简直比大海还要再大上两倍。三年前的那天，我站在那个荒野水洼的边缘位置，站在那一年临近收尾时的暗淡暮色以及我本人往昔漫长岁月的些许余晖当中——彼时的我，已经比还是个小男孩的自己年长得多——我站在那里，将一些树枝放进了眼前的水洼里（为了达成这个目的，我在水洼附近四处走动，找到一道树篱，将上面适合瓣下来用的树枝全给瓣下来了）。完成这一切之后，我又站在那里，观察那一根根小树枝，看它们在水洼的海洋上漂浮、航行。

我对狂飙的热爱，对生活的热爱，对生命本身的热爱，在那个十月的黄昏时分，统统回到了我的心里，就跟我还是那个男孩时一样强烈，如今亦是如此。

"艺术自然"博客。

勒克斯清了清嗓子。

她说，这文章看起来不太像你写的。当然，这是针对我所了解的那一部分你而言的，并不是说我很了解你。

真的吗？亚特说。

此时此刻，他们正坐在办公室里，他母亲的电脑前。

现实生活中，你看起来并不是那么沉闷，勒克斯说。

沉闷吗？亚特反问道。

在现实生活中，你似乎比较客观和独立，但这也不是不可能，她继续说道。

见鬼，你这话到底是什么意思？他说。

嗯，我的意思是，根本就不像这篇文章，勒克斯说。

谢谢，亚特说，我想你是在表扬我。

不，我的意思是说，这篇文章读起来根本就不像是真正的你，她说。

噢，这就是真正的我，没问题的，亚特说，很遗憾，毕竟这个"我"避无可避。

你有什么好遗憾的？勒克斯说。

不，不，这只是个对话时的譬喻而已，亚特回答道。

那是辆什么样的车？勒克斯问。

什么意思，什么车？他反问道。

就跟我说的一样啊，勒克斯说，车。那辆你开去荒野水洼的车。

我没有车，他说。

所以，你当时租了辆车？她问，要不就是借来的？

我不会开车，他说。

既然如此，那在博客里，你是怎么找到那个村子的？她说，有人开车送你？

其实我哪儿也没去，他说，我是在谷歌地图和 RAC 行程规划器①上找到这个地方的。

啊，她说，但是，喜欢在水面上让小木棍像船一样航行是真的，对吧？

这也并不算是独属于我自己的个人记忆，确切地说，不

---

① RAC 公司出品的一款行程规划器，提供类似地图导航的功能，有网页版和手机软件版。

是真正发生在我身上的事情，他说，可是话说回来，对于阅读博客的人们而言，这确实是一段具有很好共通性的、可共享的回忆。

所以，那真的是十月里一个温暖的日子吗？她又问，还是……连这也是编造的？

这同样是为了帮助阅读博客的人们，让他们可以更快地将自己置于作品所营造出来的氛围当中，他说，告诉读者们一个地点，或者一个具体的时间，并且提供一点点相应的细节，这真的很有帮助。

但却什么真的东西都没有，是吗？勒克斯说，我刚才所读到的事情里面，没有任何一件是真实的？

你听起来像是夏洛特，他评价道。

这就是我的工作，她说。

她也说我不是真实的，亚特说。

我不是说你不是真实的，我是说这些事情都并非事实，勒克斯说。

这种行为对我来说就是真实的，他说，这样写，在一定程度上能够让我保持清醒。

勒克斯点了点头。此时此刻，她正在用一种耐人寻味的眼神盯着他看。等到这整件事过去之后，当他再次回想起这段对话时，恐怕会将勒克斯此刻的眼神视为一种温柔吧。

她又将目光移回到电脑屏幕上。在较短的一段时间里，她什么都没有说。过了一会儿之后，她才再一次开口：

我知道这是怎么一回事了。我确实知道了，总算弄明白了。好的。那么现在——告诉我一些在你身上真正发生过的事情吧，我的意思是，至少讲一件确保真实的事情，而不是博客上那些，只要是一些你确实记得的事情就好，哪怕小事都好。说得更准确些，我想知道的是深埋在你所编造的那段关于树枝和水洼经历之下的部分，关于还是个小男孩时候的你，关于那时候的真实的事情。

只要一件真实的事情就够了吗？他问。

任何真实的事情都行，她回答道。

好的，亚特说，好吧。还记得小时候，我坐在别人的腿上，我不太记得那是谁的腿了。我只知道，我的手紧紧拽住她衣服的袖子边缘，那件衣服是羊毛料子，但看起来又像是蕾丝，似乎是那种用毛线来回反复编织而成的、带有孔洞的图案。总之，我手里抓着那些孔洞，而她呢，则正在给我讲一个关于神奇小男孩的故事，那个男孩抬头望着一块坚冰，这块坚冰是如此巨大，高耸入云，犹如一道悬崖，小男孩用自己的小手敲击着冰面，就仿佛那冰面是一道门似的。

勒克斯耸了耸肩膀。

就是这个，她说，这就是我所说的真实的事情。你为什么不把这个原原本本写在博客里呢？

噢，我是不可能把这样的东西写下来，然后放到网上去的，他说。

为什么不呢？勒克斯问道。

这也太真实了，亚特说。

圣诞节午餐时间。他母亲之前已经明确拒绝了亚瑟所提出的"为了他走出房间"的请求。与此同时，她也拒绝走出自己的房间去看看勒克斯（即"夏洛特"）。哪里知道，她却突然出现在了餐厅门口，侧身靠在门框上，简直就跟一个已然褪去光芒的好莱坞过气明星一样。艾瑞丝此时正在将午餐的食物拿过来，放到餐桌上。

索菲，艾瑞丝说。

艾瑞丝，他母亲回应道。

很久没见了，艾瑞丝说，你还好吗？

他母亲一言不发地扬起眉毛，伸出一只手来，捧住自己的脸颊一侧。随后，她走了过来，在餐桌旁坐下。

我不会吃太多，她说。

好吧，很明显，看看你那模样就知道了，艾瑞丝说。

克利夫斯夫人，你不喜欢吃东西吗？勒克斯问。

我正在为此而受苦，夏洛特，我不得不长期忍受一些人常常挂在嘴边的所谓"小题大做"的状态，我却愿意将之称为一种领悟，我很清楚自己所吃下去的每一样东西，我知道，它们对我而言都是有毒的，他母亲说。

这可真是件可怕的事情，勒克斯说，不管这是小题大做还是领悟，抑或两者兼而有之。

你完美地理解了我的意思，他母亲说道。

嫉妒和恼怒在亚特的头脑中蔓延。他什么都没有说。艾瑞丝端着一盘烤土豆走了过来，坐下。每个人都彼此碰了杯，以此来庆祝圣诞节，除了拒绝喝酒的母亲之外。

我住了那群鸟以前住过的房间，艾瑞丝说。

现在一切都有些不同了，他母亲说，看她那模样，好像并不是在回应艾瑞丝，而是在跟房间讲话。

我在这个地方有过很多美好的记忆，艾瑞丝说，索菲，你把这里翻新过了，对吗？

艾瑞丝以前住在这里？真的吗？但他母亲说话时的语气简直就像个导游，仿佛此刻房间里挤满了陌生人，仿佛她跟她们两人之间隔着一面玻璃墙在说话。

我买下了你们今天看到的这栋房子和土地，她说，不过，在我买下这里之前，已经有人将这栋房子从最初那种破败不堪、濒临拆迁的危机状态中漂亮地修复过来了，我是在那之后才购买的。不得不说，我对翻新房子那群人的高超技艺感到印象深刻。当然，多年以前我就知道这栋房子，早在真正买它的好些年前就知道了。所以，当我再次看到它时，看到它在整修之后拥有了更好的状态，我觉得挺开心的。

艾瑞丝环顾整个餐厅。

这边曾经是橘子园，她说，很久以前，沿着那堵墙的一整圈都是窗户，所有的窗户都是完全朝南的，正对着花园，那场景非常梦幻。我刚才还在想，究竟是谁夺走了这里原本明亮无比的采光。

她又转向亚特。

不过，这里也不是我们一起生活过的地方。我住在这里的那段日子，还是在你出生之前呢。至于你和我，我们当年一起住在纽林①。我们以前经常去参观他们为纪念遇难矿工而专门挖出来的那个很深的洞，里面有长满草的座位。还记

① Newlyn，纽林是英国康沃尔郡西南部的一个海滨小镇和渔港。文中所说的洞是为了纪念威尔士煤矿矿难而专门挖掘的，是全球历史上十大最严重的矿难之一，也是英国历史上最严重的矿难。

得吗？

我不记得了，他说。

没事，我记得，艾瑞丝说。

艾瑞丝一走进厨房，他母亲马上就前倾身体，对他们两个说道：

你从来没有跟她一起生活过，亚瑟。他从来没有跟她一起生活过，夏洛特。好吧，他确实跟我父亲一起生活过一段时间，那还是在他上学之前，因为那段时间我经常出国。但是，他从来就没有跟她一起生活过。

他母亲将一个孢子甘蓝和半个土豆放进自己的餐盘里。然后，她又倒了点佐餐酱汁①在孢子甘蓝和土豆旁边。其他人都在大口进餐，但他母亲既不碰土豆，也不碰孢子甘蓝。她用叉子蘸了两次浓浓的佐餐酱汁，然后将叉子尖放到自己舌头上。

没有人说话，勒克斯/夏洛特一直在关注他那位怎么也不肯吃饭的母亲，最后她终于开口说道：

我对圣诞节有些好奇。

哪方面？亚特说。

我好奇的是关于马槽的那些内容，勒克斯说，他们为什么非要把孩子放在马槽里呢？我的意思是，在所有相关的歌曲和故事当中，为什么都是如此？

---

① gravy，欧美家庭做肉类料理时常用的配料，中文通常译作"肉汁"，但其实并不准确，该配料很多是全素的，而且也不总是搭配烤肉或肉饼食用。本来此处译为"肉汁"亦无大碍，但后文中有涉及素食的一些内容，故此处直译为"佐餐酱汁"更为妥当。

这既不是因为哪一首歌，也不是因为哪一个故事，他母亲说，因为这就是基督教的起源。

好吧，我并不是基督教徒，我也不知道基督教相关的各种错综复杂的社会影响，勒克斯说，但我想问的问题其实很简单——为什么必须是马槽呢？

因为贫穷，艾瑞丝说。

当时根本找不到可以用的婴儿床，只能用圣诞马槽了，他母亲说，圣诞故事里也说了，到处都没有床位。

是的，确实如此，但为什么一定要特别强调它是个马槽呢？我是说，先不管别的出处，至少在那些圣诞歌曲里面，这个小小的主，耶稣，都是出现在马槽里——所以为什么一定要在马槽里呢？勒克斯追问道。

这只是写圣诞颂歌时的习惯用法而已，亚特说，等等，我去谷歌上查查。

他把手机拿了出来。但一拿出来他就想到，自己并不打算开机。

于是，他只好把手机屏幕朝下，放在了盘子旁边，他皱了皱眉头。

谷歌，他母亲评论道，新得不能再新的新大陆。不算太久之前，只有那些精神错乱的怪人、躲在象牙塔里的学究、帝制拥护者和最天真的学童才有可能相信，百科全书这种纯粹书面上的玩意儿，居然能够给予你们与真实世界等同的价值，或者换句话说，居然还会有人愿意相信，仅凭百科全书就可以对真实世界取得任何真正意义上的理解。推销员们挨家挨户地售卖它们，但它们其实永远都不值得信任。即便是那些获得了机构授权认证的百科全书，即便是我们之前从未误解过，或者已经作为常识而普遍接受的任何真实世界里的知识，也是如此。可是，现在全世界都不假思索地信任搜索引擎。有史以来最精明的上门推销员被发明了出来。不用再介意他们是否进门，因为他们已经站在房子正中间了。

事情总要从两面看，艾瑞丝说，这是我上周偶然在网上发现的东西。

她拿出自己的手机，找出自己提到的内容，然后滑动屏幕，开始为大家读了起来：

如果你突然无法呼吸，整个人快要窒息，鼻腔涌生一股味道像发霉的干草垛堆起，那你大可以孤注一掷，赌上一把：路上有光气①。如果闻起来味道像漂白粉袋子漏气，必然意味着你已遇见氯——对，那是一种气体，我们管它叫氯气。如果你眼角抽搐不停，眼泪哗哗，流到什么都看不清，可别以为是妈妈剥洋葱太急，因为那就是一剂 C. A. P②。如果闻起来像是在大嚼梨子硬糖，最好不要再拖延礼让。绝对不是你爸舔太妃糖③，而是那该死的 K. S. K④来袭。如果你回家喝茶闻到一股怪味刺鼻，赶紧找任何人打赌，赢到他们没脾

① 光气，又称碳酰氯，剧烈窒息性毒气，吸入时有发霉的干草味，高浓度吸入可致肺水肿。
② "Chloroacetophenone" 的缩写，即苯氯乙酮，结晶状固体，有强烈刺激性气味，主要作为军用与警用催泪性毒剂。
③ 西式糖果中一个种类的统称，指用红糖或糖蜜和奶油做成的硬糖。
④ 指碘代醋酸乙酯，有英国传统梨子硬糖气味，会形成刺激性烟雾。

气——外面使用的就是 B. B. C. D. M、D. A. 和 D.
C.，这些玩意儿都会发出玫瑰香气，闻起来仿佛高贵的
香水，鼻子却转眼如临大敌。毕竟它们全是芥子气①，
这地狱般可怕的坏东西，会为你掏出一个个大水疱，全
身上下，座无虚席。一旦遭遇芥子气，你转眼就来到医
院里，姐妹们悉心照料，可惜你就算保住小命，下半辈
子也注定残疾。还有一事需要最后提及，天竺葵作为床
上用品，睡着确实挺舒适，看起来更是漂亮保值。可这
是在战争期间，天竺葵实在祸害无边，一旦他们用上路
易氏剂②，不知不觉你已死掉没戏。③

诗歌朗读进行到一半时，他母亲放下了叉子，整个过程
是这样的：她首先将叉子高高地举到空中，然后用力砸下
来，放到盘子边上。

这些是来自 20 世纪 40 年代的信息，艾瑞丝跟他们说，
完全不是你在那些古老的百科全书里能够找得到的东西。这
些信息编排得很好，很容易就能够让学生们牢记于心，帮助
孩子们认识到，当他们遭遇毒气袭击时，可能会被呼吸到肺
里去的东西。威尔士的学童们也用威尔士语学习了同样的
诗歌。

---

① 芥子气为二氯二乙硫醚的俗名，具有挥发性，是极为知名的化学毒
剂。
② Lewisite，三价有机砷化合物，1918 年由路易斯等人首先合成的含砷
起疱剂，用于化学武器中，闻起来像天竺葵。
③ 这是二战期间，一首题为《危险气体》的长诗节选。原诗每句皆押
韵，本书译文为求押韵，稍有意译。

我姐姐可真是个网络达人啊，他母亲嘲讽道，互联网，天真和刻薄的污水坑。

嗯，天真和刻薄一直存在，艾瑞丝说，互联网让这两者都变得更加明显。这也许是件好事。哈，我的天！如果我们眼下说的这些话就已经称得上是尖酸刻薄，那你可真该读读我这些年收到过的一些信。

亚特的母亲用一个夸张的哈欠来回应她。

亚特借了艾瑞丝的手机，这样他就可以在不必打开自己手机的情况下查阅一些东西，然后换个话题。他查找的内容是"马槽圣婴①"。他将自己在维基百科上查到的一些相关事实大声念了出来。然后，他又用关键词"耶稣"和"马槽"分别进行了搜索。这部手机的屏幕上弹出了一个叫作"令人信服的真理"② 的相关网站。但网站内容却无法正常加载。

所以，勒克斯说，消费主义与圣诞午餐之间不仅密切相关，消费主义甚至还直接跟那个刚出生的小婴儿相关，对吗？因为在当时那个小城镇里，所有客房都爆满，找不到地方给他们住，所以耶稣才最终被放进了马槽里？

---

① *Away in a Manger*，英国传统的民间圣诞颂歌，其历史可以追溯至 19 世纪末。
② compellingtruth. com.

如果我们没有得到，那我们就不会离开①，他母亲以唱歌的方式回应道。

《圣诞夜歌》② 是我最喜欢的，艾瑞丝说，持续长达两千年的错误。跟那些对神的话语置若罔闻的人交战。然后天使们开始放声歌唱，天使们开始向人间俯首。我喜欢懂得灵活变通的天使。

我想你最终会发现《冬青树和常春藤》③ 这首歌的妙处，他母亲说，这是唯一真正做到了内容完全真实可信的一首圣诞颂歌。

因为这确实很重要啊，关于圣诞颂歌，最重要的一件事就是，它必须是坦率而真诚的，艾瑞丝说。

亚特发现，他母亲听到这句话之后，脸色突然变得有些难看，感觉像是在回避什么。

而且，不管怎么样吧，还有另一件事情我也很想弄清

---

① 原文为 "We won't go until we've got some"，这是最著名的圣诞颂歌《祝你圣诞快乐》（*We Wish You a Merry Christmas*）中的一句，同时也是这首歌结尾的歌词。原歌曲中，孩子们挨家挨户唱这首歌，向大人们讨要布丁。此处亚瑟母亲挪用此句，意为耶稣一家坚持要在城中找个去处，最终得偿所愿。

② *It Came Upon the Midnight Clear*，又名《午夜歌声》或《夜半歌声》，是一首创作于 1849 年的圣诞颂歌，由马萨诸塞州韦兰一神论教堂牧师埃德蒙·西尔斯（Edmund Sears）所写。

③ *The Holly and the Ivy*，英国传统的民间圣诞颂歌，这首创作于文艺复兴时期的颂歌通常被归入都铎王朝的亨利八世笔下。歌词内容几乎是完全自然主义的，讲述冬青树与常春藤结伴到永远的浪漫情怀。亚瑟母亲举这首歌为例，是在调侃艾瑞丝所举例子中带有神话叙事的虚构成分，与前文中多次出现的"瞎编神话者"相呼应。艾瑞丝的回应也很巧妙，暗指妹妹不够坦诚。

楚，在圣诞节这天，一些原本做不到的事情怎么就突然变得可行了呢？勒克斯说，而且是必须可行，所有人都必须这样做——祝愿每个人都平安、地球和平，对所有人都满怀善意，大家都要快乐、开心、幸福，但却仅限于今天，要么就是仅限于一年当中围绕着圣诞节前后的这几天？就假设是前后几天时间吧，那么，既然我们在这几天能够做到这些，为什么一年中的其他时候做不到呢？我的意思是，比如说，大家都听过的那个故事：第一次世界大战期间，由于要过圣诞节，战壕里其乐融融，敌人之间互相组队，踢起了足球①。这个小故事充分揭露出了关于圣诞节的最大矛盾：动机上的愚不可及。

这是一种姿态，亚特说，象征着希望始终存在。

充其量也不过是种空洞的姿态罢了，勒克斯说，否则，为什么不持之以恒地为地球上的和平与善意做贡献？只是努力几天、做做样子而已，这样的圣诞节还有什么意义？

圣诞购物周活动从七月份就开始了，这才是重点，亚特说。

勒克斯翻了个白眼。艾瑞丝冲着她咧嘴笑了起来，然后也对亚特笑了笑。

还是回到我们最开始时的话题吧——马槽，勒克斯说，我是说，关于圣诞马槽，是不是还存在着这样的一种可能性。他们之所以选择将刚出生的婴儿放进马槽里，是因为如

---

① 这里是指1914年圣诞节，对战的英德两军在战壕中停战，同时唱了圣诞歌，在25日这日，举办了战地足球赛。

果没有奇迹发生，孩子最后是会被吃掉的，对吗？所以，刚一出生就被吃掉，这就是贫穷婴儿的宿命吗？

噢，你真聪明，艾瑞丝说，她很聪明，亚蒂。看到温柔的羔羊出现。承诺永恒的年岁[1]。

在这圣诞节的午餐时间，我们的饭菜里连一点肉都没看见，他母亲说。

那是因为这里能够吃的就只有我家里碰巧有的东西，能带的我全给带来了，艾瑞丝说，再看看你，简直就是个老吝啬鬼、只会发牢骚的家伙，家里除了一袋核桃跟半罐樱桃之外，完全没有任何其他东西可以拿来给你儿子还有他的小女朋友一起过圣诞节。

她说这番话时语气和蔼可亲，就跟讲笑话一样轻松。但房间里的空气却仿佛已经冷掉的佐餐酱汁一样，迅速变得沉重起来，几乎让人喘不上气。

或许你现在很想来点樱桃跟核桃，因为你似乎什么都没吃，艾瑞丝接着说了下去，如果你现在就要，我马上过去帮你拿，好吗？

多亏勒克斯倾身向前，接上了桌子对面他母亲的话茬。

我碰巧是个素食主义者，她说，这的确是一顿非常丰盛的午餐。圣诞节期间，千里迢迢来到这里，参加你们的家庭聚餐，受到你们细致热情的款待——克利夫斯夫人，我感受到了难以想象的慰藉和满足。试试这些欧洲萝卜吧，就在你

---

[1] 出自圣诞颂歌《在冬天的雪中看》（*See, amid the Winter's Snow*）歌词。

盘子边上。

它们碰过黄油了，他母亲说。

确实碰过，勒克斯说，它们简直就是人们口中所说的"来自天堂的味道"①。

那就不用了，谢谢你，夏洛特，他母亲说。

索菲更喜欢地狱，艾瑞丝挖苦道。

但我要一片面包，他母亲说，谢谢你，夏洛特。

艾瑞丝马上拿出一篮子面包，放到了餐桌上。但是，他母亲完全没有主动过来取面包的意思。于是，艾瑞丝微笑着将篮子递给了亚特，亚特把篮子举到母亲跟前，但她仍然没有取。接下来，亚特将篮子传给了勒克斯，勒克斯取出一片面包，他母亲也马上取了一片出来。

我突然想起了一些东西，请原谅我打扰大家吃饭的雅兴，勒克斯一边说着，一边小心翼翼地将面包篮子放到母亲旁边的台面上，他母亲见状，几乎立刻就拿起了另一片面包，偷偷摸摸地、像松鼠一样快速地啃食着。勒克斯继续说道，现在这个房间里的一切，令我想起了莎士比亚的戏剧。在莎翁故事的进程当中，总会有一些读旁白的家伙，他们会突然跳出来对那些正在读剧本的读者——或者换一种角度去理解，我想，对于戏剧剧本而言，应该是指观看演出的观众们——讲一些他们理应听到、理应知道的东西，但与此同时，出于戏剧理论上的原因，台上的人们却完全听不到，或

---

① 素食主义者分好几类，有些认为黄油也算素食，可以食用。此处亚瑟母亲与勒克斯之间的对话，可能说明亚瑟母亲是严守素食主义者，与此同时，也是在为自己之前的发言开脱。

是假装他们听不到，哪怕念旁白的人读得字正腔圆，剧场里的每个人都能听见。台上与台下，就好比两个次元。

我想你指的应该是哑剧，而非莎翁剧，亚特说，观看莎翁剧时，台下的人们其实也会加入进来，跟台上产生互动，比如说，当反派走上舞台时，他们马上就会发出嘘声。

不，我不是这个意思，勒克斯说，打个比方，在我现在所提到的这部莎翁剧中，有一位国王，还有说谎的继母，以及国王的女儿。随着剧情的推进，有个从外国来的男人，他趁人不备，躲进了女儿房间的一只大箱子里，等到半夜再从大箱子里出来，这样他就可以在什么坏事都不做的前提下，好好看清楚她的模样。记住她的模样之后，他又偷了一些房间里的东西，以证明自己确实到过那里。然后，他回到国外，撒谎说自己已经跟国王之女上了床。在此之前，国王女儿的丈夫因为其他一些原因，已经被流放到了国外。外面来的男人之所以会做这些事，完全是为了在跟这个被流放的丈夫私下约好的一场赌博中获胜，以便赢得大笔钱财。另一方面，由于王后是国王女儿的继母，不是她的亲生母亲，所以王后十分恨她，想要杀了她。而现在呢，眼看证据确凿，就连国王女儿被放逐的丈夫也误认为自己受了背叛，愤怒得发狂，想要杀死她。无奈之下，国王女儿只好将自己伪装成男孩的模样，进入森林里，想要逃得远远的，哪曾想到，那里竟然有个樵夫正在等她，应该是奉她丈夫之命来谋杀她的，因为丈夫彻底相信了她跟别人睡觉的谎言。

噢，上帝啊。想必是为了让自己看起来更像是大家想象中的夏洛特，勒克斯正在编造一整套平淡到可怕的童话故事情节，内容一点都不像莎士比亚，还硬要假装这是莎士比亚写出来的故事。

但樵夫是个好人，不会杀她的，勒克斯继续说了下去，他给了她一种他自己认为是万能药的东西，让她独自在森林里待着，确保自身安全，但实际上，那个所谓的万能药反而是王后交给他的剧毒。王后告诉樵夫，这是一种强大的万能药，包治百病，是送给他的奖赏，但暗地里却希望善良的樵夫能将它送给自己的继女，如此一来，一旦她服下了这种药，转眼就会香消玉殒。就这样，国王之女留在了森林里，她在那里遇到了两个野小子，而她直到这整场戏结束时才知道，原来这两个家伙并不是野小子，而是被流放的王子们。不仅如此，他们碰巧还是她失散多年的亲兄弟。他们一起在森林里住了一段时间，直到有一天，她觉得身体不舒服，于是便吃了樵夫送的那个药，转眼便陷入了沉睡状态，就跟死掉了一样，但这其实并不是真的死了，因为那个药实际上也并非毒药。制造这种药的医生，他虽然奉王后之命去做一剂剧毒，但却最终决定不做真正的毒药，因为他是个不想做无可挽回之事的好人，而且，他认为王后根本就不值得信赖。虽然她口口声声说制剧毒防身，但那肯定是在说谎，她就是想毒死所有人。所以，到了最后，原本注定要死的女儿又醒了过来。

唷！艾瑞丝感叹道。

讲了这么多，这还只是整个故事的一半而已，勒克斯说，在剩下的部分中，人们会出现幻觉，一个死去的家庭会来拜访，还有一位神灵，出现在老鹰的背脊上，将一本书扔给了监狱里的一名囚犯，告诉他未来会发生些什么，但所有的话语都是以一种他必须要解开的谜语形式出现的。

亚特说，这一定是，呃，很少见到的莎士比亚作品，或许是后世强行归类到他著作当中的一部存疑的作品。

别再害怕太阳的炙热，这时候，他母亲突然开口了，青春如黄金般闪耀的小伙子和姑娘们都必须跟扫烟囱人一样，归于尘土。"扫烟囱人"，这里用了蒲公英头部的旧名，也即蒲公英播种时的名字①。如此美丽，辛白林②。

辛白林，勒克斯重复道。

这是一部关于整个王国陷入混乱、谎言、权谋、分裂的戏剧，大量戕害与自我戕害交织其间，他母亲说。

每个人都在假装自己是某个人，或者是别的什么人，勒克斯说，而你也看不出这一切最终会如何解决，因为这一切本身就是场混乱的闹剧。这是我所读的第一部莎士比亚戏剧，也是我为什么要到这个国家来学习的根本原因。我读了之后在想，这个地方的那位伟大作家，他竟然能够将一大堆疯狂、苦涩、乱七八糟的东西汇聚到一起，最后变成这么优雅的一部巨著，剧终之时，一切重归和谐，所有谎言都被揭露了出来，所有损失都得到了弥补，这是多么了不起的成就！英国，那就是他在地球上曾经生活过的地方，那就是造就他的地方，所以，英国就是我要去的地方，我要去那里，

---

① Chimney-sweeper，即"扫烟囱人"，在沃里克郡方言中指播种时飞舞在空中的蒲公英头部。据推测，莎士比亚是沃里克郡人。

②《辛白林》（*Cymbeline*），是英国剧作家威廉·莎士比亚创作的戏剧，首次出版于 1623 年。

我要住在那里。

啊,亚特说,是的,当然。新拜林①。

正如我之前说过的那样,我之所以不厌其烦地讲出这些话来,也是有具体原因的,勒克斯继续说了下去,因为我们眼下就跟戏剧中的人物一样,生活在同一个世界里,但又彼此分离,就好比他们自己的世界从某种程度上而言其实已经很不协调,或者早已脱离了彼此共存的世界,各自独立地活在自己的世界里了。但是,如果他们能够勇敢地走出自己的世界,或者哪怕只是稍微觉醒过来,听见并且看见发生在他们眼前的一切真实,听到那些旁白,看见台下的观众,他们就会发现,自己和其他所有的角色正处于同一部戏剧当中,面对的是同一个世界,他们都是同一个故事当中的组成要素,不可分割。我们眼下的情况就是这样。

就是这样,亚特说,所以,我们现在再来聊点什么比较合适?我昨天晚上做了这样的一个梦,它非常生动。

艾瑞丝笑了。

和我外甥在一起是什么感觉?她问。

我不知道,勒克斯说。

哈哈!亚特干笑道。

我大部分时间都住在我工作的仓库里,勒克斯说。

她在开玩笑,亚特说。

他们并不知道我睡在那里,勒克斯说,我睡在办公室楼

---

① 原文为"Cimmeleen",这里是因为亚特根本就没有听说过《辛白林》这部莎士比亚戏剧,所以将他母亲所说的"Cymbeline"给听混了。

里——顶层的一个空房间里。

她喜欢编故事，她的故事都很有说服力，亚特说。

事实上，勒克斯说，这是一份比我在绿色清洁公司①时还要好得多的工作，因为绿色清洁公司没有属于自己的办公楼，所以我大部分时间都不得不睡在朋友家的沙发上，可是后来，借我沙发的好朋友阿尔瓦②找到了一份更好的工作，搬到了伯明翰，我就没地方可睡了。不管怎样，绿色清洁公司后来开始雇用起老板不知从哪里找来的非洲难民，因为如此一来，他就不必再支付他们任何报酬③，所以我就离开了。而且，在固定的几个地点送货和打包，始终都比卖肥皂好得多，因为除非你跟保安睡到一起，否则你是不可能睡在商场里的。我的意思是跟保安们上床——我当然不会这样做的。所以仓库真的很好，但我不能在休息日到那里去，也不能在休息日晚上睡在那里，除非我能够趁夜班人员不注意溜过去。

亚特意识到自己已经惊讶得合不拢嘴了。他赶紧闭上嘴。

你为什么不留在亚特家里呢？艾瑞丝问。

是的，亚特说，很明显，为什么不呢，夏洛特？

实话实说？勒克斯问，还是不了吧。

他们住在一起，他母亲说，至少他是这样告诉我的——他们生活在一起。但是话说回来，谁又规定我必须对自己儿

---

① Cleangreen。
② Alva。
③ 英国难民需要有一份正式工作，以此来换取合法居留。

子的事情一清二楚？我只是他妈妈而已，怎么可能事无巨细地监督他的生活？谁规定我必须知道这件事的真相？

事实情况是，我们两个之间的关系还没有到可以同住一个屋檐下的程度，勒克斯说。

就我所知，你们在一起已经满三年了，他母亲说。

噢，不对，我并不是夏洛特，勒克斯说。

哦，确实是这样。你是另一个夏洛特，艾瑞丝补充道。

什么叫另一个夏洛特？他母亲问。

亚特清了清嗓子。母亲看着他。

为什么在这个房间里，除了我之外，大家都知道还有另一个夏洛特？他母亲追问道。

是我的错，勒克斯说，在此之前，我还专门嘱咐过你的亚瑟，让他不要跟你提起此事。克利夫斯夫人，因为，呃，怎么说呢……因为我很害羞，考虑到我跟亚瑟——我们之间相互了解还如此之少的情况下，我竟然就已经以家庭客人的身份来到了这里，跟大家一起过圣诞节了：这个事实可真是令我感到局促难安。顺带一提，我并不认为自己是夏洛特。实话实说，我更希望你们能够用我家里人叫我的名字来称呼我。

不叫夏洛特了？艾瑞丝问道。

勒克斯，勒克斯说。

亚特正在用手腕外侧揉搓自己的双眼。听到这句话，他赶忙把手从眼睛的位置挪开，却发现他母亲的脸出乎意料地变得温柔起来。

跟肥皂香片一样的名字吗①？他母亲说，噢，噢，多可爱呀。它们会在水中溶化，使水变得光滑又顺溜的，记得吗？

在电视上播放的广告中，和勒克斯同名的肥皂香片②就像雪花一样飘落下来。艾瑞丝说，还记得那年，索菲为一个学校举办的项目画了一栋来自未来的房子，还有印象吗？那一年，你必须设计出一个"未来之家"的房间，因为之前你画的那张"未来之家"获得了市政委员会的一项大奖。结果最后，她设计了一个冬天的房间和一个夏天的房间，我也帮了忙。

她确实帮了忙，将力士肥皂片粘在了赛勒塔普③胶带上，为冬天的房间做了一块有纹理的羊皮地毯，他母亲说，太聪明了。不过，我不记得我们为夏天的房间做了些什么。

我记得，艾瑞丝说，我从一张灵格风④意大利语唱片的封套上为你剪下了一些小照片，把它们贴在墙上，就好像是真的照片一样，还用黑色墨水在它们周围画上边框——

是的，他母亲说，有一名端着酒杯和一瓶酒的侍者、一名法国警察、一个边爬阿尔卑斯山边喝啤酒的男人，还有一个穿着传统服装的女人，也许是荷兰人——

——我们把这些统统挂在未来夏天房间的墙上，艾瑞丝

---

① 勒克斯原文为"Lux"，也是力士香皂的品牌名。
② 原文为"soap flake"，是将肥皂削成刨花形状贩售的产品，用于需要快速溶化、制造肥皂水的场合。
③ Sellotape，英国胶带品牌。
④ Linguaphone，总部位于伦敦的全球语言培训公司，创始于 1901 年，提供自学语言课程。

说，我不得不把剪下来的剩余唱片封套一路带到镇上，扔到离家非常远的垃圾箱里，我很害怕我们的父亲会发现，我们把其余的四十五张唱片塞进了其他不同课程的唱片封套里——

"课程①，"他母亲说，"我是意大利人，帕格尼尼教授②——"

帕格尼尼教授，艾瑞丝唱出了声。

她们开始合唱起来：

帕格尼尼教授，现在你不要当个吝啬鬼，你的唱片封套有什么问题，来吧，跳起来吧——

她们两个同时笑了起来。

我在夏天房间的窗户里画出了太阳，艾瑞丝说。

我们原以为我们的未来会像意大利一样，阳光明媚，兼具世界性和大陆性，他母亲说。

她的名字来自意大利，艾瑞丝说。

她的名字则来自希腊，他母亲说。

我们是以我们父亲在大战时期战斗过的地方命名的，艾瑞丝说，为了欧洲。

噢，来了，来了，他母亲说，从开始说话到此刻，我一直都在耐心等待着，想看看我们这次吵架的催化剂会是什

---

① 原文为意大利语 "Lezione"。
② 原文为意大利语 "I suoni Italiani, Professore Pagnini"。

么，会是哪一句话。好的，就是现在！从现在算起，任何一分钟，我们都有可能马上吵起来，夏洛特，记住这句话："我们两个是在一条以反法西斯战争命名的街道上长大的。"

真是这句话吗？艾瑞丝说，噢，这很好。似乎会很有趣。我还能说什么呢，索菲？不过话说回来，你讲的这句话确实是事实，我们确实是在一条以反法西斯战争命名的街道上长大的。

很奇怪，勒克斯说，在这个国家，当人们非常喜欢买一些看起来像旧物什的新东西时，竟然曾经有人认真讨论过未来的房间究竟应该是什么模样。实话实说，我最经常听到人们讨论的关于房间的话题，就是**没有**房间①，没有**更多的**房间，我已经习惯了。

这种说法挺悲伤的，但确实是事实，夏洛特，他母亲回应道，**确实**没有更多的房间了。

一个独自住在有十五间卧室的房子里的女商人如是说，艾瑞丝说。

他母亲的脸一下子变得通红。

她选择继续跟勒克斯说话，仿佛艾瑞丝不在房间里似的。

他们就如同不断迁徙的候鸟，为了工作，不断更换居住地，他母亲说，因为他们想要过上更好的生活。

老伊诺克②的灵魂啊，艾瑞丝用鬼魅般的声音说道，

---

① "房间"的英文"room"也有"空间"之意，此处一语双关。

② 伊诺克·鲍威尔（Enoch Powell，1912—1998），英国政治家，著名的反移民活动家和怀疑论者。

血——流成河①。

人们想要过上更好的生活，这有什么不对吗，克利夫斯夫人？勒克斯问。

你不要太天真了，夏洛特。他们之所以来到这里，是因为他们想要过上**我们的**生活，他母亲说。

我敢打赌，我知道你在选举中投了谁的票，我知道你支持什么样的政策，艾瑞丝说，在所谓的民主投票中，你究竟是怎样做的。我的妹妹，大众眼中的"聪明人"。而我就是那个"疯狂的家伙"。大家都是这么说的。

但是，克利夫斯夫人，勒克斯说，如果我们不能解决数以百万计的人无家可归的问题，或者说，无法解决他们的家庭过得不够好的问题，那么，除了对他们说"走开"，在边境建造高高的护栏和围墙之外，还能怎么办呢？置身事外，毫不关心——这显然不是一个足够好的答案。在一群人可以主宰另一群人命运的情况下，是选择彻底排斥外来者，还是包容他们？人们本应该给出比目前这种答案更巧妙、更慷慨的回应。我们必须要想出一个更好的答案才行。

但他的母亲听到这番话后，却愤怒地抓住了餐椅的扶手。

所谓的民主投票，实际上就是为了让我们的国家能够合理合法地摆脱其他国家给我们带来的麻烦，不必去承担任何

---

① 原文为"Rivers of bloo-oOOo-ood"，这里指伊诺克·鲍威尔发表的非常有名的"血流成河"演讲，他在演讲中强烈抨击了大规模移民政策。

多余的责任，他母亲说，相对应地，也可以避免出现这样一种情况，即由像我们这样的人在出于无奈的情况下不得不制定出不利于我们这些当地人的法律。

这取决于你在思考问题时是否存在着一个"我们"和一个"他们"，艾瑞丝说，还是只有"我们"。有鉴于人类基因组的高度相似性，我们其实都很清楚，所有人类基本上都算是一家人。

噢，他母亲说，肯定有一个"他们"存在的，任何事情上都是如此。家庭也不例外。

菲洛，菲洛，索菲，索菲，索菲，你可真是个好女孩，艾瑞丝说，你所说的这些，恰恰是政府和小报试图让你深信不疑的。

不要显得你好像高人一等似的，他母亲说。

显示出高人一等模样的可并不是我，艾瑞丝说，所以你认为，他们之所以跋山涉水、千辛万苦地离开自己的祖国，只是为了玩玩而已？这就是人们离开自己家园的唯一原因，不是吗？玩玩而已。

在艾瑞丝说出这句话之后，大家都默不作声了。

过了一会儿，他母亲又开口了：

我提醒过你的①，夏洛特。

请叫我勒克斯，勒克斯说。

他母亲说，我姐姐是个经验丰富的抗议者，一贯反对强

---

① 指两人将会开始吵架一事。

权。她接下来就会让你们开始唱歌，唱一些关于曼德拉①的歌，或者是尼加拉瓜的那些歌②，又或者是《把格林汉姆带回家》③。

谁是凯莉·格林汉姆–赫姆④？亚特问道。

艾瑞丝笑得很大声。

她住在本地吗？亚特继续发问。

艾瑞丝笑得差点从椅子上摔下来。

她跟一帮女同性恋搞在一起，混了好些年，他母亲说。

那是我一生中最美好也最肮脏的时期之一，艾瑞丝说。

我自己也是个女同性恋，勒克斯说。

她的意思是，内心是，亚特赶紧接话。

没错，内心也是，勒克斯说。

她是个很有同理心的人，亚特说道。

她住在本地吗？艾瑞丝重复了一遍亚特刚才的问题。相比于远方而言，还算是离家较近的吧。说起本地，今天早上我特地到村里走了一圈，在街上遇到了很多熟人，但他们个个都对我板着脸。说实话，他们当中，哪怕有一个人对我说一声圣诞快乐都是好的，不是吗？

---

① 指南非国父曼德拉。
② 指尼加拉瓜人民在桑地诺民族解放阵线领导下进行民主革命时期的爱国歌曲。
③ *Carry Greenham Home*，佩吉·西格（Peggy Seeger）的一首歌，讲述1982年底三万名妇女包围美国驻英国格林纳姆公地抗议美军布置核武器一事，前文亦提到了该事件。
④ 此处亚特错将"Carry Greenham Home"听成了"Carrie Greenham-Home"，并且认为这是一位女士的名字。

220

可能大家都认出了 70 年代的你，心里想着，噢，不要啊，上帝，她真的回来了，他母亲说道。

听到这番话，艾瑞丝又笑了，而且是满不在乎地放声大笑。

但我就是做不到——没办法不去为我们的家乡老英格兰操心，艾瑞丝说，想想那一张张怒气冲天、暴躁无比的面容吧，那种夸张的漫画式面容，就跟电视上那些糟糕透顶的情景喜剧里经常会出现的一样。英格兰的土地，满眼绿色、惹人不快的土地——没办法不为它操心。

所以，在那个时候，你其实也是在为英格兰操心，你是在忧国忧民，他母亲说。核战争。它真的发生了吗？不，它没有。

没有发生，那是因为在格林纳姆曾经发生过的事情确实改变了这个世界，艾瑞丝说。

我的姐姐一直都是个自说自话、把自己的国家讲得很糟糕的人，他母亲说，她总是会将自己生活中的不如意之处归咎于其他一些地方。格林纳姆？改变了这个世界？简直傲慢到难以置信！仅从公开的各种宣传上来看，或许是吧。如果是切尔诺贝利的话，或许还可以拿出来讲讲。可是格林纳姆？拜托，我就问你，你真的相信你所说的这些吗？如果是真的，那么我投降。

我们当时确实做到了，我们放弃了一切，艾瑞丝说。家园。爱人。家庭。孩子。工作。再没有什么可以失去的了。所以，当然，我们赢了。

在当时，夏洛特，他母亲说，我姐姐对于抵制核弹一事表现得可是相当疯狂。

我们所有人对于特定的事情都有些神经质，艾瑞丝说，我们都有属于自己的愿景，艾瑞丝又说。

以及与他人之间的分歧，勒克斯补充道。

我们"全部都会死的"，这是你当年说过的话，他母亲说，可是最后又怎么样了呢？看起来，在一切相关的事情全部结束之后，我们并没有死。核武大屠杀并没有降临到我们头上。

她故意发出了轻蔑的哼声。

我们还没有走出目前这种难以摆脱的困境，简直就跟陷入到流沙中去一样，艾瑞丝说，让我们看看自由世界的那位最新领导人①这次能够让我们陷到多深。

他母亲站了起来，将椅子转过来朝着另一个方向。接着，她又坐回到椅子上，椅子面向墙壁，背对围坐在餐桌旁的所有人。

这种行为是表示你夺回了控制权吗，索菲？艾瑞丝问。

这是最令人，呃，震惊的梦，亚特说，信不信由你，我在梦里——

"夺回你牙齿的控制权！"勒克斯说，这句话是我在电视广告上看到的。还有一个类似的："夺回你供暖费用的控制权！"另一个是："夺回你的铁路票价控制权！"相对应地还有公交线路版："夺回你的公交线路控制权！"我看到这句话被写在一辆公共汽车后面。

---

① 指特朗普。

有趣之处在于，艾瑞丝对着他母亲的背影说道，当我告诉我们的父亲，是我把那些小照片从唱片封套上一张一张地剪下来，给你做未来房间的装饰物时，他一点也不生气。他笑了，而且笑得很开心。

他母亲的背影此刻散发出来的怒气足以填满整间屋子。

我们的父亲，他肯定也会讨厌这种民主投票的，艾瑞丝说，在某些时候，他或许确实是个愚蠢的种族主义老顽固……但是，一旦他看到这些，他马上就能明白，全是傻子在做无用功。他大概会觉得这是一种前所未有的卑劣把戏。

你对他一无所知，他母亲说，我们的父亲和母亲，你无权谈论他们当中的任何一个。

有趣的是，在这样的时候，你们其实应该谈谈弗洛伊德，亚特说（虽然在此之前，大家根本连提都没提到过弗洛伊德），昨晚做的那个梦，我就是这样处理的——今天早上，当我从梦中醒来时，大声喊出了弗洛伊德这个名字。

没错，他插了话，强行转换了话题。因为他拒绝再次被打断。现在他要告诉她们这整个梦境的具体内容。

在他好不容易讲完之后，房间里呈现出一种特殊的沉默状态，这就好比你一直在跟别人讲述某个梦境，而你自以为正在对话的那个人，其实早在几分钟前就已经没有在听你讲话了，而是正在想着别的一些事情。此刻，他的姨妈正在端详墙上原来装有窗户的地方。他的母亲一直不肯转过身来。还有勒克斯，她持续不断地将面包片搓成小球，又将搓好的小球依次排成一排，像堆放在城堡外的炮弹一般，堆放在她盘子的侧面，然后说道：

为了你，在那梦境里，统统化作花朵的力量。

哈！亚特说。

他注视着勒克斯。

像这样的一种说法，是多么美丽动人，他感叹道。

美丽，他母亲对着墙壁说出了自己的看法。确实如此。说得很好，夏洛特。美丽是令事物变得更加美好的真正方式。让事情变得更好。我们的生活中理应有更多的美好。美是真，真是美。世界上没有虚假的美。所以美才会有如此强大的力量。美能安抚人心。

艾瑞丝又放声大笑了起来。

就是这样，她说，别管眼前的衰败或艰难。美会让事情变得更好。好家伙老菲洛。我以前就是这样称呼你母亲的，亚蒂，在我们都还是孩子的时候，我会叫她菲洛。

此时此刻，我们应该主动讲一些与美相关的事情，他母亲说，我们应该这样做，每个围坐在这张桌子旁边的人都应该主动讲出来，告诉这里的每一个人，我们所见过的最美的事物。

菲洛·索菲亚①，艾瑞丝说，依照我的看法，从我叫她菲洛的那一刻开始算起，这些年以来，她一直都误以为我之所以这样叫她，是因为我觉得她就像个哲学家一样：聪明，睿智。但我其实并不是那个意思。我当时的想法跟哲学一点

---

① 此处揭示了之前的秘密，因为菲洛·索菲亚（Philo Sophia）这个名字组合可以视作"哲学家"（Philosopher）一词的拆分。后文中，艾瑞丝提到的"油酥面皮"也是"Philo"，即"phyllo"，发音相同，出自意大利语。

关系都没有。

她缩起肩膀，笑了起来。

但我指的其实是"油酥面皮"那个意思，她说，非常薄的那种糕点面皮。薄到你几乎看不见的面皮，存在感很低，简直就像不在那里一样。

我的姐姐总是喜欢玩这套祛魅的把戏，他母亲说。

她即使背对着他们所有人，这句话说得也颇具尊严。

好吧，我先来，勒克斯说，有了，我想这应该就是我所见过的最美的事物。嗯，又是跟莎士比亚相关的，是在莎士比亚的作品里——我的意思不是在字里行间，而是在作品的载体当中，这是一样真实存在的东西，一件来自真实世界的事物，有人在某个时间点里，偷偷将它放进了莎士比亚所写的一本书里。

我曾经在加拿大住过，当时，我参观了一座图书馆，我们一群人，是被学校带去的，图书馆里收藏有一本非常古老的莎士比亚作品，在其中的两页之间，有一个印记，那里曾经是一朵花，很久以前，有人将它夹在了书页间。

那是玫瑰的花苞。

好吧。说到底，这就是一朵曾经的玫瑰花苞在书页间留下的痕迹而已，留下的是有着修长根茎的玫瑰花苞的形状。

只不过是个印记，一朵花在文字上遗留的标记。没有人知道是谁干的。也没有人知道是什么时候留下的。说实话，乍看起来也谈不上惊艳，就像是很久以前，有人不小心用水弄出了一团污渍似的。也可能是油，油滴了上去，随便擦了几下之后，形成的那种污渍跟这也很像。直到你真正仔细地去观察它，才会发现根茎的线条，还有根茎末端玫瑰花苞的形状。

以上就是我所见过的最美的事物。现在，到你了。

她用手肘轻推了一下亚特。

你所见过的最美的，她说。

啊哈，我所见过的最美的东西嘛，亚特重复道。

但他实在想不出任何一样东西，他根本无法集中注意力，因为他母亲和姨妈正在持续不断地发出各种噪声。

简直一塌糊涂，在她身边再待哪怕一分钟我都他妈的受不了。（他母亲对墙说道。）

幸运的是，无论什么时候我都是个乐观主义者。（他姨妈对着天花板说道。）

毫无疑问，我父亲当年就讨厌她。（他母亲。）

我们的父亲可不讨厌我，他讨厌的是发生在他身上的事情。（他姨妈。）

还有，母亲也讨厌她，他们都讨厌，因为她对这个家曾经做过的那些事。（他母亲。）

我们的母亲真正讨厌的其实是政府，因为这个政府在大战之后依旧执迷不悟，依旧将大笔金钱投入到各种武器装备的购置当中。她实在太过讨厌这个不停买武器的政府，乃至于在填税表的时候自作主张，扣留了财政预算中用于扩充军备的那部分税款——根据预算百分比直接扣除。（他姨妈。）

我的母亲从来没有做过这样的事。（他母亲。）

我很清楚，她做了。因为每年都是我在负责帮她算出按照百分比计算下来之后的具体数额的。（她姨妈。）

骗子。(他母亲。)

自欺欺人。(他姨妈。)

照她看来，只有她的生活方式才有意义，只有她的生活方式才能改变这个世界。(他母亲。)

也许是有这样一个世界，但并不是她所认为的那样。(她姨妈。)

真是受骗上当。(他母亲。)

受骗上当也还好吧。(他姨妈。)

疯了。(他母亲。)

疯的是你自己吧。(他姨妈。)

瞎编神话的家伙。(他母亲。)

此时此地，编造虚假世界的那个人可并不是我。(他姨妈。)

自私鬼。(他母亲。)

诡辩家①。(他姨妈。)

唯我论者。(他母亲。)

有点学识就爱卖弄。(他姨妈。)

我很清楚你对你的生活做了些什么。(他母亲。)

我也知道你对我的生活做了些什么。(他姨妈。)

在这句话之后的是：意料之外的沉默，是那种当太过真实的东西被说出口之后才会显现出来的沉默。

刚开始时，亚特还试图搞清楚这是怎么回事，但他实在有些无从下手。况且，亚特无论如何都不想去深究两人之间

---

① 此处原文为"Sophist"，与索菲亚名字"Sophia"很相似。

发生争吵的根本原因，所以他几乎是马上停止了尝试——该死，谁又在乎两个老女人之间究竟在争些什么呢?

此时此刻，亚特已经受够了圣诞节的气氛。他现在很清楚，自己再也不想看到另一个圣诞节了。

他明明坐在满是食物的桌子旁，心中渴望的反而是寒冬，是冬天本身。他想要的是符合冬天本身定义的、本质上的冬天，而不是这种仅呈现出半吊子季节性的、灰蒙蒙的、一切人与事完全搅和在一起的冬天。他想要的是真正的冬天，在那种冬天里，森林完全被大雪覆盖，树木被纯白的雪色衬托得格外突出，原本光秃秃的地方也因为雪而闪耀，变得更加明媚动人，踩在脚下的地面完全被冰雪所覆盖，仿佛被冰冻起来的羽毛，或是破碎的云朵给笼罩住了一般，但与此同时，地面却也因为冬日那寡淡的阳光，透过树木的枝杈纷纷扬扬地洒落下来之后，隐约散发出金色的光芒。在几乎无法辨认的行迹尽头，沿着雪地上的凹陷处细看，树木之间便逐渐显露出一条蜿蜒曲折的小径，仿佛肉眼可及的风景与树林本身主动为光芒开启了一条道路似的。这条光路上杳无人迹，它的存在是完美的，未曾沾染上任何一丝污渍，找不到哪怕一点点瑕疵。倘若将目光继续聚焦在这条光路上，它就会逐渐变得开阔起来，如同茫茫雪海一般。更多的雪必将落下，必将覆盖于其上，它们眼下驻守在白茫茫的天空中，也只是在等待时机。

让那白雪填满这整个房间吧，遮盖住房间里的一切，遮蔽住这里所有的人。

要去做一把所向披靡的霜之利刃，不要做草叶边缘弯曲无力的刀片。

去冻结，去破坏，让自己变成铁石心肠。

这就是他想要的。

当他想到"铁石心肠"这个词可能是"艺术自然"博客文章中可以用上的好词时，这一切突然就发生了。

房间瞬间变暗了。房间里充斥着植物的气息。或者说，是亚特的鼻腔中弥漫着植物的气息——当你折断植物的茎干时，你就会闻到这种郁郁葱葱的、植物特有的味道。

亚特使劲嗅了嗅，他用力呼出一口气，然后又吸了一口气。

植物的味道变得更加刺鼻了，每一秒钟都比前一秒钟更强烈。

有什么东西开始散落在桌子上，似乎是一些微小的沙砾、细密的碎石。

天花板快要塌下来了吗？

他抬起头来往上看。

他们头上大约一英尺半高的地方，那东西摇摇欲坠地飘荡着、悬浮着，四周完全不与任何地方相连接，那是一块会在室外景观中使用的石岩或石板，大约有一辆小汽车，或是一架三角钢琴那么大，就这么高悬在空中。

亚特吓得迅速弯下腰去。

全能的耶稣基督啊。

他看了看房间里的其他人。

没有任何人注意到这件事。

他勇敢地再次抬头，又看了一眼那玩意儿。

它的底面是那种黑色与绿色相融合的特殊颜色。它的大小令桌子旁的每个人都陷入了阴影之中，就连他自己也是如此——当他低头注视自己摆在面前的双手时，发现手背和手腕处都呈现出了醒目的黑绿色。

他的母亲和姨妈都被遮住了。坐在他旁边的女孩也被晦暗的青色阴影彻底笼罩，此刻，她正拿着一片面包当玩具，用几根手指灵活地将它给卷了起来，仿佛什么都没有发生似的。

我们都——我们看起来都是如此之绿，亚特说，我们就跟绿金翅鸟①一样绿。

一整块景观用的大石岩就这么高悬在他们头顶上。石岩边缘的一些石粉崩落下来，噼里啪啦地砸到桌子上，仿佛这里已经变成了一个巨大的盐窖，正在给房间和里面的一切调味。他挠了挠头。当他把手从脑袋上挪开时，发现自己的指甲缝里居然有沙子——他的发根部位已经布满了细沙。

他迅速将中指指尖放在酒杯里沾湿，然后按到桌上，挑起一些沙砾。然后，他将这些沙砾放到眼睛前面一再端详。显然就是沙子和沙砾，他没有弄错。悬空的石岩离他的脑袋很近，只要稍微一伸手就能碰到它。在这个距离上，他能够看到一些云母片，在它燧石般粗糙的表面，有些什么东西正在隐隐约约地发着光。亚特脑袋正上方的缝隙处有一簇青草，已经扎根生长在那里了。

---

① Greenfinch，雀鸟科的一种小型雀形目鸟类。这种鸟广泛分布在欧洲、北非和亚洲西南部。

当这块石岩掉下来的时候，显然会把他们全都压死。

但它就像那样悬浮在那里。它是不会掉下来的。此时此刻，它正在空中微微振动。它有重量。绿色的沉默，在它的底部蔓延。

它是真实的吗？

他应该说出口吗？

但是，这怎么可能呢？它怎么可能就这样悬在空中，什么都不触碰？

看啊，他还是说出口了：大家，"快看"。

四月：

此刻是星期三的午餐时间，对于冬天而言，算是和煦温暖，对春天又有些许寒冷。

伦敦国王十字车站大厅内，在发车告示板的两端，有两块巨大无比的天空新闻①德高②广告屏幕，屏幕上滚动显示着广告，广告结束之后，即将出现今天的新闻头条。

二十秒广告过后，今日的二十秒滚动新闻报道的第一则头条内容是："眼下地球海洋中及海岸上存在着的未降解塑料量，比科学家之前预计的多80%"，其数量是之前估算量的三倍。

下一则头条，部分议员正在攻讦不同意他们意见的同党派其他议员。

下一则头条，一项民意调查发现，本国公民普遍反对政府在移民政策上的单方面承诺，即只要是长期生活在本国的外国人，无论之前来自其他哪个国家，在政府颁布的某个特

---

① Sky News，英国免费电视新闻频道。
② JCDecaux，德高集团创立于1964年，是世界上最大的户外媒体公司。

定日期之后，即可在此充分享受任何法定的公民权利。

之后还有：恐慌。攻击。驱逐。

新闻部分到此结束。

接下来，屏幕上出现了一则软饮广告，是看起来很快乐的人正在喝这款饮料的一幕画面，然后又是另一幕画面：同一款软饮的瓶子被放置在阳光下，上面布满了凝结的水珠。

露台上站着一个人，胳膊上举着一只老鹰，这是一只工作鸟，他让这只鸟在车站之间来回穿梭，以防鸽子认为它们可以到这里来觅食或栖息。

但在旧站台高处屋顶旁的墙上，一株醉鱼草①正在生长。砖块映衬之下，它呈现出鲜艳的紫色。

醉鱼草的生命力很顽强。

第二次世界大战过后，许多城市都成了一片废墟，在那个时期，醉鱼草是最常见的植物之一。这里和整个欧洲的废墟中都长满了这种植物。

"艺术自然"博客。

---

① Buddleia，马钱科一类植物的统称，开紫色萼钟状花的灌木，适应性极强，生长速度快。

今——天是什么日子？

这是发生在未来某个时间点的事情。亚特坐在沙发上，怀里抱着一个小孩。这是个一直都在认真学习、认真读书的好孩子，他正坐在亚特的膝盖上，翻阅从亚特头顶旁边的书柜里随意抽出的一本书：一本古旧的《圣诞颂歌》，查尔斯·狄更斯作品。

今——天是什么日子？孩子又问了一遍。

今天是星期四，亚特说。

不对，孩子说，今——天是什么日子？

你说的"今天"，是什么意思呢？亚特问。

我的意思是这个。

孩子指了指书页上的字。

没错，亚特说，这句话就是这样说的。"今——天是什么日子"。

我知道上面是这样说的，孩子说，但我真正想知道的是，今——天是什么日子？

今天就是今天啊，亚特说，现在我们过的就是今天。

不对，孩子说，这里写的"今——天"和我们过的今天是一回事吗？

好吧，这个故事来自过去，亚特说，所以书中所讲的那个"今天的故事"，实际上已经过去很久了。而且，很明显，书里讲的是一个关于圣诞节的故事，是一个以圣诞节为背景的故事，而现在是六月，因此，这也意味着它跟今天肯定是不一样的。这就是故事和书籍可以做到的事情之一，它们可以在同一时间里，让多个时间点共存成为可能。

你完全没有听懂我在说些什么，孩子说。

没有吗？亚特问。

我想知道的是，为什么书里"今天"这个单词的两个组成部分之间会有一条小小的横线？孩子说。

小小的横线？

亚特更仔细地查看书页，检查孩子正用手指指着的那个单词。

今——天。

啊。

这只是一种古老的单词书写方式而已，亚特说，这并不意味着两个词之间有什么不同。不过今天——我的意思是现在——我们已经不用过去的那种方式来写"今天"这个词了。这本书刚出版时，他们就是这样写的。这条小横线叫连字符。

可我还是想知道。"今天"到底是什么意思？孩子又说。

那么，你想表达的是什么意思呢，什么叫"今天"是什么意思？亚特问。

就是我说的那个意思，孩子说。

如果只是单词本身的话，你应该知道具体意思是什么的，亚特说，"今天"的意思就是今天。而今天呢，嗯，就是今天了。因为既不是昨天，也不是明天，所以一定是今天。

但是，为什么类似这样的词听起来都一样，但"今天"却跟"去跑步""去做事"或者"去吃饭"①的意思不一样呢？孩子问。

噢，我明白了，亚特说。

如果这些词真的都是一样的，那你应该怎样做，才能"天"呢？孩子继续问道，我想要"去天"。我想，我这样说的意思应该是——我希望能够到这一天，让这一天变成"今天"②。

我懂你的意思，亚特说。

他准备开始解释动词和像"今天"这样的词之间的区别。在解释的时候，他会考虑孩子的年龄，看他是否能够真正理解，在我们身处的这个世界上，同时存在着不同定义下的许多种计算年份的方式，这些定义取决于你所在的国家，以及你的宗教信仰——尽管世界上的大多数人都同意使用公历。他希望自己能够想起更多关于公历的相关知识点，以便能够更全面地和孩子进行解释。他将要谈及人类为了不让时

---

① 孩子的意思是"今天"是"to-day"，跟"to run""to do"和"to eat"的构成方式一样，但"今天"的意思却不是"去今天"，因为今天明明已经到了。后文中孩子将"to-day"的"to"去掉，试图将"天"用作动词，明显办不到。

② 此处原文为"be able to day"，略有意译。

间的流逝变得如此随意，所以才会给日子起名字的做法。虽然这可能需要孩子拥有更加成熟的心智。

不过话说回来，作为成年人，为什么总是会去低估一个孩子所拥有的心智呢？

跟刚才孩子所做的一样，他也开始思考了起来，坐在这里一动不动。孩子已经暂时不再去想关于"今天"的事情了，而是把亚特当作攀爬架，开始玩耍起来。亚特在思考：即使你喝醉了、生病了、疯掉了，或是嗑药了、健忘了、忙到不知道今天是什么日子了，甚至哪怕是因为极度的悲伤或快乐而失去了理智，但是，当你需要知道今天是什么日子的时候，在电脑屏幕顶端的功能条角落①，在你的手机里，在你的手表上——如果你还在使用那种能够告诉你星期几和日历的手表的话，还是很容易找到日期信息的。即便你没有这些，也可以随时在报摊、报刊亭或者超市里贩售的报纸顶部一眼就看清楚日期。

但他现在反而开始怀疑起这些来了。

你"今天"过得怎么样？

无论亚特现在正在思考些什么，孩子一会儿都会穿过房间，到花园里去看树枝上动来动去的小动物，也许是一只松鼠，也许是一只鸟儿。

嗯，这也是度过一天的不错的方式。

亚特静静地坐在那儿，注视着孩子的一举一动。

他仍在思考：无论活着的意义是什么，只要你还活着，

---

① 此处指的是使用 MacOS 系统的电脑，时间显示在屏幕右上角。

还拥有过去、现在和未来，那么，当你从一种连自我存在都察觉不到的麻木或者遗忘状态浮出意识表面的那一瞬间，所感受到的想必就是最为真实的自我。不仅如此，当你终于成功打破意识表面时，这种行为就像是——像什么呢？

像一条天知道突然从哪里跃出水面的鲑鱼，逆流而上，朝着自己故乡的方向奋勇前进，它其实完全不知道自己的故乡在哪里，是什么模样，而且，除了此事之外，它也再无其他事情可以去做；像一只鸟，或者一头熊，突然从冬天的水面冒出头来，鸟喙或熊嘴里衔着连它们自己都不敢相信自己运气居然如此之好的大鱼，然后，那条鱼突然猛一挣扎，摇摇晃晃地从鸟喙或熊嘴里松脱下来，冬天的水面再一次溅出水花，转眼之间，大鱼便消失在了水中。

亚特自顾自地傻笑着，下巴垂到了胸口。看到的同时，他也听到，在花园里，有一只鸟停在树上，孩子开心地喊叫着，没有任何目标，只是大喊大叫，就已经很开心了。

今——天是什么日子。

午夜过后，节礼日①的清晨，索菲亚家顶楼。

艾瑞丝打开门。

怎么回事？她说。

你能不能别这么吵？索菲亚说，我想睡觉。

该死，我明明就睡得好好的，艾瑞丝说，唯一的噪声就是你在砰砰砰地敲门。

她恨不得直接将门甩到索菲亚脸上。

究竟是谁在发出那可怕的噪声？索菲亚问道。

什么噪声？艾瑞丝反问道，根本就没有任何噪声。

就像是有人正在使劲地敲石头，不停地挪动家具，索菲亚说，就仿佛我此刻正住在一间旅馆里，楼上的人正在将什么东西死命地锤进混凝土里，将椅子和桌子从房间的一端移向另一端。

恐怕是因为平流层里产生了行星扰动，唯一的目的就是为了让你个人保持清醒，艾瑞丝说，亚蒂现在怎么样了？

（这天早些时候，亚瑟在餐桌上昏倒了。刚开始时，他

---

① Boxing Day，圣诞节后的第一个工作日。

大喊大叫，语无伦次地高喊一些关于景观石岩之类的事，然后，他的脑袋砰的一声撞到了桌子上。她们七手八脚地把他带回房间去，花了一个晚上才让他醒过来。）

亚瑟和夏洛特睡着了，索菲亚说。

他现在应该知道不要喝那么多了，艾瑞丝说。

他是个极度敏感的人，索菲亚说，因为我生他生得很晚。由更成熟的母亲们所生下的小孩子，在他们出生以后的漫长生活中，对各种事情都有着更高的敏感度，包括酒精。

我敢打赌，你是在《每日邮报》①上读到这些屁话的，艾瑞丝说。

索菲亚脸红了（因为她确实是在《每日邮报》上读到这些的），她马上换了个话题。

这真是当年那一大群鸟住过的房间吗？索菲亚问。

听到这个问题，艾瑞丝把自己卧室的门开得比刚才更大了一些。

你快进来吧，她说，进来瞧瞧，这可是我这段时间以来第一次打地铺。要知道，以前我可是在地板上睡了好几十年的。可我现在年纪大了，在寻常人眼里，已经自动将我归类到老年人群体当中去了，那些跟我一起工作的人，甚至那些只是请我去打打下手的人，每当我需要在他们那里过夜时，都会想尽办法给我找张床。当他们实在找不到多余床铺的时候，也会绞尽脑汁，利用任何现有的东西，比如沙发、桌子

---

① *Daily Mail*，由英国现代新闻创始人北岩勋爵在1896年创办，被认为是英国现代资产阶级报业的开端。

等，给我弄一张临时床铺出来。至于那些根本就没有床的地方，那些什么像样的东西都没有的地方，他们哪怕搬些纸箱和木条箱出来，也要设法给我搭个类似床铺的东西。情况就是这样。照此看来，我一定是老了。

你是因为我这里没有提供床而故意针对我吗？索菲亚问道。

没错，艾瑞丝说，故意针对你，这就是我来这里的原因。唯一的原因。为了故意针对你，我抛下了一切，抛下了手头所有的工作，抛下了在圣诞节假期好好休息的大好机会，昨晚一路不停地开车，今天麻利地做完了这里所有的事情，包括清理午餐后的盘子，都是为了针对你。

你最近具体在忙些什么？索菲亚问。

说得好像我一定会告诉你似的，艾瑞丝回应道。

她坐在被褥上，拍了拍身旁的毯子。索菲亚坐了下来。房间里没有任何可供艾瑞丝发出吵闹声的东西。房间里什么都没有，除了一只空空如也的大旅行袋，一摞叠得整整齐齐的、艾瑞丝带过来换洗的衣服，一盏安格泡万向灯和靠墙放置的一堆被褥之外，再也见不到其他任何东西。她用手指了指那盏灯：艾瑞丝将灯调到了一个特定的角度，使房间里的光线显得格外柔和。艾瑞丝总是很擅长做这类营造氛围的事情。

是你把灯带过来的吗？索菲亚指着灯问道。

跟亚蒂一起来的那个姑娘给我的，是她从外屋的盒子里拿给我的，艾瑞丝答道。我知道，这就是你之前的那些灯。照此看来，除了你曾经的连锁店外，你什么都没失去，甚至包括店里的东西也都保留了下来。现在你终于失去了它们作为商品的价值，你终于成为一名真正自由的女性了。

你这种说法不对，那些灯可不是免费的，作为商品的价值并没有失去，她说，出售它们时，最高定价为每个二百五十五英镑。每盏灯都是我花二十五英镑采购回来的。

噢，干得漂亮，艾瑞丝说。

你平时究竟在忙些什么？索菲亚说，又或者你根本就没忙什么，你现在已经在过一种理想的退休生活了，对吗？

我之前去过一趟希腊，艾瑞丝说，三周前才刚回家。我一月份就要再回希腊去。

悠闲地度假，索菲亚问，还是在那边安了第二个家？

是啊，没错，我在度假，艾瑞丝不无讽刺地回应道，告诉你的朋友们，叫他们也来。我们可以一起在希腊享受美妙且浪漫的度假时光。每天都有成千上万的人从叙利亚、阿富汗、伊拉克出发，前往土耳其和希腊度假。也门那些没有任何东西可吃的困苦民众，他们选择去非洲度假。非洲是个好地方，对于那些来自饱受饥荒之苦国家的人民而言，去非洲度假是非常合适的，在那里有大把时光可以供他们享乐。尽管如此，撒哈拉沙漠以南的非洲度假爱好者们还是更倾向于去意大利和西班牙，这两个国家也是逃离利比亚的难民们的热门度假胜地。我的很多老朋友都在希腊那边，你的朋友应该会对此感兴趣的。如果你愿意的话，我会为你整理一份详细的名单。不妨告诉你那些朋友，如果在出发去度假之前已经拥有一定经验，知道如何将一个一无所有的地方改造成给人们临时居住或者睡觉的场所，那么，抵达这些度假胜地之

后自然大有裨益。告诉他们，那些地方有很多新来的年轻人
——精力充沛、热心助人的年轻人。当然，那些热衷于积攒
经历以便写入自己个人档案的家伙也喜欢那里。

我的朋友们恐怕不会对你所说的这些地方产生丝毫兴
趣，索菲亚回应道。

告诉你那些朋友，就说是我说的，艾瑞丝说，告诉他们
那里是什么样子的。告诉他们，那里的人们处境很艰难。告
诉他们，那些人一无所有。告诉他们，那些人是在冒着生命
危险举家迁徙。告诉他们，那些人的性命是他们仅剩的一
切。告诉他们，苦难对生活的影响，对语言的影响，它是如
何令人们不敢和自己解释——更不必说和他人解释——在他
们身上究竟发生了些什么。告诉他们，那些人失去的是什
么。告诉他们，尤其要记住那些千辛万苦抵达那里的小孩
子。我的意思是——年纪真的很小。数以百计的小孩子，年
纪只有五岁、六岁、七岁的孩子们。

艾瑞丝说这些话时保持了她一贯的冷静。

当你告诉他们这些之后，她继续说了下去，再告诉他
们，回到这里之后又是一种什么样的感觉。尤其是，当你作
为一个世界公民，长期以来一直与来自世界上所有国家的其
他公民协同合作，回到自己的故土之后，却被告知你实际上
是个"不属于任何一个国家的公民"。你回来之后，听到一
位英国首相说，所谓的世界公民，不属于任何一个国家，等
同于无处可去的人。快去问问他们，什么样的教区牧师，什
么样的教堂，会让孩子们受到这样的教育，会让孩子们觉

得，像"非常"和"敌对"，"环境"和"难民"这样的词①，竟然可以放到一起，作为给现实世界中人们身上所发生的各种惨事的回应。快去问问你那些身居高位的朋友，告诉他们，我想要知道答案。

我从来没有像你所说的这样，急急忙忙地跑去告诉别人什么事情，索菲亚说。

噢，但我希望你能马上这样去做，艾瑞丝说，即便你那些政界的老朋友不再像过去那么有权势了，也没有关系。况且，你没准又在新崛起的金融界政治说客那里交了些新朋友呢？好吧，就算没有也不打紧，不管怎样，反正你记住，把我的这些话告诉你那些老朋友，这么多年来，我都很喜欢他们，喜欢他们所有充满"善意"的老套路。

然后，她指了指右边窗户上方的天花板。

她说，这就是那群鸟最初通过屋椽进来的地方。我想，在我们当初搬进来之前，阁楼的地板和一些丢失的屋顶石板瓦早就已经让位了。那就是鸟儿们日常进出的地方，那些鸟是鸽子——不，它们应该被称为灰斑鸠②。总之，它们在这里拥有自己的小家庭，多年以来，陆续建立起了好几个小家庭。我记得这里曾经有不少鸟儿。它们每只都会发出悦耳又

① "非常敌对"（very hostile）和"环境难民"（environment refugees）皆为20世纪90年代欧美国家政府处理难民问题时出现的新兴词语。"非常敌对"即所谓的"极端仇视"。"环境难民"指因生存的自然环境日益恶化而不得不离开家园的人，这些人在失去原来的生存环境以后，生活更加艰难，因而被称为"环境难民"。
② Collared doves，全身灰褐色的一种斑鸠，翅膀上有蓝灰色斑块，尾羽尖端为白色，颈后有一圈外围白色的黑色颈环。

柔和的叫声。我们给它们专门准备了一只装满稻草的盒子，方便它们在里面筑巢，但它们却自己带来一根根细枝，跟细碎的稻草编在一起，选择在屋椽上筑巢，只有在下雨或者寒冷的时候，才会想起来使用这个房间。你知道的，那些鸟，它们的一生都在不断交配、繁衍。

我想，你最终会发现那是个瞎编出来的虚构故事，索菲亚说。

我们也有楼燕①，在房子另一侧的屋檐下。每年都有同样的燕子飞回来。

这听起来也像个神话传说，索菲亚说。

现在还有楼燕吗？艾瑞丝问，今年夏天你看见它们了吗？

我不知道，索菲亚说。

如果你见过楼燕，你会知道的，艾瑞丝说，它们会发出高亢的声音。我希望它们还没有走。过去我常常躺在后面的草地上，看着它们教育自己的孩子。

艾瑞丝把胳膊举到半空中。她之所以这样做，是为了方便索菲亚躺在她的手臂底下，就跟以前一样。索菲亚让步了。她从胳膊下面钻过去，把自己的脑袋靠在艾瑞丝的胸口上。

我恨你，索菲亚在艾瑞丝的怀里说道。

艾瑞丝带着暖意的呼吸，每一下都深入到索菲亚头顶的头发里。

---

① Swift，雨燕当中的一种，尾略叉开，喉部羽毛为白色。

我也恨你，她说。

索菲亚闭上了眼睛。

我从来没有随便跑去告诉过别人什么事情，她说，你刚才说错了。

我相信你，艾瑞丝说。

就算我真去说了些什么，也不是什么太重要的事情，没什么真实的事，索菲亚说。

艾瑞丝笑出了声。

因为索菲亚的头此时就靠在艾瑞丝胸前，所以，她的笑声直接从身体传递给了索菲亚。

然后艾瑞丝说，你也想睡在这里吗？房间里还有空间。

索菲亚对着艾瑞丝点了点头。

地板很硬，艾瑞丝说，对于这种地板而言，你太瘦了点儿，很容易硌着自己。照我看来，你又进入那种完全不吃东西的状态了。不过这里倒是有两床羽绒被。我们可以拿一床过来做垫褥。

艾瑞丝将两人用的被褥整理好了。索菲亚在她姐姐身旁安顿下来。她姐姐伸手把灯给关了。

好梦，艾瑞丝说。

好梦，索菲亚说。

"蔡司星空投影仪①压缩时间的非凡方式，使其成为名

————————

① Zeiss projector，卡尔·蔡司公司生产的天文馆投影仪系列产品。世界上第一台现代天文馆投影仪就是由德国耶拿的蔡司工厂在 1924 年设计并制造的。

副其实的时间机器。"这是索菲亚所在的那个班级被带到伦敦去几天之后的一个午夜，她们在伦敦参观了一些历史知名景点，了解了发生在王室成员们身上的斩首事件，并且前往参观去年刚刚开始对外开放的天文馆①，这是英联邦境内的第一座天文馆。这座天文馆建于闪电战②时期，选址位于杜莎夫人蜡像馆③受到轰炸破坏之后的废墟之上；在崭新的门厅内，有一名男子告诉她们，天文馆坐落于一颗重达一千磅的炸弹落在这座城市后残留下来的弹坑里。

"此时此刻，整个半球形的巨大穹顶空幕上，数以百万计的繁星正在举行着的盛会，仿佛被施了魔法一般，极大地加速了自身的运转；一天、一个月、一年的光景，在几分钟之内就过去了，"她带回家的册子里这样写，"甚至连长达数个世纪的时光都可以任意倒转、回顾。我们现在就让时光往前回溯，不断回溯，直到我们站在巴勒斯坦，身处耶稣诞生之日，见证'伯利恒之星'④时，再让它停下来。1610年，当伽利略·伽利雷⑤第一次用望远镜扫视天空时，他所

① London planetarium，开放于 1958 年，与伦敦杜莎夫人蜡像馆相邻。
② 原文为德语 "Blitz"，第二次世界大战期间纳粹德国使用的一种战术。它充分利用飞机、坦克和机械化部队的快捷优势，以突然袭击的方式制敌取胜。文中的 "闪电战时期" 指 1939 年至 1941 年期间，是 "闪电战" 在欧洲取得 "辉煌战绩" 的一段时期。
③ Madame Tussaud's，伦敦著名景点，伦敦总馆是于 1835 年建立的。
④ The Star of Bethlehem，伯利恒之星，又称圣诞之星，首次出现于《马太福音》的耶稣降生故事中："东方的智者" 受到伯利恒之星的启发与指引，前往耶路撒冷。
⑤ Galileo Galilei（1564—1642），意大利知名天文学家、物理学家和工程师，被称为 "观测天文学之父"。

体会到的那种兴奋与快乐，我们现在也可以感同身受。不仅
如此，我们还可以提前看见那些尚未发生的天象，可以提前
见到哈雷彗星在本世纪末再次回到太阳轨道附近。[①]"

　　索菲亚这年十三岁。今夜她无法入睡。在此之前，当她
坐在穹顶之下，坐在那巨大的、昆虫形状的投影仪所映射出
来的星空之下时，有件事情令她感到思绪万千。而到了现在
这个时候，午夜时分，她早已躺在床上了，却仍旧无法停止
对此事的思考，导致她一直辗转反侧，很不安稳，连床单和
被褥都被她给蹬开了，正面变成了反面，全部搅成一团。令
她感到无法释怀的那件事情是，几年前在俄罗斯，他们把狗
放进了一个很小的太空舱中，然后将它弹射进了他们口中所
谓的"天堂"。

　　那只狗在绕地球一周后死于太空。它无痛苦地死去了。
至少报纸上是这么说的。可是，在报纸刊载的照片中显示出
来的太空舱里，看起来似乎连让狗站立起来的狭小空间都没
有，或者干脆说得更直接点——根本没有任何活动空间，更
不必提让狗躺下之前可以用来腾挪转圈的空间了。"狗躺下
之前用来腾挪转圈的空间"，这是母亲告诉她的，属于犬类
在驯化阶段遗留下来的古老习惯，是从它们还睡在长草堆里
的那些岁月开始就有的习惯了：睡觉之前，它们会选择一处
地方，以在原地转来转去的方式压平草堆，让那里成为可供
躺下睡觉用的草铺。

---

① 哈雷彗星是每 76.1 年环绕太阳一周的周期型彗星，可以直接用肉
　眼观测到。哈雷彗星上一次回归是在 1986 年，而下一次回归将在
　2061 年年中。

这只飞入太空去的狗，它心中的感受会是怎样的呢？在它面前，一大块玻璃制的东西关闭了，它并不知道具体发生了些什么。太空舱冲进太空，克服了重力之后，这只狗仍然对发生在自己身上的事情一无所知。

正是因为有重力，我们才不会飞离地球表面。

重力，重要①。

像这样的一种感觉，就好比此时此刻，索菲亚的头顶正上方有个看不见的穹顶，覆盖了她的头颅、大脑和意识，在这穹顶之下，生命正在所谓的"空间"里被抛向未知。

你为什么不吃东西？母亲在晚饭时问道。

我不能吃东西，她说，因为我想起了那只小狗悲惨的一生。

什么小狗？母亲问。

那只死了的俄罗斯小狗，她说，他们送去太空的那只。

但那已经是几年前发生的事情了，父亲说。

然后，一分钟之后，他又说，瞧瞧，现在她哭了。得了吧，姑娘，那只是一只狗而已。

她很敏感，母亲摇摇头说，敏感并不是什么好事。

别在意她的敏感，艾瑞丝说，要像索菲那样敏感，可是需要极强的天赋的。

艾瑞丝在另一张床上，已经睡着了。

按照父母的安排，艾瑞丝本应该在秘书专科学校里学习的，因为在他们看来，女性结婚之前的几年时间里，秘书可

_____

① 此处原文为"gravity"和"graveness"，同词源的变化并置。

是个非常有用的职业。但是，那封来自秘书专科学校的信件却正式通知他们，说她"一直缺席，从来没去上过课"。同义反复①，当父母中一人读出这段内容时，艾瑞丝评价道。学校的另一封信也在今天寄过来了。父亲在饭桌上朝艾瑞丝挥舞着这封信，艾瑞丝则接过信来，仔细读了一遍。她先是指出了其中的拼写错误，然后又指出了一个边距不一致的地方。她说，这两点都证明了她比秘书学校里的那帮人知道得更多，因此，自己根本不需要去那里上学。

这只俄罗斯小狗，当它还活着的时候，照片里的它有一张聪明伶俐的小脸。它叫莱卡②。但是，索菲亚必须控制住自己，她不能再这么多愁善感，必须得振作起来。她将被单整个拉上来，遮住自己的眼睛。但是，无论她是否遮住眼睛，大大小小的星球始终都在她头顶数千英里外的地方存在着，在那些星球跟地球之间，飘浮着一只薄如锡罐的飞行载具，里面承载着一条鲜活的生命，它的脸上写满了纯粹的、盲目的信任。

索菲亚翻了个身。

然后她又翻了个身。

借着窗帘下路灯的微光，她可以看清闹钟上的时间，时针和分针正指向凌晨四点。

---

① 原文为"Tautology"，指前文中的"一直缺席"和"从来没去上过课"表达的是同一个意思。

② Laika，莱卡是苏联的太空狗，它成为第一批进入太空的动物之一，也是第一个环绕地球运行的动物。它参与了苏联 1957 年 11 月 3 日送地球生物进入轨道的"史波尼克 2 号"任务，在进入飞行后的五到七个小时内因压力和过热而死。

索菲亚可以看到，在离她那张床仅有两英尺远的地方，艾瑞丝躺在她自己的床上，已经睡得很熟，与她宛如相隔千里。

索菲亚从她乱糟糟的床铺上爬了起来，走过去，跪在了艾瑞丝脑袋旁边。

什么？艾瑞丝被吵醒了，迷迷糊糊地开口道。

索菲亚嘟嘟囔囔地对她说了些话。

你能什么？你当然可以啊。

她掀开自己的被子。索菲亚爬了进去，进入那温暖的空间。她把脑袋靠在艾瑞丝的肩膀上，抚摸着艾瑞丝的头。她沉浸在艾瑞丝身上散发出来的味道里，那是饼干和香水混合起来的香味。

很安全，艾瑞丝说。

然后就是如梭的岁月，转眼已是三十多年后。世界转了又转，变了又变。月球上都有人漫步过了。地球被飘浮的太空碎片、太空垃圾和大大小小的卫星包围着。半夜，有什么东西把索菲亚给吵醒了。

她打开灯。是亚瑟。他今年七岁。他回家过圣诞节。此时此刻，泪水充满了他的眼眶。

我已经试着用成熟一点的眼光来看待这件事了，他说，可是，我仍然做不到，无论如何都没办法令它变得不那么可怕，我肯定是被吓坏了，这就是我过来的理由。

究竟是什么东西，能有那么可怕？索菲亚说，好吧，再没有什么能够比那更可怕了。过来吧。

亚瑟刚才做了个噩梦。现在他坐在索菲亚的床上了。在那个梦里,他在一片玉米地里奔跑。那是一个明媚的晴天。跑到半路时,他突然意识到,自己和其他所有在田野里奔跑的孩子实际上都已经中了剧毒,命不久矣。而他们中毒的原因,仅仅是因为正常的呼气和吸气,以及暴露在外的皮肤——导致他们吸入并且沾染上了农民们喷洒玉米用的化学物质。所以,尽管天空晴朗,玉米的颜色仍旧是可爱的黄色,他们却都要因病死去了。

梦做到这里,我就醒了,因为梦里的我已经喘不上气了,亚瑟说。

全能的基督啊。这是一个艾瑞丝式的噩梦。

索菲亚起床了。她抱起亚瑟,将他整个人塞进被褥里面。她则坐在他身旁的床边上。

现在情况是这样的,她说,你给我好好听着——你必须立即停下来,不要再去相信那些谎言,那些关于世界已经被毒气完全覆盖的谎言,一句都不要信。还有炸弹、化学物质之类的事情,也不要信。因为这些都是不真实的。

事实不是这样的吗?亚瑟问。

不是,索菲亚说,你想想看,那些在世界各地努力做事的人,他们既然已经那么努力了,又怎么可能会不想做到尽善尽美,不想将最好的东西留给地球呢?

但他们确实喷洒了一些东西,亚瑟说,他们确实喷洒了,我亲眼看到过。

确实如此,但是,索菲亚说,但是,喷洒药水,是为了让生长在田野里的农作物变得安全,顺利地长大、成熟,以便供我们食用。他们喷洒在玉米上的药水能除去昆虫、病害和细菌，一旦放任不管，这些东西就会毁掉玉米，这些药水还能使侵占土地的杂草枯萎，让农民们在收割玉米时不会造成任何浪费。

昆虫会死掉吗？亚瑟问。

会死掉，但这是件好事，索菲亚说。

他们能不能只是把它们赶走，赶去另一个不介意它们吃什么的地方呢？亚瑟问道。

它们只是昆虫而已，索菲亚说。

有些昆虫长得很漂亮，亚瑟说，有些昆虫也很重要。

是的，但你不会希望玉米里有这些虫子的，索菲亚说。

这倒是，可是，它们必须得死掉吗？亚瑟说。

你当然不希望自己吃的面包里有虫子。你也不希望你的早餐燕麦里有细菌，对吧？

亚瑟笑了。

燕麦细菌①，他说。

我以后会慢慢告诉你，你应该要的东西是什么，索菲亚说。

什么？他马上问道。

你现在希望得到一杯热巧克力，难道不是吗？

是的，亚瑟说，我确实很想要一杯热巧克力，谢谢你。

好的，我会先给你做热巧克力，然后，我会给你讲个故事，她说，这样好吗？

---

① 此处亚瑟解释了这种说法的笑点，原文为"wheatgerm germs"，后半句的"细菌（germ）"是前半句"燕麦（wheatgerm）"的词素。

什么样的故事呢？亚瑟又问。

一个真实的故事，索菲亚说，是一个关于圣诞节的故事。

亚瑟皱了皱眉头。

你不喜欢，那我们就来玩猜谜游戏吧，她说，猜猜今年圣诞节你会得到什么。

亚瑟点头。

好吧，索菲亚说，我马上回来。现在，你一个人在这儿待一分钟，可以吗？

我想应该可以的，亚瑟说，只要确实不超过一分钟就行。

呃，你最好老老实实地待着，索菲亚说，我肯定要在厨房里花些时间的，否则就没办法做你想要的热巧克力了。你愿意让我去吗？

不要，亚瑟说，我想不行。

做热巧克力需要的时间，恐怕比一分钟要长一点，但我会尽快回来的，她说，行吗？

亚瑟点头。

索菲亚下楼去了。

全能的基督啊。现在可是早上四点零十分。

她站在厨房里摇摇头。

这个孩子。他如此容易受到别人的影响，乃至于整个人都散发出一种多愁善感的气质。不管别人怎么想，反正她本人自始至终都对这种特殊气质存在着生理上的厌恶感，每当她试图亲近亚瑟、亲近他身上的敏感情绪时，都仿佛受到这种移情①痛感的狂轰滥炸。上帝啊，艾瑞丝式的噩梦。她已经好几年没有做过那种艾瑞丝式的噩梦了，这些噩梦里总是会有遥不可及的空中楼阁，有闪现的光芒，有身处不伦不类的丑陋大楼里的漫长等待，你能感觉到心脏在胸腔里发了疯似的狂跳，然后是失明——这意味着你的双眼已经融化，滑出了眼眶，顺着你的脸颊流下来……

她深吸了一口气。

她将吸进去的气呼出来，化作一声叹息。

然后，她很快地将热巧克力饮品专用的巧克力酱与牛奶混合在一起，接下来又将开水倒进杯子里，就跟她小时候一样，就跟她小时候跟艾瑞丝在一起时一样，记住，做热巧克力时，你不会用光所有牛奶的。

然后呢？

在那之后，差不多又过了十年。

她父亲将在不久后去世。

索菲亚正急着给父亲打电话；在她打这通电话之前，他按照她留下的办公室号码给她打了电话，但她没有接到。他很少来电话，所以，他想对她讲的事情想必很重要。但不是，事情并不重要。顺带一提，为了赶紧给父亲回这通电话，她刚刚退出了公司的全球战略视频会议。要知道，为了办好这场会议，公司前前后后筹备了好几个礼拜。

那只狗，他说，那只俄罗斯的小狗。

---

① "移情"一词源于精神分析学说，此处的意思是，每当索菲亚亲近亚瑟时，总是会有亲近艾瑞丝的感觉，因为亚瑟的这种敏感气质与艾瑞丝很相似，产生了情感投射。

是的，曾经有那样一只狗的，不是吗？索菲亚说，但我现在不太方便说话，我们可以晚点再聊这件事吗？

他说，他之所以专门打电话过来，是因为他觉得她很久以前想听的那个真相，现在终于水落石出了——四十多年前，死在那里的那只可怜的小狗，它死前并没有被关在锡罐里绕地球转上一个礼拜那么久①。没有那么惨。比较幸运的是，在他们刚把那只小狗发射进太空的几个小时之内，它就死去了。根据资料，它最多也就承受了七个小时的痛苦。

原来如此，索菲亚说，你还需要什么吗？如果你需要什么，告诉珍妮特②就好，现在我会帮你接通珍妮特的电话，如果还有什么事，你可以直接告诉她。

她父亲说，他从未忘记这件事对她而言有多么重要，他之所以专门打电话给她，是因为他觉得，她应该会很想知道他刚刚在报纸上读到了些什么，就在今天的报纸上，今天的——

她能听见他在电话那端翻动报纸的声音，不停地翻来翻去，想找到正确的页面——

报纸上面是这样说的：它是一只流浪狗，是俄罗斯科学家们在街上找到并且带走的，这个可爱的、友好的、聪明的小家伙，你可以从照片上看到它的模样，真的是只非常聪明

---

① 这是苏联官方的说法：莱卡完成了长达一周的飞行任务，然后吃下一顿含有剧毒的晚餐后安静地死去。索菲亚的父亲打电话来的时间应该是 2002 年，因为文中所说的消息是曾参与苏联人造地球卫星发射过程的科学家迪米特里·马拉山科夫在 2002 年时对外公开的。

② Jeanette。

的小狗，科学家把它放进太空舱里，是出于做实验的目的——无论以什么样的标准来看，这都是项非常紧急的任务，因为赫鲁晓夫似乎非常自负，他可能想要将把狗发射到太空里这件事作为政治宣传上的噱头，方便他在某个特定的日子大肆庆祝①，即便事实并非如此，那他应该也是想实现其他一些类似的目的，尽管那些用狗做实验的科学家实际上并没有准备好——无论如何，那些科学家，当年那些做太空实验的人，如今终于揭示了这么多年以来一直试图隐瞒的真相。火箭升空后的几个小时之内，那只小狗就在酷热的环境中死去了。不过话说回来，他们之前也从未想过这只狗有任何存活下来的可能，事实上，他们早就知道它肯定会死掉，他们在将它送去那里之前，就已经决定了它的死亡，如今，他们只是首次公开地说了一声"对不起"。

我想，你应该一直都很希望知道关于这件事的真相。我想，你现在终于获知了真相，应该感到释怀了，这是最关键的。他们现在真心希望自己从来没有做过，从来没有做过那些事，没有对那只小狗做那些事，她父亲说。还有，嗯，就跟你母亲曾经说过的一样，人这一辈子啊——

多美好的故事，索菲亚说，我有事，得挂了。今晚晚些时候再给你打电话。

——人这一辈子，给你自己的时间。

在她耳中，他那来自远方的声音变得越来越小、越来越

---

① 11 月 7 日是苏联国庆节，莱卡死于 11 月 3 日，但根据苏联记录，莱卡在国庆节时仍然活着。

远，因为她已经将话筒放到一边，并且按下了 PA 键①。

半夜，房子里到处都是黄油烧焦之后的味道。

索菲亚起床时并没有吵醒她姐姐，姐姐还是一如既往地睡得很沉，打着呼噜。

嗨，夏洛特说。

索菲亚在餐桌旁坐下。

我们不能再像这样见面了②，她说。

我挺喜欢这样的。我们以后为什么不继续这样呢？夏洛特问。

不对，这句话并不是那个意思。不是简单的字面意思。这其实是句玩笑话，索菲亚说，一种英语里十分常见的固定用法，可以说是人们日常对话时常用的口头禅。但是，就我个人而言，我不太能明白的一点是，夏洛特，你怎么会在对莎士比亚了如指掌的同时，却不熟悉这种日常生活中再常见不过的口头禅呢？

哪句话是常见的口头禅？夏洛特问。

就是我刚才说的那句，"我们不能再像这样见面了"，索菲亚说。

可我挺喜欢我们之间像这样的会面，夏洛特说。

---

① 即座机上的"pause"键，"暂停通话"功能键。按下之后，进入静音模式，但不会主动挂断。

② 原文为：We have to stop meeting like this. 这是英语口语中极为常见的成语，意为"我们不要再这么针锋相对"，通常由试图改善关系的一方主动提出。

噢，真有趣，索菲亚说。

还有，别再叫我夏洛特了，叫我勒克斯，她说。

我才刚刚习惯不在我的脑海中直呼你的全名，索菲亚说，我不能叫一个根本就不属于你的名字。

从我刚认识你的时候开始，你就一直在叫一个根本不属于我的名字。我们不能再像"那样"见面了①。

我们为什么不能就这样呢？索菲亚说，不管你对于你自身而言究竟是谁，至少在我面前，你就是夏洛特。这是我的看法。

我不是夏洛特，我是勒克斯，夏洛特说，如果要用英语里的口头禅来解释的话，那么，我愿意称呼自己为：一个自作聪明的家伙、小学究、自以为是又极具天赋的书呆子②，就是这样的一个家伙，三年前在这里开始了自己的大学课程，但她没钱了，学业无法继续下去。好吧，那就是我，我是克罗地亚人。我的意思是我出生在那里。我的家人在我还很小的时候就搬去了加拿大。虽然很远，但还不够远。问题并没有因此而得到解决。问题在于：无论我们走了多远，我的家庭所受的战争创伤始终无法排解。说实话，与我关系很近的亲属当中，没有任何人在战争中丧生，甚至也没有人在战争中受到身体上的创伤，就连我自己也是在战后才出生的。但是，我们确实受到了伤害，甚至连我也受伤了，大家

---

① 此处勒克斯现学现用了之前那句口头禅。

② 原文为"a clever clogs egghead smartypants brainiac nerd"，故意使用了很多英式英语口头语，其中"clever clogs"为词组。这一系列词语表达的意思其实大体相似，基本都是"书呆子"之意。

都一样。我爱我的家人，我真的很爱他们，然而，当我跟他们生活在一起时，我心中一直存在着的战争创口就会再度裂开。所以，我无法同他们一起生活。我不能跟他们长期住在一起。于是，我来到了这里。但我家实在没有多少钱，到这里之后，我很快也没钱了。如今，我真的没办法找到一份好工作，因为没人知道我明年这个时候还能不能留在这里，或者换一种说法，没人知道他们那帮人决定什么时候赶我们走。所以，我尽可能地让自己保持低调，只在一些相对而言比较安全的地方露面，这就是为什么我会碰巧遇见你儿子的原因。这件事的真实情况是这样的：你儿子刚好找到了我，他愿意付我一大笔钱，而且是当场结清，要求我陪他来这里，如此一来，他就不会因为不能跟他那位大吵了一架的女朋友——你口中的夏洛特——一起来这里而感到难过了。"他跟此人大吵了一架"：这种说法虽然不太正式，但在语法上却很准确。你瞧瞧，我的英语还是挺不错的。虽然这的确是事实，但我实在不怎么熟悉英语中的各种口头禅。顺带一提，克利夫斯夫人，照我的观点看来，虽然我们眼下的对话相当自由，能够在你的厨房里各执己见，肆意发表自己的观点，而且我之前也说过自己挺喜欢这样见面，但这种见面方式始终还是有些遗憾之处，令我感到不太满意。我的意思是，你跟我，我们两个碰面时，无论是之前还是现在，我永远都是唯一在吃东西的那个人。所以我想马上纠正这点。我能给你做点什么吃的吗？对，就是现在，你想吃点什么？

　　跟你讲句实话吧，索菲亚说，我现在真的有点想吃东西。

非常好的一句实话。那么，你想吃什么？这位克罗地亚女人（不，她真的更像是个女孩，索菲亚决定称呼她为女孩）问道。

我不是很确切地知道自己想吃什么，索菲亚说。

女孩走向冰箱。她拿出一只哈密瓜，将它切开，并用勺子舀出中间的瓤。

你是要我把它切成小块，还是就这样吃？她一边说着，一边举起已经切好的半只哈密瓜。瞧瞧这形状，这也是我喜欢这类甜瓜的原因之一。它是一种自己带碗的水果，已经被放在自己的碗里了。

你让我想起某个人，索菲亚说。

她的名字是夏洛特吗？女孩问道。

哈，索菲亚说。

她拿起了勺子。

吃完半只小甜瓜之后，她放下勺子，说道：

我想告诉你一点关于我儿子父亲的事情。

我很乐意听，女孩说。

说罢，她在桌边坐下，将脑袋枕在手上，开始了倾听。

他是我的一生挚爱，索菲亚说，在这个世界上，真的有"一生挚爱"这么一回事存在，虽然我几乎从来没有跟他长相厮守过——我跟他在一起的全部时间，只有多年以前隆冬时节的一个晚上，以及几年后盛夏期间的半个礼拜，仅此而已。

你们一起度过的时间为什么这么少？女孩问。

这就是命中注定吧，索菲亚说。

啊，女孩说，命中注定。这个成语我知道。

那年圣诞节的晚上，索菲亚说，我和我的姐姐，还有她的同伴们，一起住在我们现在正住着的这栋房子里。当时他们那群人的家就是这里，很大一帮人。我那时三十出头，我们的母亲不久前去世了。还记得那天，我走了很长的一段路——沿着你们来时的那条路，同一条路，走到了如今房子正门所在的地方；在当年，那里是没有门的，只有道路尽头的一个开口，上面写着房子的名字。我选择在黑暗中外出散步，因为我不喜欢跟我姐姐住在一起的那帮人。当时我满脑子想的都是：继续待在这里，我会被谋杀的，我会被人突然袭击，我会迷失自我。继续待在这栋房子里，我肯定会被这里面的一切洗脑，然后变成她的小跟班，变成他们的小跟班，肯定是这样，没错。

我低头走路，脑袋里尽是这些荒唐的想法，直到我在漆黑中走进了一个男人的心窝里——字面意思，我真的跟他撞了个满怀。

他当时跟住在附近的一些人混在一起。他告诉我，之所以会摸黑出来散步，是因为他实在太伤心了。

在此之前，这附近发生了一场海上风暴，一艘丹麦的船沉没了。我想他可能就住在本地，刚刚亲历了这起事件，所以才会对沉船事故中遇难的人们感到伤心难过，要么就是在担心那些现在还在救援船上的当地人朋友。哪里知道，当索菲亚这样问他时，他却说自己根本就不知道溺水遇难者和救生艇的事。他很伤心，是因为他从新闻里听到，卓别林刚刚去世了①。

那是谁？女孩问。

查理·卓别林，索菲亚说，他是老默片时代非常著名的一位电影巨星。

噢，我知道他。有大脚的那个，女孩说，大鞋子。很有趣的一个人。我家乡所在的那座城市里，有一尊他的雕像呢。

总而言之，我们当时都在为某件事情感到难过，索菲亚说，于是，我们便结伴同行，一起散步，我们一路走到了邻近的村子里。他沿着一栋房子的台阶走了上去，将挂在前门的圣诞花环摘了下来，举到自己的面前，说道：今天晚上，我要拿着这个，作为我的取景框，说完他便转过身来，透过花环看着我，然后他又说，噢，没错。是的，就是这样。所以，我就把那个圣诞花环接了过来，花环本身是用冬青编扎而成的。我也试着用花环做取景框，透过它来看世界，然后，我就看到了他。我的意思是，我看上他了。

就这样，我们带着花环继续走，直到坐在一棵树下，用花环作为取景框，观看附近能够看到的所有东西，就这样看了一整晚。

再然后，我们互道了晚安、早安，我们交换了地址，这是电子邮件发明之前发生的事情，夏洛特，或者换一种说法，是在谷歌上能够直接找到人之前发生的事情，这些现在很常用的东西，当时都还远未发明出来。在那些日子里，人

---

① 卓别林去世于 1977 年 12 月 25 日，正好是圣诞节。

们很容易就会失去联系。不，并不像你想的那么糟糕。不是说我想和这个男人失去联系，我喜欢他，他让我很感兴趣。但是，就在那晚过去之后不久，我丢了钱包，我把它落在了一辆出租车上，不幸的是，他的地址碰巧被我叠起来放在里面了。他从来没有和我主动联系过。所以我们没有再见面了，很多年都没有再见过。整整八年。

之后有一天，我走在伦敦的一条大道上，那时的我已经完全变成了另外一个人。但那个从未给我地址写过信的男人，我看见他了，我们在街上擦肩而过的时候，几乎同时认出了对方。能够再次见面，我们都感到很高兴，于是，我们拟订了一个计划，打算暂时抛开一切，前往巴黎一周。后来我们确实去了巴黎。

但这不对，至少对我来说是不对的。我到了巴黎之后，马上就确信了这一点。因为我当时太忙了，忙到根本没时间犯错误，也没有时间去享受率性自在的生活。

我们去的之所以是巴黎，完全是因为他想欣赏这座城市里收藏的各种画作，所以，我们去了许多著名的博物馆和美术馆。事实上，在我们初次相遇的那个圣诞节，他是专程到我们现在这个地方来的，因为他对住在这附近的一位艺术家——一位雕塑家很感兴趣。可能我表述得有些不太清楚，我的意思是，他并不是来跟这位艺术家见面的，因为她早在那个时候就已不在人世了，很久以前就死掉了，但他还是选择来这里，因为他非常喜欢她创作出来的东西，很想看看她曾经生活过的地方。在他家里，有一件她创作的雕塑，我见过。那件雕塑作品是由两块石头组成的。真的，就只是两块圆圆的石头，仅此而已。但它们都是非常漂亮的石头。我的意思是，这件雕塑是分成两个部分的。而且，作为一件完整的作品，这两个部分注定是要合二为一的。

然而，我们两个人却并不合适，他跟我不合适。

在他看来，我们不能长相厮守的原因，是他太老了。他那时的年纪比我大得多①。和我的年龄相比，我确实觉得他很老了。那时他就已经有六十多岁了。好吧，我现在才知道，一个人六十多岁时的感觉，其实就跟其他年龄的时候一样。实际上，七十多岁时的感觉也一样。在你的内心世界里，你永远都在做你自己，与人们从外表判断你是什么年龄的人完全无关。

然而真相却并非如此，问题并不是他太老了，而是我对他而言太老了。我看不到跟他在一起生活的图景。我们之间几乎找不到任何共性，连哪怕最微小的可能性都不存在。我很快就认识到了，各种具体而微的事情都指向了这点：我是绝对无法同他长相厮守的。尽管如此，在那段短短的时间里，他还是教会了我很多东西，他对各种各样的东西都很了解，尤其是对艺术——

对你儿子②? 女孩问。

我的意思是，各种各样的图像类作品、画作，索菲亚

① 此处原文强调了"那时"，索菲亚以此来暗示他"现在"很可能已经去世了，后文亦有交代。
② 因为"艺术"的英文为"Art"，与亚瑟的昵称"亚特"（Art）完全一样。故有此问。

说，当时的我只知道莫奈和雷诺阿①，好吧，所有人都知道这两位。无论如何，在那个时候，我对住在这里的这位雕塑家并不怎么了解。如今我当然更了解她一些了。事实上，我现在知道了一个很有爱的故事——我一直都很希望自己能够亲口告诉他这个故事，关于这位雕塑家的，是我去年在报纸上读到的，这个故事他肯定会喜欢的。

可他现在已经死了，女孩说。

他肯定死了，她说，我现在很老了，但他那时就已经很老了，所以他现在肯定死了？

所以，这位男士就是戈弗雷·盖博，女孩说，车库里的那块人形立牌。可是，你不是已经知道他死掉了吗？

噢，我的天哪，不是这样的，索菲亚说，我刚才说的事情跟戈弗雷完全无关。

她放声大笑。

跟雷睡觉！我从来就没有跟雷睡过觉。脑袋里面冒出这个奇怪想法的同时，我几乎都能看见他在天堂里笑得死去活来了。噢，我的天哪，根本就没这回事。我们完全没有——事情完全不是，呃，完全不是像你想的那样。

既然如此，女孩说，你告诉我这些又是为了什么？

在我遇到雷的那个时候，戈弗雷·盖博是雷工作时使用的名字，索菲亚说，那时的我即将成为一名单身母亲。我还想继续工作，而他又正好是个急需组成家庭的男人。他的支持保护了我们两个人，使我们两个都获得了自由。确实是个

① Renoir（1841—1919），法国印象派重要画家。

非常好的安排。对雷，我永远都会心怀感激。对戈弗雷也一样。

可是，女孩说，我觉得吧，你正在告诉我的这些事情，是你保守已久的秘密。

有时候，跟陌生人说话反而相对容易些，索菲亚说。

如果英语里面真有这句口头禅存在的话，那它想必是一句老生常谈，女孩调侃道。

老生常谈的话，还有这样一句：人生道路上，独自肩负一些东西也是很重要的。亚瑟就是我要肩负的东西，跟其他任何人无关。

就和你买来卖去的那些东西类似？女孩问道。

不是那种东西，索菲亚说。

如此看来，我现在无意中得知了一些涉及你儿子的隐私讯息，女孩说，关于他父亲的秘密。我想，就连你儿子本人也并不知道这些秘密。

没错，索菲亚说。

所以呢，你打算让我如何处理这些秘密？女孩问，你想要我直接告诉他吗？

我不知道自己为什么要突然告诉你这些，索菲亚说，或许是因为你之前告诉了我一些关于伤痛和家庭的琐事吧。但是——不要，我不希望你把这些事情告诉其他任何人。

那我就不会说，女孩回应道。

首先，我跟自己一生挚爱之间的这段尘封往事，显然是无法公之于众的，它与我现有的家庭之间不可能达成和解，这是办不到的，索菲亚说，另外，就我个人而言，我也不想让他与我的这段过往变成我儿子的一块心病，将这种纠结延续下去。

可是，不管你愿意与否，这段过往都跟你的儿子有关啊，女孩说。

我儿子对此一无所知，索菲亚说，因此，他无须承担任何责任。

女孩摇了摇头。

你错了，她说。

关于这件事，错的是你，索菲亚说，你毕竟还年轻。

那么爱情呢？女孩说，你为此放弃了爱情。那可是你的一生挚爱啊。

爱情好办多了，索菲亚说，跟我的一生挚爱在一起，让我的生活变得就好像是——我也不知道该怎么形容——一辆双层巴士的转向系统突然出了问题似的。

你控制不了它，女孩说。

索菲亚说，你把方向盘往一个方向转，车辆转向的方向竟然完全相反。

女孩笑了。

你最终还是夺回了自己的公交线路控制权，她说。

说罢，女孩将一盘面包和几片奶酪放在了索菲亚面前。

那么，就给我讲讲那个故事吧，她说。

什么故事？索菲亚问道，没有更多故事了。到这里就结束了。全剧终。

不不不，我的意思是之前提到的那个故事，关于雕塑家的，你很想告诉亚特亲生父亲的那个故事，但眼下却办不到了，女孩说。

噢，索菲亚说，那个故事。嗯，没错，他会很喜欢的。故事中的机缘巧合，非常神奇。但是，不要，我不会讲出来的，请你不要介意，因为这个故事是我的私家珍藏。

她拿起一块面包，在上面放了些奶酪。

她吃了下去。

她又拿起了一块。

[不管怎样，索菲亚还是挺希望能够把下面这个故事告诉自己认为已经去世很久的那个人的，她儿子的父亲，她的一生挚爱：

20世纪知名艺术家、雕塑家芭芭拉·赫普沃斯，当她还是个小女孩的时候，曾经住在英格兰北部一个工业小镇里，他们全家人每年暑假都会到约克郡的一处海滨村庄去度假。赫普沃斯非常喜欢那里。为她撰写传记的那位作家表示，这是她晚年在康沃尔郡感到宾至如归的原因之一——她实在太爱这道海岸了。

她喜欢置身于陆地与海洋之间。她喜欢逗留在边缘地带。她喜欢与大自然保持亲近，也喜欢大自然那变幻莫测、充满野性的力量。她本身也是个充满野性、非常有主见的女孩，这是显而易见的，当所有人都在向空中挥舞帽子，以此来庆祝第一次世界大战正式结束的时候，她是唯一拒绝这样去做的人，因为无论举办怎样的庆祝活动，那些战争中的死难者都已深埋地下，不可能起死回生了。

　　她在自己还很年轻的时候就已经下定决心要成为一名艺术家，并且向父母明确表达了自己的理想，她将在自己十六岁时进入利兹的艺术学院，不久之后就会前往伦敦。所以，她在有很多艺术家前来避暑的海滨村庄里感到非常自在，在她眼中，这是一处拥有耀眼光芒的地方。

　　这些来避暑的艺术家当中，有这样一位女性画家，她当时正值中年，每年夏天都会亲自到那里挑一栋房子住下。她的知名度非比寻常，而且是作为艺术家而知名，身为女性，不过是凑巧罢了。当时的她确实是一位无人不晓的画家，专攻风景画和肖像画。她的知名度如此之高，乃至于在英国全境范围内，几乎没有哪个城市的公共藏品库里没有（或者说没有过——考虑到如今这么多藏品都已卖光了的情况）她的作品。

　　她的名字叫埃塞尔·沃克①。

　　如今，除了那些艺术史研究者之外，已经没有人记得埃塞尔·沃克是谁了，甚至连那些艺术史研究者当中，也没有多少人真正非常了解她了。

　　无论如何，差不多一百年过后，有位美国艺术品收藏家在浏览 eBay 网站时，偶然发现了一幅相当不错的画，这幅画是一个名叫沃克的人画的，名为《一位年轻女士的肖像》。画作不算很贵，所以他就直接买了下来。

　　当这幅画作顺利抵达收藏家宅邸之后，他迫不及待

---

① Ethel Walker（1861—1951），英国画家、雕刻家。

地打开了它，呈现在他眼前的是一幅迷人的肖像画，画中女孩身穿一条蓝色的连衣裙。她看起来很聪敏，甚至连她的那双手看起来都显得十分聪敏。

这幅画的背面写着一行字：芭芭拉·赫普沃斯小姐肖像。

在此之前，他从来没有听说过芭芭拉·赫普沃斯这个名字。但是，为了以防万一，他还是用谷歌搜索了这个名字，想看看它是否出自哪个他不知道的知名人物。

搜索结果出来之后，他又想搞清楚，这位女士是否碰巧跟结果中出现的一家画廊有关系：这家画廊位于英格兰北部，名叫赫普沃斯·韦克菲尔德①。

他写信询问画廊的工作人员，问他们是否愿意瞧瞧这幅画。

再然后，他就把画送给了他们。

如今，这幅画就收藏在赫普沃斯·韦克菲尔德画廊里。

那就是与你相关的人生与时光。]

我要待在这里，跟这里的人们一起过圣诞节，索菲亚说。

我也是，男人说，在那边，农舍那里。我只是出来透透气而已。

---

① Hepworth Wakefield，英国西约克郡韦克菲尔德的一家艺术画廊，开业于 2011 年 5 月 21 日。画廊位于考尔德河南岸，得名于芭芭拉·赫普沃斯，她出生在这座城市。

我的住所就在这条小路上，索菲亚说。

那个男人举起手电筒，照向路边的一块标牌。

切布雷斯，男人念了出来。

我也跟你一样，需要透透气，索菲亚说。

切布雷斯，这是什么意思呢？男人问道。

我也毫无头绪，索菲亚说。

跟我住在一起的人当中有两个家伙，竟然取名叫康沃尔和德文①。相信我，我已经受够了康沃尔和德文。噢，不是说我不喜欢康沃尔和德文，实际上，我非常喜欢他们的父母，但今天是圣诞节，我需要休息一下，从我们礼貌地称之为圣诞节传统的繁文缛节中稍微透口气。因为——不管因为什么，反正，我现在感到很难过。卓别林刚刚去世了，你知道吗？可是，跟我住在一起的那帮人并不怎么懂得欣赏卓别林。

老默片明星卓别林？索菲亚说。

你知道他的电影？男人说。

不，不算有多了解，索菲亚说，不过，我小时候觉得他很有趣。

这位电影明星，男人说道，他既是流浪者，也是漂泊者。他是人类历史上第一位现代英雄，让全世界的人在同一时间为同一件事情放声大笑的浪荡客。我有个想法，想跟你

---

① 即"Cornwall"和"Devon"，用英国郡名来取名字。

一起去散散步，到村子里去。远离《微星小超人》①和那台
新买的雅马哈 E-70 电子琴。别误会。我超爱音乐。劲歌金
曲就是我的生命之火。可是，待在一个八岁大的孩子第五十
一次演奏《爱在他乡》②的地方——这恐怕意味着我该赶紧
出门散散步了。

猫王死了，他们今年就在电视上播放了他的电影。考虑
到这点，或许查理·卓别林会出现在明年圣诞节的"电影大
联播"里。

甜美的猫王，穿着他标志性的皮衣和皮裤，男人说。

这可不像一个男人会挂在嘴边的话。

没有他来演唱《忧郁圣诞节》③的忧郁圣诞节，男人说
道。他有些非常好的歌，然后就死了。来也匆匆，去也匆
匆，就像一场马戏团游行。

是啊，四十多岁的年纪，索菲亚说。

那男人微微一笑。

"马戏团游行"这句话，他说，其实是出自一首歌的，
那是《流浪歌手》④里面的一句歌词。《流浪歌手》是一部
以露天游乐场为主题的电影。"世界是一个鼻子被涂成红色

---

① *Micronauts*，是以玩具为基础创作的一系列科幻漫画。1979 年由惊奇
漫画公司出版第一册，其中既有原创人物，也有以玩具为原型的经
典人物。
② *Somewhere My Love*，1965 年上映的电影《日瓦戈医生》的主题曲。
③ *Blue Christmas*，创作于 1948 年的一首歌，猫王演唱的版本最为经
典。
④ *Roustabout*，猫王主演的一部电影，于 1964 年上映。

的小丑。"《精彩世界》①，那是这首歌的名字。

我和那些一心只想拯救世界的家伙待在一起，索菲亚说，但是我们的母亲，我是指我的母亲，她今年去世了，她死了。我尝试过，但我逐渐发现，自己实际上很难全身心地去关注这个所谓的"精彩世界"。

啊，男人说，我很抱歉。节哀顺变。

谢谢你，索菲亚说。

听到他说出这句"节哀顺变"，索菲亚不由得泪流满面。不过，他却看不到她正在哭泣的模样；这里很黑。她刻意保持着自己语调的平静。

她说，我们两个的父亲出国了，跟我们家的亲戚们一起，在新西兰过圣诞节。我手头有工作，不能过去。这就是我到这里来的原因。但我心里很明白，明年圣诞节，我会自己一个人过。

你这些话倒是提醒了我，明年圣诞节我也要这么做，男人回应道。不过话说回来，此时此刻，我们干脆一起度过这个圣诞节吧。你愿意跟我一起到村子里去逛逛吗？不远。

黑暗中，他的声音很好听。她说，好的。

当他们走到路灯下时，他看起来也很不错。

他不是她通常会喜欢的那类男人。他年纪太大了，可能都快接近她父亲的年龄了。他穿着很精致的衣物，剪裁优

---

① Wonderful World，实际上这几句歌词并非出自《精彩世界》，而是出自《这是一个精彩世界》，两首歌完全不同。猫王有很多歌的歌名是类似的，比如 Love me 和 Love me tender。

良。衬衫看起来也很贵。他一定很有钱。

附近完全没有人。虽然风很大，但并不冷。他们跨过一道小栅栏，穿过村子中间的一片绿地。绿地上，有棵大树旁边围了一圈木制环形长凳，树干很粗，他说，这棵树至少也是伊丽莎白时期种下的。

他用手帕替她擦干净长凳上的浮灰。他们靠着树干坐了下来，这棵树的树干是如此之大，坐在这里，他们完全不会被风吹到。

透过大衣，她能够感觉到树皮上一条一条突起的斑脊。

你身上足够暖和吗？他问索菲亚。

这里的冬天，天气也太过温和了点，他说，我一直期待天空中飘浮着的那一大片老冰块能够抖搂些雪片下来①。

这些天，我考虑了很多问题，他说，其中最令我为之着迷的一个问题就是，男人跟女人们究竟应该如何去做才能够过上富有创造性的生活？

然后，他对她讲了些关于卓别林的琐事，比如，查理·卓别林的父亲曾经在音乐厅里唱那些以漂亮女孩为主题的流行歌曲，这位父亲很年轻的时候就死了，还是个酒鬼。卓别林的母亲也曾经在音乐厅里唱歌谋生，但她的性格却逐渐变得越来越疯狂，直到精神完全失常，无法继续工作了。他还提到卓别林是如何在某个夜晚顶替他母亲上台表演的逸事：尽管他当时还是个非常幼的孩子，但却知道母亲要唱的那

---

① 原文为"chips off that old ice block in the sky"，套用自英语俗语"chip off the old block"，指酷似父母的人。

首歌的歌词。与此同时，他母亲站在舞台上一动不动，双眼凝视着上方的虚无，仿佛已经忘记了周围这些人，要么就是忘记了自己身处何地，忘记了她是谁。无奈之下，还是个孩子的卓别林演唱了母亲该唱的这首歌，并且跳了一支舞，从对着他母亲喝倒彩的人群中赢来了金钱和掌声。

他很讨厌圣诞节，男人继续说道，也难怪他会在圣诞节那天去世。卓别林很小的时候就被送去了孤儿院，那时他的母亲已经住在精神病院里了。圣诞节时，孤儿院的负责人给住在院内的每个男孩都派发了一只苹果，作为他们的圣诞节礼物，除了他。这位负责人当时对他说：查理，你不能拥有这份礼物，因为你让大家在本来应该睡觉的时间里睡不了觉——男孩子们都醒着听你讲故事。发生这件事之后，他就一直在寻找那只被他命名为"幸福"的红苹果，尽管他也很清楚，自己永远都会被这只苹果拒之门外。

了解这些凄惨往事，她感叹道，是多么令人难受啊，尤其是在不得不听你讲这些的情况下。

他为自己所传递的悲伤情绪表达了歉意。

他将责任归咎于自己的悲伤情绪。

接下来，他又告诉她，还是个小男孩的卓别林是如何在伦敦的竞技场剧院①里表演哑剧的。想当年，竞技场剧院还是一座全新的剧院，台上有一处很深的下沉空间，表演的时候在里面灌满水，形成一方水池。所有的舞女都像古代骑士

---

① Hippodrome，伦敦威斯敏斯特市克兰伯恩街和查林十字路拐角处的一栋剧场建筑。该剧场最开始时是为马戏表演设计的，有不少魔术表演用设计，后在1909年改为综合剧院兼音乐厅。

一样，身穿道具盔甲，跳进水里跳舞，直到她们全部消失在水面之下。在此之后，会有一个小丑跑出来，拿着钓竿坐在水池边，用钻石项链作为诱饵，试图将没入水中的歌咏队女孩们钓一个出来。

他向她描述了一幅画作，这幅画作是诗人威廉·布莱克①创作的，画中描绘了但丁笔下的一对情侣②。在他提起它之前，她还从来没有读到过《神曲》里的这段故事，不过她马上就会了解了——这对情侣在天堂里相聚。场景中有个女人，她的辫子仿佛是用快乐婴儿的灵魂编织而成的。画中天使的翅膀上均匀地覆盖着一只只睁开了的眼睛。一个注定要成为希望化身的女人站在画面一旁，身穿绿色的裙子，微笑着朝天空举起双手。

说到这里，树下的他把自己的两只胳膊也举了起来，向她展示画中这种充满希望的感觉。

她笑得很大声。

美好又快乐的希望，他感叹道。

他们躲在村子汽车站的木屋里。他又举起了那个偷来的冬青花环。他透过花环看着她。他是那种她之前从未真正接触过的年长男人。不过，那些想要与她攀谈的年长男人通常很感兴趣的事情，他却没有丝毫兴趣。

---

① William Blake（1757—1827），英国著名诗人、画家。他被认为是浪漫主义时代诗歌和视觉艺术史上的一位开创性人物。

② 1824 年，布莱克的朋友约翰·林内尔（John Linnell）委托他根据但丁的《神曲》创作一系列插画。经考据，文中所描述的那幅画为《比阿特丽斯与但丁》。

可惜我现在已经老了，他说，你还年轻。你可能觉得我是个老态龙钟的家伙。不过话说回来，我的确倾向于任美好的事物像门前的小溪不经意地流逝①。

你倾向于什么？她问。

他笑了起来。他告诉她，这是济慈说过的话，不是他说的。

告诉济慈不要那么傻，她说。

这时，碰巧有些人经过这片绿地。圣诞快乐！那些人大喊着。圣诞快乐！他们也喊回去。教堂的钟面上显示现在是凌晨两点半。我最好还是回到我的西方国家时区去②，他说，否则他们会把我锁在门外的。

他们将冬青花环还了回去，挂回到了原本属于它的那道正门上。他就是这样的人。他与她相伴而行，迎着夜风，走回她现在住的地方。他们一直走到了那条路的尽头：切布雷斯。当他们抵达那里之后，他坚持领着她沿着深色树根遍布的小径一路走到房子门口。

好大的一栋房子，当他们终于来到房子门口时，他感叹道，我的天哪。

里面的灯还亮着。人们已经起来了，这也是理所当然的。白天的时候，他们就像吸血鬼一样，横七竖八地在这里面睡觉。

这里从不锁门，她说，他们不是那种会锁门的人。

---

① 语出自诗人济慈的作品《人生的四季》。
② 意为现在很晚了，过的简直不像是欧洲时间。

多么热情好客，他评价道。

总有一天，她说，我会拥有这栋房子。总有一天我会买下它。

你会的，他说，你会拥有它的。

他吻了吻她的嘴唇。

如果他们真把你锁在门外的话，就回来吧，她说，你可以睡在这里。

谢谢你，他说，真是再体贴不过了。

临别之际，他祝她圣诞快乐。

当她再也听不见他离去的脚步声之后，便打开门走了进去。此刻，她站在楼梯间的最下层，打算直接上楼，上床睡觉。但她最后还是改变了主意，因为他随时可能折返回来。于是，她决定先等上半个小时再说。所以，她干脆一路走进了厨房里。这里充斥着抽大麻的烟气和抽了大麻的人们，有什么人正在弹吉他，其中一个女孩正在洗碗，现在是凌晨三点一刻。

没有人问她去哪儿了。

可能根本就没有人注意到她刚才出去了。

她打开了电热水壶的开关，准备灌一个热水袋。

我刚才跟一个男人在一起，她告诉艾瑞丝。

真该高唱一首《哈利路亚》，艾瑞丝说。

他之所以到这里来，是因为他真的很喜欢那个在石头上钻洞的艺术家，那个艺术家，她住在圣艾夫斯①。圣艾夫斯

---

① St Ives，英国康沃尔郡的一个海滨小镇。

在这附近吗？索菲亚说，他很伤心。因为查理·卓别林今天去世了。我是说昨天，圣诞节。

卓别林去世了？

消息在人群中传开了。

唉。

美国亏待了他。

好同志。

《大独裁者》，艾瑞丝说，很棒的电影。

艾瑞丝开始谈论起新兴的媒体独裁和新兴的封建统治系统，小报在趁机牟利，读者是他们宣传鼓吹下的奴隶。

索菲亚打起了哈欠。

其中的一个男人，他的衬衫领子很脏，头发细长干枯，头上的斑秃令他看起来有点像中世纪的僧侣。这个人告诉她，赫普沃斯是住在附近的艺术家的名字，她是反核人士。索菲亚在心里翻了个白眼，心想：我敢打赌，他们聊起其他人时也会这么说，尤其是那些已经去世的人。我敢打赌，一旦哪位名人没来得及表明自己的信仰就去世，他们转眼便会把这位名人——把这些伟大而善良的人强行加入到他们的小团体当中去，无一例外。

我真的很怀疑你这番话的真实性，因为任何有正常逻辑和理解能力的人都知道，我们需要核武器，她大声说道。

整个房间里的人都转过脸来看着她。他们就好像猫头鹰一样，并不移动身体，而是极其不自然地直接把脑袋给拧了过来。

很明显，她说，我们需要核武器，以便阻止其他拥有核武器的国家用核武器来攻击我们。再简单不过的逻辑问题了，同志们。

几个月来，她第一次感受到了自己的勇敢和机智：当面叫他们同志，这样他们就不好马上翻脸。

我不明白你怎样才能证明她活着的时候是反核的，不管怎样都好，她说，这位艺术家现在已经死了，根本没办法为自己说话。

他们当中没有任何人能够同她据理力争。他们只能说些"你错了"之类简单又没用的话。他们只能反复强调，说这位艺术家就是他们认为的那样。除此之外，他们还说，你可以从她的作品中看到。

然后，他们又开始说起其他一些重要人物。有个女人甚至提到了蒙巴顿勋爵①。就比如蒙巴顿勋爵，她说，虽然是个军人，却旗帜鲜明地反对核武器。一名王室成员兼军事专家，是绝对不会如此愚蠢、短视又盲目的。

她会学到教训的，艾瑞丝说，给她点时间。

听到这句话，索菲亚刚刚接过吻的嘴噘了起来。

她把自己的热水袋给灌满了，并且将电水壶放回到底座上。在她身后，排队等着冲杯热饮喝的一群人当中，有个人故意拿起电水壶摇了摇，如此一来，每个人都能听见，里面剩下的水已经少得可怜了。

她不在乎。

---

① Lord Mountbatten（1900—1979），即路易斯·蒙巴顿，英国近代最受争议的贵族人物之一，长于外交协调。事实上，并没有任何证据表明蒙巴顿勋爵反对核武器。

她出乎意料地过了一个有史以来最好的圣诞节。

她遇到了一个对但丁、布莱克和济慈了如指掌的男人，他讲话的方式如此奇妙，就仿佛词句本身充满了魔力一般。他特地向她致歉，感受到了她的各种情绪，并且有针对性地给予了抚慰。他透过冬青花环看她，向她描述各种事情——描述了关于艺术、诗歌、戏剧方面的内容，描述了布莱克画作中象征希望的绿色裙子。

她一直坐在那里，背靠着伊丽莎白时代的一棵树。她的脑袋里充满了缤纷的想象：那些身穿盔甲的女孩，她们一边跳着舞，一边沉入水中，直到水面没过她们的头顶。这些女孩安静地待在水面下方，等待渔夫抛出钩子时掠过的那道闪光。

天还很早，外面一片漆黑。外国女孩回外屋睡觉去了。亚瑟也在那里睡觉。她的姐姐则在这栋房子顶楼睡觉。

索菲亚回到自己的房间里。她关上门，打开衣柜，从衣柜的底部一双又一双地取出鞋子来。这件事花了她不少时间。她喜欢鞋子。她有很多鞋子。她是个爱鞋之人。

鞋子全部拿出来之后，她掀开了衣柜的底板。

她伸出两只手来，取出了那块石头。它很重。在从黑暗逐渐过渡到晨曦的晦暗光线中，它表面的纹路看起来流畅无比。它整体上是浅红色的，或者说是棕色的，非常像他们用来装饰罗马万神殿①上方墙体时所使用的那种材料。索菲亚

---

① Pantheon，罗马最古老的建筑之一，亦是古罗马建筑的代表作。

亲眼见过万神殿，那是一座古老的教堂，文艺复兴时期艺术大师拉斐尔的遗骸被安置在殿内一侧的一个石盒子里面。每个参观日，从他们打开教堂大门的那一刻开始，永远都会有成千上万的游客拥入万神殿内，对着那个石盒子操作他们的手机和照相机，闪光灯噼里啪啦闪个不停。万神殿的正门是如此之高，门板是如此之厚重，被人们打开的时候，总是带着一种不得已的寂寥感。在索菲亚看来，正门不表现出这种寂寥感是不可能的，因为它通向一处几乎总是忙乱不堪、几乎总是人潮拥挤的建筑空间，这部分空间较低的位置又恰好是一堆过度装饰的乱七八糟的玩意儿①。

但是，随着目光上移，当视觉焦点逐渐转移到建筑空间的上层部分时，一切都开始趋于简化，越往上就越简单，到了最后，只能看到一些干净的石头方格，里面的浮雕若隐若现。空间在头顶收束，穹顶的中央位置有一处圆形的开口，就像是专门为里面的人们开拓了一方辽阔的视野，让他们可以看到外面的虚空和光亮似的——万神殿的屋顶就是天空，除了天空之外，什么也没有。

万神殿。

所有的神灵。

至于它，它又是什么呢？莫非像那首美丽的古诗中所描述的那样：如五月的雪一般融化，仿佛从未有过如此冰冷的东西？② 好吧，石头确实很冷，除非你用自己的身体去温暖

---

① 万神殿改为天主教堂后，装饰风格发生了很大变化，雕工精美的青铜大门几乎是唯一留下的久远见证，故有文中所说。

② 此处引用自乔治·赫伯特（George Herbert）1633 年的诗作《花》。

它。这个球体形状的石头，本来应该来自一个温暖的国度，是这样吗？她曾在收音机里听到有人谈起过，说曾经在英格兰北部捡到过像这样的一种石头，外表光滑，状似大理石。收音机里的那位女士说，自己捡到的石头带有一股气味。北方的石头有时确实会散发出腐败的气味，因为它们的一部分实际上是由古老的生物外壳组成的。当你把石头砸开时，这些长期与外界隔绝的生物外壳再一次与空气相遇，很快就会腐烂分解。

她把这块石头举到鼻子跟前闻了闻：闻起来就跟她衣柜里面的味道一样，是她自己的香水味。

她将它贴到脸颊上。

它的表面无比光滑，完美无瑕。

清晨，透过窗户可以看到，外面已经亮起来了，但没有任何交通噪声——时间还算很早——取而代之的是冬天乌鸦的叫声，隐隐约约还有些春天的鸟鸣声响起，凌驾于冬天的声音之上。这两种叫声，就仿佛两种不同天气状态正在交锋：即将到来的季节，已经在行将过去的季节中做好了准备，让自己可以被世人所听见。

她将它放在了餐巾纸上。这张餐巾纸相当新；这里的上一批餐巾纸竟然被一群小金衣蛾①给吃掉了。一想到这件事，她就不由自主地笑了；此刻，她一边笑着，一边抬头看了看自己挂在那儿的衣服，然后在房间里走了走。如果蛾子喜欢的话，它们可以把这里所有的一切都给吃了。这整座房

---

① 一种会食用纺织物的虫子。

子可能会变成一片废墟，而当这里变成废墟的时候，它，会
变成这片废墟的中心吗？

这块石头，美丽动人，不再发生任何变化。

她将衣柜底部的木板放回了原位，然后，先放入一双
鞋，然后又一双、再一双，依次将鞋全部放了回去。

这是在 1985 年 7 月，一个温暖的星期二清晨，伦敦波
特兰大街①上。

是你吗？他说，真的是你！

是你啊，她说，丹尼②。

索菲，他说，你之前给我的地址，我把它给弄丢了。

我也弄丢了你的地址，她说。

我当时是把它放在口袋里的，哪曾想到，再去找的时候
就不见了，不在那里了，他说，太可怕了。

我敢打赌，是康沃尔拿走了，她说。

你打赌什么？他问道。

或者是德文拿走的，她说。

噢。哈！哈哈，他说，你还记得他们俩。噢，我的天
哪。你看起来还是原来的样子。你看起来甚至比我记忆中的
那个样子还要更像你一些。你看起来很漂亮。

不，我才没有，她说，看看你。

年纪更大了，他说。

---

① Portland Street，位于伦敦西端。
② Danny。

你还是一样的，她回应道。

你要考虑到，德文现在已经上大学了，康沃尔的大学成绩也很好，他说。

她笑了起来。

你看起来就跟以前完全一样，她说。

我已经搞清楚"切布雷斯"是什么意思了，他说。

什么是什么意思？她问。

那栋房子的名字，他说，那是康沃尔语。理所当然。

你现在会讲康沃尔语了？她说。

呃，我不是这个意思，他说，这就好比我们多少能够看懂一点古德语、古法语和古意大利语一样，如果硬要充数的话，我甚至还能读一点希伯来语呢。不过，康沃尔语我完全读不懂。好吧，我专门去查了一下"切布雷斯"的意思，它的意思是心灵之家，也可以是脑袋之家，或者精神之家。精神的屋子。我在 1978 年的时候就查过了。之后我一直在等，等着找个机会告诉你。

好吧，她说。

好吧，他说。

现在你总算告诉我了，她说。

没错，他说。

谢谢你，她说，我简直不敢相信，你居然还记得这件事。

我怎么会忘记呢？他说，你现在要到哪里去？我们一起去喝杯咖啡，怎么样？

我刚好有个会议要参加，她说，不过，噢——

噢，好吧，他说，既然如此，我们或许可以再约另一个——

不要。我是说好的。我的意思是，我可以放弃那个会议，她说。

就这样，他们坐上了一辆出租车。他的房子在克伦威尔路①。他告诉她，这房子是在 60 年代买的，所以很便宜。她心里暗想，现在它可值一大笔钱了。房子的窗户很大，所有的内窗都被打通，里面变成了开放式空间，卧室在客厅的上方，厨房则在客厅下方。房子里的书架上摆满了书籍和艺术品，处处都是美景。当他们终于开始做爱时（事实上，在他关上前门的同时，他们马上就开始做爱了），她发现，这是她所经历的最美好的一次性爱体验。整个过程并不像在做爱，仿佛她正在被聆听、被注视、被关注，而非被男人折腾，或者说被操弄、被蹂躏，发生的一切不仅仅是性爱——更像是一些她之前从未拥有过，因此也无法加以界定的事情。总之，一些完全无法用言语来表达的事情发生在了她的身上。

这种说法听起来似乎很粗鲁；完全无法用言语来表达的事情？不，她想说的不是这个意思。她的意思是，一旦尝试用言语来表述这件事，反而会削弱这件事本身的重要程度，要么就是表达出来的东西和事情本身大相径庭。

这天的稍晚些时候，当她走在回家的路上——走在某一条街道上时，她会再次尝试用言语来对发生在自己身上的一

---

① Cromwell Road，位于伦敦南肯辛顿地区。

切进行描述，她会为之"茫然迷惑"，仿佛受到了"狂轰滥炸"，她会觉得自己"好像一栋被飓风刮过的房子一样"，"屋顶不翼而飞"，不仅如此，这栋房子的"墙壁已倒塌"，"门户大开"，可能已经是一种"过度放开"的奔放状态。"过度放开"，这样说是有道理的，因为她此刻非常兴奋。她在街道上走着——这是一条颇为破败的街道，但于她而言，这里却充满了活力——尽管她的脚下有且只有一条单调无比的人行道，但她心中的感觉却极为美好，这条人行道，它如此真实、具体，虽不能说是漂亮，但格外美妙。除此之外，沿途的公交车站也很美妙，还有建筑物，很杂乱，美妙。美妙的快餐店，美妙的自助投币洗衣店，令人大受震撼。到处都是陌生人，他们在傍晚阳光下的侧脸轮廓，美妙。是的，没错，虽然她以后就会知道，这种美妙的氛围并非完全真实，但在当时，那些轮廓，真是无与伦比的美妙。

尽管如此，现在的她依旧光着身子躺在长沙发上。他下楼去了，说是要到厨房去做些东西吃。她躺在那里，看着墙上的艺术品。有些艺术品看起来很现代，有些看起来很原始。那块石头上有一个洞，看上去就像一块小小的、立着的——石头。

就跟《猫头鹰神话》①那本书里所描绘的一样，等他回

---

① *The Owl Service*，出版于 1967 年的一本幻想小说。以现代威尔士为背景，改编神话中的威尔士妇女布洛德韦德的故事。故事中，布洛德韦德对于不忠与谋杀的惩罚就是将其永远变成一只猫头鹰。在小说中，有一块独立的石头被称为格罗恩之石，石头中间有个洞，它在叙事中起着关键的作用。

来时，她把这个想法告诉了他。

是的，他说，你之所以会这样想，其实都是她亲手促成的，赫普沃斯。在我看来，她将自己想要达成的目标十分成功地融合进了自己的作品里。换句话说，她想让人们在看到这件作品之后，准确地思考出你刚才所讲的那些内容：时间，各种古老的事物。不过话说回来，这也是因为她确实很想让人们伸出手来，去触碰、去感受她所创作出来的一系列东西。你知道的，让他们能够通过这样一种方式，回想起自己生命中一度非常实在的、感官的、直截了当的东西，他这样说道。

画廊永远都不会允许人们去触碰它的，她说。

真是太可惜了，他回应道。

它值很多钱吗？她问，我的意思是，它们，它们值很多钱吗？

我不知道，他说，艺术家们死后，留下的作品总是会比他们生前更值钱，如今，她去世也已经有十年了。我只是单纯很喜欢她的作品而已。这就是它的价值所在。

他告诉她，像它们这样的组合，有点像是母亲与孩子配对，较小的石头代表孩子，较大的石头则是母亲。较大的石头上有一个洞，洞里有一处较为平坦的地方，按照她的设计，那块较小的石头是可以摆放在里面的。

他告诉她，艺术家曾说，自己已经厌倦了面部表情塑造和戏剧化表达，她想要呈现的，是一种人类通用的语言。

这是一种让世界自身开口说话的方式，他说，而不仅仅是浮于表面的我们在用各不相同的语言争论不休。

她向石头伸出了一只手。

我可以摸摸看吗？她问道。

可以的，他说，你务必要摸摸看。

于是，她便拿起了那块小而圆的石头，它拥有如同乳房一般的光滑的弧面，非常沉。她将它捧在手里，拿了一小会儿，然后又将它放回了原处。接着，她伸出手指，穿过那块较大石头上的洞。这无非就是一个刻在石头上的圆洞罢了，但却拥有某种难以言喻的奇妙之处：触碰这个洞的内部，能够令人体验到意料之外的满足感。

日常生活中，如果也能拥有许多洞就好了，她说，如此一来，所有你原本无法表达的东西，或许就可以宣泄出来了。

你对这件艺术品的看法是多么体贴啊，他感慨道。

一想到他说她很体贴，她的脸就红了起来。

她在雕塑的周围走来走去。是它在让你绕着它走，让你从不同角度去观察、去审视，在不同位置看到不同的东西。甚至还不止于此——这种独特的观察与审视，仿佛能够同时看清事物的内在与外在。

心中即时产生的这些想法，她并没有说出口，以防他认为她是在夸夸其谈。

这就是石头，两块石头，其中一块上面有个洞。

她又坐了下来，坐回到他的怀抱里，仿佛他是一把扶手椅似的。

你知道那个故事吗？她说，关于天才艺术家和国王的那个故事。国王派他的人去找艺术家，让他为自己创作出一件完美的艺术品来。于是，艺术家当场画了一个圆，只有一个圆，其他什么都没有，但这是一个完美的圆。艺术家将这个圆交给了他们，说，把这个从我这里拿去给你们的国王就好。

这是一个很古老的故事了，故事里的那位艺术家名叫乔托①，他在她耳边说道。

噢，上帝保佑你②，她说。

我没有打喷嚏，他说，乔托就是他的名字。

我知道，她说，我的意思是，我知道你没有打喷嚏。我说"上帝保佑你"是很认真的，那是一种祝福。我在向你表达感激之情。

为了什么？他问。

因为你让我知道了自己究竟在讲些什么，她解释道，这是很重要的。你提供的信息令这个故事变得真实起来，我现在总算知道，这个故事其实讲述了一个真实人物的一段往事，它不仅仅是一个瞎编出来的神话故事。我还很小的时候，就已经知道这个故事了。但我并不知道它是真实发生过的。

我不知道这件事是不是真实发生过的，实话实说，它很可能是个穿凿附会的虚构故事，他告诉她。可是话说回来，我们又知道些什么真事呢？统统都是虚构、捏造出来的

---

① Giotto（约 1266—1337），佛罗伦萨画派创始人，文艺复兴先驱者之一。

② 英语国家民众在朋友打喷嚏时通常会使用的祝福语。"乔托"这个意大利名字的英文发音有点像是打喷嚏时发出的声音，故有此说。

罢了。

她告诉他，科学家们刚刚向太空发射了一台机器，那台机器被命名为"乔托"号①，用来拍摄恒星和即将到来的彗星照片。

稍等片刻，他说。

他走到靠窗的书架前，那里有各种各样的书籍，各种语言的都有。阳光照耀在他裸露的肩膀上。

乔托，他念出了这个名字。

接着，他的脸上露出了微笑。

上帝保佑我，他说。

在她的想象中，这本来应该是件挺无聊的事情：一个刚刚跟你发生了亲密关系的男人，现在却突然起身，将一本书从书架上拿了下来，然后你还不得不去读它。可是，当这件事真正发生时，给她的感觉却截然相反。他跪在沙发旁边，翻开了那本书。

七月圣诞②，他说。

这幅画可真蓝啊，她说。

看，这一片蓝色之中的红色和金色，他说，那是一颗星星。一团炙热的冰块。冰、尘埃，以及核心部分。瞧这里，

----

① "乔托"号，一个以哈雷彗星为基本目标的深空探测器，以意大利知名艺术家乔托的名字命名。这位艺术家在 1304 年的画作《三博士来朝》中将哈雷彗星画成了伯利恒之星。"乔托"号于 1985 年由欧洲航天局发射升空。

② Christmas in July，此处是在调侃他们两人在七月份的时候去看与圣诞节相关的乔托画作。它同时也是一部电影的名字，且有相关民俗。本书结尾处亦有提及。

圣母身上穿的斗篷原本应该也是蓝色的，但如今已经失去了蓝色的色彩。没有哪种蓝能够跟乔托的蓝相提并论。想当初，这颗星星的颜色想必也更加明亮些。如今已很难想象这幅画原本的模样。画中的这颗星星，可以说是星星当中的大明星。我的意思是彗星之中——他们认为这是一幅关于哈雷彗星的早期画作①。

根据运行规律，哈雷彗星很快就要回归了，她说，就在明年②。我从十三岁起就一直在等待这颗彗星的回归。

她看着这本书，看着这幅由画出完美圆圈的画家创作出来的画作。在这幅画中，骆驼们似乎都在欢笑，尽管所有的人类和天使看起来都很严肃，国王们的手里拿着礼物，其中一位国王正在亲吻小婴儿的脚。

她看着画中的众人，看他们是怎样巧妙地保持平衡的——在画中，他们似乎全都站在一道狭窄的悬崖上。她伸出一根手指，滑过画作中那道悬崖的边缘。

看啊，她说，他们分明是在康沃尔③。

他笑了起来。

他们实际上是在帕多瓦④，他说，我是指——在现实世

———————

① 即乔托的《三博士来朝》。画作描绘了《圣经》中东方三博士得知人类未来的救世主耶稣诞生后，依照伯利恒之星的指引，前往耶路撒冷进行朝拜的故事。
② 指哈雷彗星 1986 年 2 月 9 日的回归，下一次回归的时间为 2061 年 7 月 28 日。
③ 康沃尔郡有着壮丽的海岸线，高耸的海崖是其标志性特征，故有此说。
④ Padua，意大利一座古老的北部城市。《三博士来朝》壁画真迹存于此地，故有文中所说。

界中。我们应该去看看他们，赶在全新的"乔托"号看到真正的"乔托彗星"之前，去看看第一颗"乔托彗星"的真迹。没错，就这么办。我们走吧，去看看吧，我们去意大利吧。

意大利？她说。

明天，他说，要不干脆今晚。

我不能就这么去意大利，太突然了，她说。

好吧，好的，他说，既然如此，那就法国好了。我们去巴黎吧。就去一两天。我是认真的。在巴黎，有好几样东西我都想看看。

巴黎，她说。

嗯，你怎么想？他问道，巴黎不远。没有意大利那么远。你会来吗？我们去吗？

我要工作的，她说。

我也要工作的，他回应道。

他给了她一个微笑。

你是个活在当下的男人，她说。

我确实是，他说，这对你而言算是好事吗？

是，也不是，她说。

他们把书放下了，但那幅画所在的页面仍旧摊开着。

接下来，他们又做了那件无需言语的事情。

简直令她神魂颠倒。

那感觉实在是太好了，好到心惊胆战的地步。

她务必得小心谨慎，对这个男人，务必得保持头脑清醒。

在 1981 年白昼最短的这一天，在这个自 1878 年以来降雪最多的十二月，在这个雾气萦绕、潮湿寒冷的星期一早晨，空军基地大门外露营抗议的人们在推土机的隆隆声中醒来了。

营地周围的土地已被夷为平地。军方的高层们决定，要在抗议者们的营地正下方，尽快安装并运行一套全新的污水处理系统。

该死的奸计。

营地里的一些成员故意坐在挖掘机前方和后方的地面上。堵在那里，拒绝离开。

施工被迫停止了。

抗议者们正告营地指挥官，铺设污水管道是行不通的。

不过，他们私底下却相互转告，说下次一定要起早一点，以免被打个措手不及。

目前，居住在营地的抗议者人数在六至十二人之间变化，依然是有男有女的状态。但实际上，营地很快就将成为一个专属的女性抗议集中地。在不远的将来，这个决定将会引起长达数月乃至数年的激烈争论。

营地上有一个蓝色的波特卡宾活动房屋①，作为他们的紧急避难所，但也不会持久。不久之后，它就会被拆掉并运走。

还有一处由塑料、防水帆布和树枝搭建而成的公共区域。人们通常在这里进行公众演讲，但坐在这里不怎么耐寒，所以这里也不会持久。

部分当地人很友善，他们主动向抗议者们提供协助，允许他们使用他们家里的浴室和电话；基地指挥部下令关闭了马路对面的总水管，事态已经发展到了相当严重的地步。无奈之下，抗议者们写信给当地水务部门寻求帮助。几番交涉之后，水务部门现在对他们实行按月收费，并重新恢复了供水。

很快，抗议者的人数之多将会超过所有人的想象。女性抗议者们用五彩缤纷的毛线和丝带装点基地的铁丝网围栏，编织出复杂的彩色蛛网，穿过了军人们进出的一道道大门。她们用钢丝钳在围栏上开洞，几乎每晚都会闯入基地内部，之后则会被送上法庭，被控破坏和平，在被罚款和监禁之后重返营地，继续在围栏上开洞。

围栏很快就会变得千疮百孔，上面几乎总是有一堆洞，洞的数量简直就跟抗议者们创作并演唱的现编歌曲一样多。事实上，营地里高唱的各种歌曲数量实在是太多了，如果将它们的歌词全部写下来，恐怕需要用掉一百多页纸。"你的

---

① Portakabin，20 世纪 80 年代的一种车载活动板房，有些像是集装箱，安装和使用十分灵活。

围栏上有个洞，亲爱的少校，亲爱的少校。既然如此，那就赶紧修好它，亲爱的大兵。可女人们正在切开它啊，亲爱的少校，亲爱的少校。那就逮捕她们吧，亲爱的大兵。但这并不能阻止她们啊，亲爱的少校，亲爱的少校。那就开枪射她们吧，亲爱的士兵。可女人们正在唱歌啊，亲爱的少校，亲爱的少校。"军方和警方很快就会发现，由一群唱歌的女人所发起的抗议活动是很难被压制下去的，他们能够采取的行动十分有限。而且，就算他们采取了行动，在这些行动当中也很难展现出具有威慑性的羞辱和真正值得一提的残酷。

从这个时间节点开始算起，在不到两年的时间里，第一批巡航导弹就要被运到基地里了。

相对应地，一年以内——就在十二月，在一个雨雪纷飞的星期天，来自全国各地，甚至全世界的三万多名妇女手牵着手，将基地给包围了起来。她们围绕着这个基地九英里长的围栏，排成了九英里长的长队。她们手牵着手，组成了一道人墙。

这一切都是通过连锁信的形式组织起来的。"拥抱基地"① 行动。将这封信寄给你的十个朋友。让她们再各自将同样内容的信件寄给另外十个朋友。

抗议者们，她们认为自己——是沉睡之人的唤醒者。

---

① 当时格林纳姆公地举行的抗议活动，属于"格林纳姆妇女和平营"一系列抗议活动中较为重要的一项。1981 年 9 月，一个威尔士团体抵达格林纳姆，抗议英国政府允许在那里储存巡航导弹的决定，和平营的历史由此拉开序幕。在意识到仅仅通过一两次示威游行并不能够使她们的诉求得到足够重视之后，妇女们选择留在格林纳姆，进行持续抗议。和平营活跃了十九年，于 2000 年正式解散。

她们认为，世界上有数以百万计的、看不到危险的人，这些人如同患上了雪盲症一般，要么就是像那些探索极地的冒险家一般，会犯下直接躺在雪地里睡觉的低级错误，因此，需要有人去提醒他们。多年以后，那些以她们为主题的书籍里会评论说，当抗议者们试图向全世界描述她们所做事情的紧迫性时，这是她们最喜欢使用的类比之一。

闭上眼睛，你就会死亡。

不过，目前也只是漫长抗议活动迎来的第一个圣诞周而已（甚至直到进入新世纪时，这里的每个圣诞周也都会举办抗议活动）。邮递员前来投递邮件。抗议者们将水烧热，给他沏茶。他则坐在椅子上喝茶。他所坐的这把椅子很快就会被法警的粉碎机给碾碎。但是，至少现在它还是一把椅子。

在椅子消失之后又该怎么办呢？

直接坐到地上。

这里终究还是会迎来一个决定性的时刻：军方将会把这个抗议者营地彻底夷为平地，让它永远无法就地重建。营地消失之后，军方将拓宽通往基地大门的道路，在交通上为军事运输提供更大的便利。

抗议者们则会稍微挪动位置，在离第一处营地很近的地方安营扎寨，开启一处新的营地。

新年伊始，亚特将会回到伦敦，躺在自己空荡荡的公寓里那张空荡荡的床上。一想起夏洛特所说的那个梦——她一直在做的那个梦，她说，梦见自己拿起剖鸡剪，剖开了自己的胸部——亚特就会产生一种逃避心理，试图抛弃掉那种觉得自己如此无用、简直一无是处的糟糕想法。

那是一种很特别的一无是处感，在亚特所经历的各种一无是处感当中，它是与众不同的，它会持续不断地滋扰他。没错，它会将他一剖两半。

当亚特受到它的滋扰时，他的心中便会生出一种期冀，希望自己能够逃离一直紧盯着的电脑屏幕，站起身来，到房间那头去，主动去找她。只要她愿意向他倾诉那个反复重现的梦境，他就会马上拥抱她。仅仅一个拥抱就好，及时给出的拥抱，当场抱住她，总比什么都不做要好，反正不会比他之前所做的更糟糕。在此之前，他对她的倾诉总是表现出蔑视的态度，其实并没有什么特别的原因，不过是因为她隐隐约约地察觉到了他的一无是处，因为她试图将这种朦胧的感觉用语言给表达出来，给予它一个具体的意象，仅此而已。

他的心中将会生出一种期冀，希望自己能够成为那样的男人——当他的伴侣告诉他类似夏洛特的那种梦境时，他会说出"别担心啊亲爱的，我可以解决掉这个问题，让你再也不会做那种噩梦，稍等一下"这种暖心话，然后假装自己是一名外科医生，使用纯粹假想出来的、形而上学意义上的针与线，模拟出对伤口来来回回进行缝合的专业动作——哪怕只有一个缝针的姿势，都是可以的。

别的且不论，这种行为至少也表达出了自己对伴侣的关切。

一转眼，一月份已经过去了一半，他要做的就是给夏洛特写一封信，告诉她，如果她想要的话，他非常愿意把"艺术自然"博客的域名转让给她，相应的日常维护和运营职权也都转交给她。他会在这封信里写明，他知道自己其实并不能完全胜任"艺术自然"博客的管理工作，也知道她现在和将来都能够恪尽职守。除此之外，他也会写明，他知道她能够将这份工作完成得非常出色。最后，他还会满怀着爱意，为这封信写出一段精彩的结语。

与此同时，他也会向SA4A的传媒娱乐部门发送一封正式的电子邮件，询问对方是否有可能安排他与部门内的某位工作人员进行一次当面会谈，聊聊公司，以及他在公司里所扮演的角色，不需要聊得太具体，只是笼统地聊聊，知道个大概就行。

夏洛特需要做的就是写一封语气和善的回信。在这封信中，她需要为自己对他笔记本电脑所做的事情郑重道歉，并主动提出给他买一台新的电脑。收到这封信之后，他会回信感谢她，并说自己确实想要一台新的笔记本电脑（他会回得很有礼貌，不提出任何关于品牌、型号和操作系统的建议）。

几天之内，夏洛特将会发布一篇博客，讲述无人机的相机之眼是如何取代电视和电影中的吊臂拍摄而成为新的上帝之眼的。那将会是一篇非常好的文章。"艺术自然"博客的点击率将会飙升。随后，她会在博客中介绍塑胶微粒①在从衣服到唾液等所有东西中的普遍存在。再然后，她会发表一篇关于议会中性别歧视问题的博客文章。

另一方面，在给 SA4A 发出那封电子邮件后，亚特半小时内就会收到 SA4A 自动邮件程序的官方回复，措辞一如既往地友善，内容也一如既往地常规：以很亲切的方式向他发来 SA4A 的官网链接，作为联系 SA4A 传媒娱乐部门的必要信息。

在收到这封带链接的电子邮件之后，亚特会再次回信，询问自动邮件程序，是否能够直接将他介绍给一位真实的员工，并安排一次会面，他没有什么特殊目的，只是为了当面向他的雇主打声招呼，仅此而已。

半小时内，他仍旧会从 SA4A 自动邮件程序那里收到一封回信，措辞一如既往地友善，内容也一如既往地常规：SA4A 的官网链接，作为联系 SA4A 传媒娱乐部门的必要信息。

他将会依照邮件指示，前往 SA4A 的官网。他将会点击网站上的"联系我们"按钮。

---

① 又名塑料微珠或塑料柔珠，通常指直径小于两毫米的塑料颗粒，属于微塑料的一种，是造成海洋污染的主要因素之一。

然后，链接将会给出一个电子邮件地址，措辞友善的SA4A 自动邮件程序地址，他刚刚才跟它通过邮件。

现在，让我们来做些根本不可能办到的事情，透过一扇我们实际上完全无法从外面看到室内情况的窗户（这是因为窗户靠外那一面的玻璃上挂满了冬日里因温差而凝结起来的水珠）来瞧瞧外屋里面的状况：亚特在勒克斯搭出来的那张临时床铺上辗转反侧，勒克斯本人则盘腿坐在他头顶上方堆积着的其中一只货箱上。

眼下是节礼日上午，快到十点了。亚特刚刚睡醒。勒克斯给他送来了一杯咖啡。勒克斯说，他的姨妈正在厨房里做早餐；她还说，他母亲跟他姨妈在同一个房间里，没有争吵。还有一件值得注意的事：餐厅里并没有亚特所说的那一大块浮空的海岩。而且，无论是在餐厅里、厨房里，还是任何一个她今天早上去过的房间里，都看不到亚特所说的那种奇怪的海岩。

但它确实存在，亚特说，就在房间里。跟我们在一起。在我们头顶上。就像是有人从海岸的悬崖上硬生生切了一大块下来，然后强行塞进我们的房间里，跟我们一起浸泡在房间里一样；就仿佛我们是咖啡，而它是意大利脆饼①似的。当时，她们在它下方吵来吵去——你们其实就坐在它的正下方，但你们当中任何一个人都没有意识到，它就在那里。

一大块海岩，过来吃晚饭，她说。

———————

① Biscotti，意大利一种常用来配咖啡吃的饼干，保存时间较长。

他挠了挠头，用拇指反复摩挲刚刚挠过头的几根手指，又伸出手指来给她看。

我的头发里还有一点碎渣。看到了吗？他说，我当时并没有喝醉酒。我是真的看到了，它确实在那里，真的。

就好像你的脑袋猛地撞到了全世界一样，勒克斯说，你这种情况简直就像是词典博士。

什么博士？他问道。

词典博士，他用自己的脚去踢那块大石头，是为了证明现实就是现实，现实就是客观存在的。"我以此来驳斥这种观点。"

词典博士是谁？亚特问。

一位文学博士，她说，是个编撰词典的男人。他的名字叫约翰逊①，不是鲍里斯·约翰逊②。与鲍里斯完全相反，这个男人对词语的意义很感兴趣，不像鲍里斯，他的兴趣令词语变得毫无意义。

你是怎么知道这些的？他问勒克斯。我是指，各种关于书和词典的知识。莎士比亚。你比我更了解莎士比亚。

我拿了一个"deg"的，她说。

---

① 此处所指的是塞缪尔·约翰逊（Samuel Johnson，1709—1784），英国作家。他于 1728 年进入牛津大学，但因贫困在 1731 年辍学，没能拿到学位。1755 年，经过八年多的努力，约翰逊编纂的《英文词典》终于完成，对英语发展做出了重大贡献，牛津大学因此给他颁发了荣誉博士学位，故后世也戏称他为"词典博士"。踢石头一事则是约翰逊反驳伯克利主教"物质不存在"的唯心论时所采取的行动，引号内为约翰逊当时的原话。

② Boris Johnson（1964—　　），现任英国首相。

一个什么？他问。

"学位"（degree）这个单词的前半部分，她说，我总是花很多时间在图书馆里。好吧。曾经是这样。都是过去的事了。

你当时在房间里什么都没看到？他又问，你真的什么都没有看到吗？

看起来，大地并没有为了我而网开一面，她说，我当时能够正常看到房间里的一切，还有我们，我们都在房间里。我确实在那里，但我并没有看见任何海岩，或者说是陆地碎块，或者任何符合你描述的东西。房间里没有那些。没有。

得去看个医生了，他说。

你现在要去看医生吗？她问道。

她站在货箱上，环顾着外屋里的一切。

不，我的意思是，我会去看医生的。等到假期结束，门诊重新开放的时候，我会先打电话预约一下时间，他说。

这件事不会花费你太多时间，她一边说着，一边重新坐了下来。在你的国家，现在平均只需要六个月就能得到靠谱的协助，来解决各种严重的心理问题。

但我真的快疯了，他说。

他在羽绒被下面缩成一团，将被子往上拉，盖住自己的脑袋。勒克斯从货箱上下来，坐到他的脚边。他能感觉到她坐在那里。她将手伸进羽绒被里，摸到了他的一只脚，并且将那只脚握在了自己手里。真好。

我昨晚跟你姨妈聊过，在你来到这里之后，当你睡着的时候，勒克斯说，我对她说，亚特（艺术）就是能看见东西。结果你姨妈说，对于"艺术是什么"这个问题而言，这是一个很棒的描述。

然后，你姨妈又说，你能看见东西，其实并不算什么稀奇事，因为我们大家都生活在一个奇异的时代。接下来，她告诉我，她上周路过一个火车站，看到四名全副武装的警察，四个人都穿着黑色的衣服，随身携带机关枪。他们站在大厅里，询问一些正在看地图的老人，问他们是否需要协助，他们可以帮忙，为他们指明方向。老人们看上去瘦小而孱弱。紧挨在这帮警察身边，衬得警察们看起来简直就跟巨人一样魁梧。此情此景，令她不由得想到：要么就是我看到了一些别人看不到的东西，要么就是这个世界彻底疯了。

然后她又想：可是话说回来，这一幕又有什么值得大惊小怪的呢？我一辈子都在疯狂的世界里沉浮，已经看过太多匪夷所思的东西了。

所以我就说，不对，你看到的只是幻觉，并不是真实的。接下来，她说了这样一句话：

如果我们失去了看见我们本应看见之物的能力，我们将会去向何方？

你怎么样？亚特躲在羽绒被里问道，你看到过那些东西吗？

类似海岩的东西？她说，好吧。既然如此，我干脆给你讲个故事，带你到属于我的海岩那里去，跟随记忆，来一趟短途旅行。

在我大概十岁的时候，我母亲的一个叔叔刚好在编修族谱。他向我展示了我的名字在树状族谱上的具体位置——我在大树的最底部。确定了自己的位置之后，我逐个看了看位于我名字上方的其他所有名字，时光不断向前回溯，我看到了这些名字所代表的人物真正生活过的所有年代。当时我想，瞧瞧我头上所有的人，他们都是真实的人，人类历史上所有与我相关的人都在这里，他们都是我的一部分。可事实上，树状族谱上的所有人，他们对我而言却几乎都是陌生人，我对他们一无所知。

然后这件事情就发生了，好些年之后，在我十七岁的时候——当时我正在多伦多的一条街道上漫步，走着走着，我突然停了下来，站在了王后街①的中段。我之所以停下，是因为发生了一件奇怪的事情：虽然是中午，但我四周的天都黑了下来。这时我才发现，原来我的头顶上一直顶着一堆非常重的东西，简直就像一个洗衣女工或是送水工，这重物不仅仅是一个容器或者篮子这么简单，而是数百个篮子叠摞起来，每个篮子之间都保持着相互平衡、相互制约的状态，每个篮子里面都堆满了人的骨头，这些骨头在我头顶摞起来之后是如此之高，甚至超过了周围那些摩天大楼的高度。它们在我头上和肩膀上压着，实在是太重了，完全无法忍受，要么我现在马上把它们全部卸下来，否则，它们很快就会把我给彻底压垮，把我整个人都压扁，嵌进人行道里，将路面压开，就跟工人们用来打碎柏油路面的那种大型机器所达成的效果一样。在那个时候，我的脑袋里只有一个想法，那就是：真希望自己手里能有一个熊熊燃烧的火炬啊，周围如此

---

① Queen Street，多伦多东西走向的主要通道。

之黑，有一个火炬就好了，实在没有火炬的话，哪怕有一盒火柴也是好的。只需要在这黑暗中划亮一根小小的火柴，我就可以看清自己下一步究竟该往哪里落脚，怎样才能好好站稳。如此一来便能抓住机会，让自己冷静下来，好好保持住身体的平衡，将自己肩负的那一大堆东西慢慢放下来。不仅如此，在放下来的过程中，我还能仔细研究一下每个篮子，看清楚那些遗骨的具体情况，给予尊重，公平对待。不要误解我的意思。我也知道，它们其实并不在那里，既没有骨头，也没有篮子，我的头顶上其实什么也没有。可是话说回来，有或者没有，又有什么区别？它们就在那里。我是说，这里。

对的，亚特说。

尽管如此，勒克斯说，当我跟你母亲聊起你昨晚见到的东西时，她看起来似乎非常生气，她说，你应该尽快振作起来，摆脱目前这种糟糕的状态。照我看来，你的母亲就是那种每天都活在他们脑海中自认为的"危机边缘"的千百万人当中的一员。

然而，藏在羽绒被里面的亚特并没有听见她所说的那句关于他母亲的话语，因为他的耳中开始出现轰鸣声，他能感觉到地板在自己身下不停震动。

噢，我的天哪。

他猛地揭开盖在脑袋上的羽绒被。

他举起一只手来，示意勒克斯不要讲话。

发生什么了？她问道。

我想，那个又发生了，他说。

"那个"是指什么？她说。

周围的空气在轰鸣，大地震动不停，他回答道。

像这样的一种状况，她说，可能是由陆上交通或者一架飞机引起的。

你也能听到吗？他说。

她点了点头。

亚特起来了。他走到外屋门口，将门打开了一条缝。外面，一辆载满了人的单层巴士正在倒车，随后又颠簸向前，沿着通往外屋的小径缓慢前进，重新回到车道上，接下来便朝着宅邸的方向开去。

此刻，我看到的是一辆巴士，亚特说。

我也看到了一辆巴士，勒克斯说。

亚特赶紧穿好了衣服。当他们抵达宅邸时，看到巴士停在车道尽头，车门敞开着。勒克斯敲了敲巴士的金属外壳。

"我驳斥这辆巴士。"① 她说。

巴士的驾驶座上，有个男人用一只手把住方向盘，另一只手的手指间夹着一根香烟。夹烟的那只手从靠近驾驶座的那侧窗户里伸出来，似乎是想要将香烟拿得离自己尽可能远。

这是一辆无烟巴士，那男人看到了他们，马上开口说道。

宅子里挤满了人，走廊上放着一堆外套和靴子。大厅里那个狭小的厕所外面，有一大群人正在排队等候。

① 此处对应前文中塞缪尔·约翰逊的引用句。

310

有个陌生男人坐在他母亲的书房里，正在用他母亲的电脑。

别跟我说话，那人说，我在视频聊天。

一个女人站在他身后，看起来似乎觉得很无聊。男人紧盯着电脑屏幕，开始跟某个人谈论关于地图坐标之类的事情。

这位是我的丈夫，男人身后的女人开口说道，这是我一生当中过得最糟糕的一个圣诞节，真是非常感谢你的邀请，搞得我圣诞节的整个晚上都在巴士上睡觉。要知道，对于那些稀有的鸟类品种，我根本就没有任何兴趣。

女人自我介绍，说自己名叫希娜·麦克卡勒姆①，她说，自己跟丈夫，还有他们那三个已经成年的儿女，连同这些儿女的伴侣们都在这辆巴士上。这辆车是昨晚离开爱丁堡的。巴士沿途都在接送热心的观鸟爱好者们。是她丈夫专门组织了这辆观鸟巴士。至于她自己——她一辈子都不在乎是否能够亲眼看到加拿大莺。但她丈夫知道，这将会是一笔很赚钱的生意，与此同时，还能得到观鸟的机会。他很清楚，为了得到这个机会，很多人都会想要过来看看的，即使这意味着要在圣诞节期间出门，即使旅途格外劳顿，他们也在所不惜。一旦有人愿意出面组织这项活动，他们自然会为此次旅程支付数目不菲的酬劳。

更何况他在这件事情上确实是对的，她说，我还能说什么？世界上到处都是这种人，他们总是在寻找外来物种，总

———————————
① Sheena MacCallum。

是想要找到原本被认为并不属于这个国家的鸟类出现在这个国家的深层意义。

在那台运行 Face Time 软件的电脑屏幕后方，她的丈夫冲亚特眨了眨眼，将自己的大拇指放在手指之间，来回揉搓。

对我而言，是个非常快乐的圣诞节，这位麦克卡勒姆先生开口说道。

名叫希娜的女人把她的孩子们逐个介绍给勒克斯认识。亚特走进了厨房。脱掉鞋之后，脚上只穿着袜子的人们在这里四处走动；一帮人围坐在厨房的桌子旁，喝着热饮；艾瑞丝正在雅家炉上煎鸡蛋，同时还在煮鸡蛋，有个女人正在给面包片涂黄油。

亚特现在敢走进餐厅里了。

因为餐厅里的任何地方都看不到之前的那一大块海岩。

可以。

很好。

餐桌上摆满了昨晚剩下来的饭菜，人们正在随意自取。周围的那些人一发现来的竟然是亚特，马上就开始大呼小叫，争着同他握手，向他表示由衷的感谢。能够见到亚特，他们都感到十分开心，好像认为他是什么名人似的。

它看起来究竟是什么样？其中一个男人说道，你手头有照片吗？

我没有，亚特说。

但你看到它了，那男人又说。

亚特涨红了脸。

我——，他说。

亚特想要告诉他们真相。但那人给他看了一张康沃尔郡的地图，上面画满了黑色的叉，标记了一大堆不同的地点，他告诉亚特：

我知道的，我知道。你的鸟已经飞走了。这样的情况再正常不过了，根本没必要忧心。关键在于，你看到了。我们很想知道你具体是在哪里看到它的，如果你愿意帮我们在地图上指明位置的话，我们想要尽快过去看看。说不定它还会出现在同样的地方——为了以防万一。毕竟，没人知道自己什么时候会突然交上好运。过那里之后，我们还要赶着去见另一个从伦敦搭巴士过来的观鸟小组，他们目前正在鼠洞小镇①那边核查其他可能的地点。

其他什么地点？亚特问。

很显然，我们要核查所有观鸟点，包括目标鸟类可能出现过的地点，以及已经确定有人目击过目标鸟类的地点，那个男人说道。

照你这么说，已经有好几个地点确定有人看到它了？亚特问，看到了一只真正的加拿大莺？

你这段时间都去哪儿了？男人如此回应道，早就传遍全网了！

我在这里忙着搞接待，亚特说。

那个男人在地图上指出了四处可能目击的地点，还有三

---

① Mousehole，英国康沃尔郡的一个渔村。位于彭赞斯以南大约 2.5 英里处，蒙特湾岸边。

处确定目击的地点。

他在手机上给亚特看了一张照片，然后是下一张，接着又看了一张。

照片中出现的那些鸟看起来确实很像加拿大莺。而且，加拿大莺后面的风景，也确实很像这里。

还真是加拿大莺，我的天哪，亚特说。

没错，而且你已经看过了，男人说，少数的幸运儿之一。神秘的加拿大莺，你是地球上屈指可数的那几个在大不列颠群岛亲眼看到过它的人之一。

无论如何，那个叫麦克卡勒姆的男人一边说着，一边走过来搂住亚特的肩膀，无论我们是否跟你一样幸运，都可以说是不虚此行，因为这附近的海域上也分布着许多其他鸟类。另外，能够到一个叫鼠洞的地方去逛逛，我也觉得挺激动的。

听到这句话，那个叫希娜的女人翻了个白眼。

想要改善一下心情？我倒是可以帮个小忙，艾瑞丝告诉她，我这边还有些多余的圣诞红酒。请跟我来。

噢，很好，你起来了，亚瑟，他母亲说道，在游客们去海边之前，我想先带他们去看看外屋里的存货。

一大批人在外面跟着他的母亲。

但亚特开始担忧了。如果他注定成为这样一个响当当的自然爱好者，这样一个了不起的自然思想家，他岂不是也应该跟他们一起坐巴士到海边看加拿大莺？想想看吧，一只千载难逢的鸟儿不惜一切远渡重洋，并且成功地幸存了下来，来到了这里——他不过是要了耍嘴皮子，居然弄假成真，他有什么理由不为此感到兴奋呢？

　　不过话说回来，对于是否应该跟他们一起去观鸟这件事，他倒并不太担忧。巴士和观鸟爱好者们的意外到来，更令他感到担心的反而是另外一件事：这些从北方坐巴士过来的人，他们还要赶着去见一个从伦敦坐巴士过来的观鸟小组。一旦他跟勒克斯一起坐上了那辆巴士，到时候，如果她心血来潮地向那些来自伦敦的人提出要求，问他们，自己能否搭他们的顺风车回伦敦时，他该怎么办？

　　她肯定想跟他们一起回去。

　　今天是她离开这里的大好机会，不用等到明天。

　　这里，有个男人看到了并不存在的海岩，这个男人的母亲经常魂不守舍，而且还当面对她说，这里并不欢迎她——她恐怕已经受够了这种精神错乱的生活。

　　在这里，她甚至连一张能够好好睡觉的床都没有。

　　如果他是她的话，肯定会选择离开这里。

　　他不知道勒克斯眼下人在哪里。自从他们回到宅子里之后，他就没见过她。或许她已经上了车？

　　上了那辆真实得不能再真实的巴士？

　　他走过去看了看。

　　她不在巴士上。巴士上除了给他递烟的那个司机以外，没有其他人。不，谢谢你，亚特说，烟就算了，不过，可以分几根火柴给我吗？

　　他先去瞧了瞧阁楼房间，然后又检查了所有的空房间。接下来，他再一次查看了餐厅，确定勒克斯不在餐厅里之后，他去看了办公室。他望向窗外，留意了一下屋后花园里的动静，后来干脆直接走出去，去到花园和田野之间的栅栏前，四处张望。确定勒克斯也不在之后，他又折返回来，朝着宅子里有着嘈杂声音的方向走了过去，先往大厅里看了看，最后来到了厨房里。艾瑞丝正在水槽边，给那个叫希娜的女人递出来的小酒壶里倒了一些有着甜美香气的圣诞红酒。

附近的其他一些人看见艾瑞丝正在做这件事，不由得嘀咕起来，消息马上就在下了巴士的人当中传开了。很快，一群人礼貌地在艾瑞丝面前排起了长队，手里都拿着小酒壶和塑料水瓶。

观鸟爱好者们在这里继续停留了大约半个小时，随后便拿起相机，穿上外套和靴子，向东道主大声道了谢，然后就回到了巴士上。巴士在车道上连转了三个弯，撞了两次宅子一侧的护墙，接着便沿着林间小路一路颠簸，向前开去。巴士里的人们纷纷隔着后窗朝他挥手，直到再也看不见宅子了才停下来。

那个叫希娜的女人手里举着一盏灯，在空中挥舞着，那盏灯是来自外屋的存货。

他母亲跟他一起站在宅子的大门口。巴士渐行渐远的同时，她张开了双手，向儿子展示手里的那一大卷钞票。

节礼日促销，她说，大甩卖，一件不留。你知道吗？你的女朋友，她简直就是个天生的推销员，如果将推销比作拉小提琴，那她已经达到了大师水准。

节礼日下午的晚些时候，宅子外面的光亮逐渐消逝，天暗下来之后，便到了傍晚时分。房间如同一个温暖的冬日之梦。亚特坐在一把扶手椅上打瞌睡。客厅里，壁炉里的火噼里啪啦地燃烧着，勒克斯像女朋友，或是真正的伴侣那样，依偎着他的双腿，坐在壁炉前的地板上。身边这一切，几乎就像是一个温馨美好的圣诞节范本。

他母亲正在（以颇为理性的态度）跟他姨妈讨论那些曾经在所有电视频道都会播出的电视节目，在她们还很小的时候，看这些电视节目是她们圣诞假期每天早上会做的第一件事。这些节目通常会在医院的儿童病房内进行直播采访，似乎是打算通过这样一种方式来提醒人们，在全家人一起欢度圣诞节的时候，也不要忘记那些相比之下处境更糟糕的可怜人，要么就是以此来让观众们意识到，他们是多么幸运，可以不必在医院里过圣诞节，也不必为孩子在医院里而担忧。

就别提我们曾经总是在看这类节目的时候了，他母亲说道，即使我们关掉电视机，不看它们，每当我们享受与医院完全无关的圣诞节时，我们脑袋里面的某个地方仍然会提醒我们，多去想想那些不得不在医院里度过圣诞节的可怜人。如此这般，我们的脑海中始终都会有一丝善念长存。

你可真是个老派的天主教徒啊，艾瑞丝说。

嗯，是也不是，他母亲说道，因为那些电视节目确实为我们所有人提供了这样一种服务：它们会令我们在过圣诞节时想到其他人，不论我们自己是否愿意。现在仔细想想，它们恐怕属于那种收视率不怎么样的电视节目，除非在圣诞节期间，你碰巧跟医院里被拍摄到的病人沾亲带故，要么就是由迈克尔·阿斯佩尔①或是其他什么名人亲自采访。那你确实会感兴趣的。那你就会真的去关心这些节目了。

在我们还很小的时候，我记得父亲曾经告诉过我们，艾瑞丝说，你当时可能太小了，并没有记住这些。他告诉我们，他的父亲是如何在第一次世界大战结束后的几年里，每年圣诞节那天都带他到医院里去探望那些需要长期住院的退伍军人的。或许这些电视节目的灵感就源自那些战后的定期探访，属于战后年代的特殊产物。

亚特基本上是在昏昏欲睡、半梦半醒的状态下思考艾瑞丝所说的这番话的：经历过那些战争并且最终幸存下来的每一个人，肯定都是些疯疯癫癫的家伙，距离彻底疯掉恐怕也只有一步之遥——尽管事实如此，但如今却没有什么人敢于讲出这些真话来了。实话实说，与其认为肯尼思·摩尔②是个勇猛果敢的英雄好汉，在双腿已被截肢的情况下，依旧戴上他的飞行头盔，纵身一跃，进入喷火战机③的驾驶舱，直奔苍穹去战斗；倒不如直接将他视作一个疯子，就跟那部名为《一则坎特伯雷故事》④ 的电影里出现的那个疯子一样，

---

① Michael Aspel（1933—　），英国著名电视主持人。

② Kenneth More（1914—1982），英国演员。这里指他所主演的传记电影《触摸苍穹》（*Reach for the Sky*）中的场景。这部电影讲述了第二次世界大战期间英国传奇飞行员道格拉斯·巴德的故事。他在双腿截肢后仍旧驾驶飞机参与战斗。

③ Spitfire，二战期间欧洲最优秀的活塞式战斗机之一。

④ *A Canterbury Tale*，1944 年上映的二战背景英国电影，又名《夜夜春宵》。该片叙事上套用了乔叟的名作《坎特伯雷故事集》的结构，几位主角在调查"胶水人"案件的同时，以讲故事的方式互诉衷肠。

在电影中，此人四处乱跑，将胶水倾倒在前往报名参军路上的每一个女性的头发上。

我记得，父亲还告诉过我这样一件事，艾瑞丝说，也是一件如今已经没有人再去讨论的事情。战后，政府对曾经受到过芥子气袭击的大批受害者以及他们的家人撒了谎——政府告诉他们，毁掉他们身体的并非芥子气，他们是因为得了肺结核，才会变成现在这样。政府之所以会这样做，是为了省钱，因为如此一来，国家就不必向所有这些受到芥子气侵害的人以及他们的家人支付战争抚恤金。

他母亲轻蔑地哼了一声。

一个典型的、艾瑞丝式的反主流民间神话故事，或许我已经听过了，她说。

艾瑞丝轻描淡写地笑了笑。

即便是你，索菲，运用你全部的智慧、商业头脑和各种与生俱来的才能，也不能仅仅通过宣称某件事不是真的，就让它马上变成假的。

你永远都不会消停的，对吗？他母亲说道（话虽如此，但她却是用语重心长的态度讲出这番话来的），你打算在这栋永远都无法摧毁的巨型建筑上不停地搞破坏、不断地捣乱，折腾一辈子，是吧？干脆实话实说好了。你难道从来就没有厌倦过吗？你明明知道，这样下去是没有任何希望可言的。你的一生，就是一份永无休止、徒劳无功的活计。

噢，我现在可没有当初那么雄心勃勃了，艾瑞丝说，如今我年龄更大，更富有智慧，四肢却也比过去更僵硬，折腾不起来了。既然如此，那我也开诚布公地说实话好了：这些天，当我看到那些写着"请勿靠近""禁止入内"，"闭路电视正在运行"等等警示语的牌子时，心中产生的是这样一种感觉——我意识到，自己能够在阳光、雨露和时间的打磨之下，随着时光的流逝，逐渐成为一小团顽固不化的青苔，这其实是件挺让我感到满足的事情。我一事无成，不过是一团微不足道的青苔罢了，但我却格外高兴，因为我可以附着在那些写有各种警示语的牌子上，将上面的话语遮住，对外显露出自己绿油油的本色来。

既然我们都已经开诚布公，闭着眼睛的亚特突然开口说道，我有个问题要问你们两个。

哦噢，一个问题，他母亲说。

问我们两个，艾瑞丝说，快问吧，儿子。

他可不是——他母亲说——你的儿子。

亚特告诉她们，他有一段古老的记忆，在很小的时候，有人给他讲过一个故事。这个故事讲的是圣诞节时，有个在冰天雪地里迷了路的男孩，他发现自己身处冥界。

啊，艾瑞丝说，对，我给你讲过那个故事。

不，她没有，他母亲说。

有的，我给他讲过，艾瑞丝说。

我敢肯定，她没有讲过，他母亲说，因为讲故事的是我，那个故事是我讲给你听的。

还记得那时候，在纽林的那间小屋里，你坐在我的膝盖上，艾瑞丝说，当时，我们出门散步，沿着停满了小船的岸边闲逛。你说你很难过，因为你从未见过雪。我告诉你，你其实见过雪，只是你那时还太小，所以记不起来了而已。然后，我就给你讲了那个故事。

别听她的，他母亲说，你那时睡在我的床上，做了个噩梦，惊醒了过来。我给你做了些热巧克力。你问我，雪的种类是不是有什么不对，你在电视上听到有人这么说。然后，我就给你讲了那个故事。

我让你坐到我的膝盖上，艾瑞丝说，然后给你讲了那个故事，我记得很清楚，因为我当时特意说出了这样一个细节：故事中的孩子既不是男孩，也不是女孩。

他记得的是个男孩，他母亲说，如此说来，亚特记得的是我讲的故事，因为我肯定会把这个孩子描述成男孩的。没错，我记得很清楚，因为我在这个故事中编了许多我知道你会喜欢的细节，亚瑟，关于哲学家和相机成像原理之类的东西，因为我们一起去过伦敦电影博物馆，而且你也很喜欢那里。不仅如此，我还把好几位天文学家、把那些研究雪花形状的人都放进了故事里。你记得的。

我不记得了，亚特说，不过，我记得我们一起去过伦敦电影博物馆。我还记得有人告诉过我一些关于星星和雪花的故事。

开普勒，他母亲说，我告诉过你关于他的一些事。我还跟你讲过开普勒那些与彗星和雪晶相关的趣事。她显然不知道开普勒是谁。喂，你知道吗？

艾瑞丝说，亚蒂，我之所以把我跟你讲的那个故事中的小英雄称为一个"孩子"——换句话说，那是一个既可以是男孩，也可以是女孩的英雄——是因为我们自己的母亲在我们还很小的时候，就给我们讲过这个故事，她讲这个故事的时候，主角的小英雄是个女孩，这个女孩穿着一双橡胶套鞋①，这双橡胶套鞋在经过冥界的地面时熔化掉了。当我给你讲这个故事时，我希望能够更好地把你融入到这个故事当中去，所以才刻意模糊掉了主角的性别。

她穿着一双什么？勒克斯问。

橡胶套鞋，亚特回答。

多么美妙的一个词啊，勒克斯感叹道。

橡胶套鞋一点也不稀奇，别瞎激动，夏洛特，专心听我讲，他母亲说道，既然我们已经开诚布公到这个地步了，那这件事我就干脆直说好了。亚瑟，你跟她一起生活过的那段时光，其实根本就是一个永无休止的谎言，完全不是真相，我们现在彻底把话讲清楚——你从来就没有跟她一起住过。你小时候是跟我父亲住在一起的。

每次你把他交给父亲之后，父亲又会把他交给我，艾瑞丝说，因为父亲根本不知道应该如何照顾小孩。

是他把我们抚养长大的，在我看来，他把我们照顾得挺不错，他母亲说。

是我们的母亲把我们带大的，艾瑞丝说，我们的父亲，他每天下午五点四十五分准时回家吃晚饭。

是他赚回了我们每天的晚饭钱，他母亲说。

钱或许是他赚的，但他并不知道应该如何照顾一个小孩子，艾瑞丝说，而且，你想把我从你儿子的个人历史中抹去

---

① 原文为"galoshes"，是一种在雨天里套在平常穿的鞋子外面的防雨鞋，现已少见。

的企图，最终也会失败。因为"我"被很安全地锁在他的记忆库中，无论他现在是否还记得。人类的记忆库是非常稳定的，比任何现代金融机构或是对冲基金的投资波动都要小得多，同时也踏实得多。你还记得吗，亚蒂，那一次，我带你去参加抗议示威活动，我们所有人都在一起跳舞，高高举起字母表中的那些大写字母，组成一些句子？

亚特突然睁开双眼。

对！他说，我确实记得有过这样的事。当时我拿着字母 A。

你是"现金不缩水（CASH NOT CUTS）"中的那个 A，艾瑞丝说。

是吗？亚特说。

艾瑞丝说，然后我们排练了一下步法，编了些舞蹈，你转眼就成了"不要人头税（NO POLL TAX）"中的那个 A。

他从来没有跟你一起生活过。你从来没有跟她一起生活过，他母亲说。

啊，我们可真是幸运的一代人，菲洛，经历过那么多歇斯底里的夏天，那么炽烈的情感，多么有爱的夏天啊，艾瑞丝感慨道。

确实如此，他母亲说。

反观他们这一代人，艾瑞丝说，史克罗奇①式的夏天。史克罗奇式的冬天，还有春天，以及秋天。

可悲的是，他母亲说，这也是事实。

————————

① Scrooge，《圣诞颂歌》的主角，吝啬鬼的代名词。

我们知道，我们不想要一个充满战争的世界，艾瑞丝说。

我们是为了别的东西而奋斗的，他母亲说。

我们自己就是先驱者，艾瑞丝说，我们用自己的躯体与机器相对抗。

我们知道，我们的心是由别的东西组成的，他母亲说。

然后，一件奇怪的事情发生了。他的母亲和姨妈开始唱起歌来。她们自然而然地用另一种语言合唱了一首歌。一开始，她们齐声唱着，歌声非常甜美，唱了前面的几段，接下来又开始了和声。他的母亲唱低音，他的姨妈唱高音，她们清楚调子该如何下降，又是如何上升的，就好像她们提前彩排过似的。她们的歌声悠扬起伏，刚开始时听起来像是将德语译成了英语，随后又像是直接在唱德语，然后又变回英语，如此反复。

"从一开始就是你。"她们唱道。

这句英语歌词是她们用和声唱出来的，唱完这句之后，又变回另一种语言，最后用英语结束了这整一首歌。

看到这一幕，任谁都会赌咒发誓，说她们就是一家人，两个人血浓于水，勒克斯说。

对啊，我跟她们也是一家人，血浓于水，亚特说，愿上帝保佑我。

母亲跟她姐姐坐在同一个空间里，不约而同地将自己的目光从对方身上移开了——她们又一次完成了情感交流。此刻，她们两个的脸上都泛起了红晕。她们两个看起来都很得意。

给他讲那个故事的是我，不是你，他母亲说。

我也跟他讲过，艾瑞丝说。

在四月份的时候去遐想冬天，多少会让人感到有点不可
思议。瞧瞧，在这样一个鸟语花香、树荫摇曳的温暖的四月
天里，在这样一个阳光明媚的日子里——这是一年当中迄今
为止最热的一天，今天的温度已经接近四月份的历史最高温
度纪录了。

这一天里，亚特将会坐在一列火车上。在忍受意想不到
的高温的同时，他脑海中浮现出的却是一幅凛冽的图景：有
个不知从哪里来的老式电脑键盘被遗弃在了冰天雪地当中，
漫天飘落的雪花一片一片地在其表面堆积。这些雪花柔软又
蓬松，落在键盘的各个字母、数字和符号键上，逐渐形成了
一种随机的、无序的自然结构。此刻，他脑海中冒出来的念
头是：

类似"我驳斥这辆巴士"这样的玩笑，内涵深厚又复
杂，她怎么就能轻而易举地讲出来呢？

她怎么会比他这个本地人更了解英国的文化，怎么会知
道那么多有意思的事情呢？而且，那可不仅仅是"了解"
的程度，简直是了如指掌，到了可以随意拿来开玩笑的地
步。想想看吧——拿一种并非自己文化的文化、用一种并非
自己母语的语言来开玩笑？

他已经在网上查过了，读到了塞缪尔·约翰逊博士和主
教的那些争论：关于思想和物质，以及现实的构建。

在这一路上，他会一次又一次地经过那个被称为"小鸡

农舍"的快餐店，看到无数张"小鸡农舍"的广告传单被雨水拍打到人行道上。与此同时，他也会无数次地思索同一个奥秘：思想和物质是如此神秘，当它们结合到一起时，却又如此璀璨，如此富有魅力。

没什么大不了的，他将会用这样一番话来鼓励自己。振作起来吧。一只飞鸟的离去，并不能阻止整个鸟类王国的歌唱。这不过是只注定要飞走的鸟而已。鸟类王国的生活还得照旧。

然后，他又会开始自我反省：在潜意识中以鸟类王国的视角来审视这件事，是不是说明他对一个女孩——一个女人有点性别歧视。

可是话说回来，确实有一只鸟，一只很稀有的鸟，无意之间牵涉其中，那是一只他之前从未见过的鸟。

正因为此，他才会想到鸟类王国，除此之外，就没有什么其他原因了，他对自己说道。

海上还有很多鸟，那个男人曾经说过这样的话。

海里还有很多塑料瓶。

他会记得那天早上，他在康沃尔郡付给她的那笔薪水，为冒充"夏洛特"的三天所支付的一千英镑现金。

她数了数，将钱分成数额各不相同的好几卷，放进外套和牛仔裤的不同口袋里。

谢谢你，她说。

这时，他又伸出双手，一只手里放着一张五英镑的钞票和三英镑的硬币，另一只手里放着三根未划过的火柴。

她碰了碰放了钱的那只手，脸上露出了微笑。

你是个优秀的雇主，先生，她说，我随时愿意再次为你工作。

她碰了碰放着火柴的那只手，脸上再一次露出了微笑。

并且还是一位非常优雅的男士，她说。

她坐在被褥上，先将第一只耳钉戴上，然后又逐一戴上戒指，挂上小链子，接下来是银质的小金属棒。每当她戴上这些首饰当中的一个时，都会先用银针探一探她皮肤上对应的那个孔洞，确保内部畅通（她的动作非常轻柔，看着她反复这样做，令他在不知不觉间勃起。几个月后，当他回想起这件事时，仍旧如此）。她环顾了一下外屋，看了看"凑合用"连锁店的库存。前一天人们买完东西之后，仍有些零碎且未被打包的东西散放在货箱上。

我们并不拥有东西，她说，东西拥有我们。只要你看一眼它们，它们马上就会回望我们。我们认为它们是属于我们的，我们可以买下它们、拥有它们，当我们使用完毕后，就直接扔掉它们。而它们呢，它们无须知道任何事情，只需要牢记一点，我们才是真正被抛弃的那一方。

我母亲说你是个很好的推销员，他说。

我确实是，她回应道，这是我众多技能当中的一个。

说完这句话之后，她穿上了夹克，亲吻了他和他母亲的面颊，以示道别，接着便钻进艾瑞丝的车里，准备搭便车去火车站，赶早班火车回伦敦。就这样，她离开了。

他挥手。他母亲也挥了挥手。他们站在门口，挥手告别。

他回到外屋，里面堆满了愚蠢的东西，此刻，他觉得胸口憋闷，非常难受。

那堆被褥旁边，她留下了一个塑料矿泉水瓶，水只喝了一半。他坐到床铺上，喝掉了里面剩下的水。瓶子上的广告语是："依旧是苏格兰山泉①不含气矿泉水，取自苏格兰中心地带受保护的格洛拉特庄园②可持续水源。"

未受污染的水。

他用套头衫将空瓶子包了起来，卷成一个小包裹，放进自己的背包里。

回到伦敦的公寓后，他又打开包裹，将瓶子放在了自己的床头柜上，旁边依次摆放着 iPod 基座、他的一大摞"艺术自然"笔记本，以及手机充电器。

这年春天的某一天里，他会坐在床上，随手翻一翻这些已经写满了字的旧笔记本。他会在偶然间看到自己曾经写下的"肆无忌惮"和"暴露无遗"这两个成语。

他已经不知道自己当初为什么要写下它们，但他还记得，最开始时是在创意商店里，当时因为某个原因，他把这两个成语写在了手背上。

几周过后，他会去拜访一下勒克斯所说的那个她工作的地方。噢，勒克斯啊——他们首先会这样说，然后，他们会相互询问，说这边有个人在问勒克斯的事。再然后，他们会告诉他，她在二月份的时候就已经离职了，当时有十个人一起离职，她是其中之一。

---

① Scottish Mountain Water，英国矿泉水品牌。
② Glorat Estate，苏格兰一处生产天然水的庄园。

离开这个地方的时候，他会看到一些聚苯乙烯制成的打包填充物。这些东西正是她之前跟他提到过的。如今，它们混在去年遗留下来的少许落叶中，在院子里被吹得四处飘散。

他弯腰拾起其中的一个。

！

竟然如此之轻，仿若无物。

结束这次拜访之后，他会前往创意商店。服务台后面还是同一个女人。他会询问这个女人关于勒克斯的事情，问她是否知道勒克斯眼下可能会出现在哪里。

但是，这女人根本就没听过勒克斯这个名字。

于是他会开始描述，当他说出勒克斯身上有很多穿孔，她纤瘦、漂亮、机智等许多细节之后，他还会讲出关于勒克斯的一句话总结："她是我所见过的在情感与智慧两方面都称得上绝顶聪明的人之一。"

哦，面前的图书管理员会这样回应他。

然后，这位图书管理员会向他解释，说她当初是怎么把他所描述的这个女人从图书馆里赶出去的，那是在去年，是很久以前发生的事情了。

还记得那时候，她想在他们完全不知情的情况下，潜伏在这里过夜，图书管理员告诉亚特。呃，我的意思是——在我们这些工作人员完全不知情的情况下。照我看来，在那一次之前，她恐怕已经成功过好几回了。躲在这里过夜是被明令禁止的，当她偷偷摸摸这么做的时候，作为工作人员，我的健康和安全实际上已经受到了威胁。况且，这栋楼的其他区域并非是公共的，其中一部分还是私人财产，她擅自这样做，会让图书馆所属的市政服务部门面临诉讼风险。根据这里的规章制度，我不得不将她拉入黑名单，禁止她再次进入这栋大楼。这也是没办法的事，我只有这样做，才能保住自己的这份工作。嗯，她现在过得怎么样，你知道吗？不管怎么说，这里都不是一个适合睡觉的地方，除非，好吧，除非是在白天的时候，很明显，人们有时会睡着，如果他们累了的话。呃，要是他们睡着了，并且没有其他什么人要求他们赶紧让座，或者有其他突发情况的话，好吧，那确实是可以的。可是，如果要过夜，那就涉及火灾风险和安全等各种问题。我不能允许。我们不可能允许这种情况。

说完这些之后，图书管理员特意将身体前倾，用相比之下小得多的声音说道：

如果你见到她了，能替我转达一下我对她的爱意吗？告诉她，创意商店的莫琳①向她致以爱的问候。

节礼日这天晚上，亚特和勒克斯躺在外屋的地板上，两个人都包裹在温暖的被褥里。

勒克斯紧挨在他身边，头靠在他的肩膀上。

什么都没有发生过，也没有什么正在发生，没有性，没有爱，也没有其他——什么都没有。他的勃起，只是眼下幸福体验当中的一部分。勒克斯在他怀中，他也在勒克斯的怀中，这就是唯一的原因，达成的效果也很简单明了：此刻，

---

① Maureen。

亚特身处天堂①。

不，甚至比身处天堂还要好。此刻的亚特永恒存在、永不消亡。她的头靠在了他的肩膀上，亚特将因此而得以永生。

他试图低下头来看她的脸。从目前这个角度，他可以看到她的头顶：满头秀发在头顶分开，中间形成了一条弯曲的小径。再往下，看到的是她的睫毛、她的鼻子，黄色短袖上衣的领口部分露出了她的一部分肩膀。

她正在向他解释她是从哪里来的，又是在何处长大的。可是，无论她具体讲了些什么，在亚特听来，还是觉得她就是在这里长大的，跟他一样。

这需要付出极大的努力，她说，真正融入到当地生活中去，并且随时保持敏锐。目前你所看到的这些，实际上都是来自你祖国各个地方对我的全方位培养——我们现在所在的这个地方除外。

我可以问你一个相关的问题吗？他说，希望这个问题不会冒犯到你，我并不想显得太粗鲁，但我还是忍不住想问：对于一个不断从一个地方搬到另一个地方，长期没有固定居住地点，有时甚至都不知道晚上能够到哪里去过夜的女士而言，你也太——

太什么？她问。

---

① 此处原文为"Art's in heaven"，是对《圣经》中"我们在天上的父，愿你的名被尊为圣（Our Father who art in heaven, Hallowed be thy Name.）"的双关。

太干净了，他说。

啊哈，她说，这同样需要真正融入到当地生活中去，并且随时保持敏锐。

她告诉他，他母亲在大厅后门那里有一台滚筒式烘干机。不妨猜猜看，她每天半夜都在用它干些什么？

稍作停顿后，她又对他说道：刚开始时，在公交车站第一次见面的那个时候，她之所以决定跟他聊聊，最关键的一点，还是因为她喜欢他的灵魂所呈现出来的那种干净的感觉。

我有灵魂？他问，一个干净的灵魂？

任何生命都有灵魂的，她说，如果没有灵魂，那我们什么都不是，只是一堆肉块。

他说：那么有些生命，怎么说呢，苍蝇和反吐丽蝇①之类的东西，它们有灵魂吗？我之所以会问这个问题，是因为如果我真有灵魂的话，那我完全可以无比确定地告诉你，我的灵魂跟"干净"无缘，它又小又烂，差不多就是一只反吐丽蝇的大小。

一只反吐丽蝇的大小，她说，全身上下穿着盔甲，闪闪发光。你见过反吐丽蝇一心想要穿过窗户玻璃时的情景吗？

在我看来，你恐怕什么话题都能够轻松驾驭，他说，你可以让任何话题都变得妙趣横生。你在谈论我的时候，甚至连我这个无聊的人都开始变得有趣起来。

她告诉他，在公交车站相遇的那天，她决定跟他聊聊的

_____

① Bluebottle，丽蝇科，又称蓝瓶蝇等，有着闪亮的蓝色身体。

原因其实还有另一个：她发现他似乎一直都在奋力对抗着什么——他所碰到的一切，以及触碰到他的一切，他都要反抗。

所以我当时心想，她说，如果他鼓起勇气来对抗我，事情的发展将会变成怎样；抑或是我来反抗他，又会如何？

我应该会马上屈服。因为我是个很容易就会被打倒的人。我这个人，就跟他一样。亚特对着门边那张硬纸板剪成的戈弗雷立牌努了努嘴，说道。

你几乎没怎么见过他，你的这位戏剧演员父亲？她说。

我总共就见过他两次，他说，在我还很小的时候。我之前告诉过你的，他们久未联系。他们是朋友关系，但是，呃，好吧，他并不是我生命中的一部分。

他耸了耸肩膀。

还记得我们第一次见面，那是他顺利完成一场有他参与的现场演出之后，我们一起去吃了晚饭。那时我才八岁，但当时的一切却历历在目。现场有一些跳舞的女孩，是从当地的歌咏队里专门请过来的。演出在温布尔登①的一座剧院里举行，演的是《灰姑娘》，他演丑陋的两姐妹当中的一个。那场演出真的很激动人心，女孩们一直让我坐在她们的膝盖上，我记得很清楚的一点，就是她们对我非常照顾。我对这件事的印象甚至比对他这个人还要深。另外一次见面，是因为有家报社要给他写一篇文章，专门派了记者过来，要给我

① Wimbledon，伦敦西南部小镇。自 1877 年起，该小镇开始举办网球赛事并以此闻名。

们"全家人"拍一些照片，作为文章的配图。那篇文章我读过，里面称他为国宝级大师。为了拍那些照片，我们不得不围着一棵圣诞树摆姿势，手里拿着包装好的礼物。我完全不记得自己曾经经历过这件事了，但我们家里的某处现在还存放着那篇文章的剪报，能够看到那些圣诞树下的照片。

每当我回忆起这件事来的时候，我想到的其实是剪报上的内容，而非真正发生过的事情。

以此类推，每当我回忆起他来的时候，我回想到的其实只有"父亲"这个单词，就仿佛我的脑海中有一大片如同报纸被剪过之后的空白。

我很喜欢这种状态。我想怎么样去填补这块空白都可以。我也可以就这样让它空置着。

尽管在有些日子里会出问题，有点像是他们口中所说的车子熄火——突然之间，一切停止，仿佛我这辆车里所有的点火装置瞬间消失了似的。

但我喜欢他那种风格，戈弗雷·盖博的风格——我喜欢去幻想自己继承了他那种风格。不管大家是怎么想我的，不管在大家眼中我的表现是多么差劲，我都要努力维护这种风格，维护它应有的尊严。他所完成的所有壮举当中，我最喜欢的当数他为布兰斯顿①所做的广告宣传。此时此刻，在属于他的这一大堆东西里面的某个地方，我们还能找到一些当时拍的宣传照——就在其中的某个纸盒子里。照片上，他手里拿着一只罐子，用一种略带诙谐的眼神盯着相机镜头，在

---

① Branston，英国食品品牌，其腌制的酱菜产品非常知名。

他的脑袋旁边写着一行广告语：

"相较于一个喜欢品味挑战的男人，我更倾向于当一个喜欢挑战品味的男人。"

我没搞懂这句话的要点在哪里，勒克斯说。

啊，他说，解释起来相当麻烦。

布兰斯顿是什么？她问。

做酱菜的一个牌子，他说，我们回到伦敦后，我会找出来给你，给你拿一罐过来，我们可以把它舀出来，放在奶酪和吐司上。

好的，她说，至于到时候我接受与否，则取决于它的味道。话说回来，既然眼下我们刚好在这里，既然你的父亲——你那位硬纸板立牌父亲——刚好跟我们在一起，那么，我们现在不知不觉地开始讨论起你的原生家庭问题，也是环境使然，并非我有意想要去加重你的精神负担。要知道，我们往往将自己生命中的种种真相紧紧攥在拳头里，而且，并非所有的真相都可以安安稳稳地从拳头里释放出来。不过我想，总会有一天需要将真相给说清楚，到时候，说出来就是个好主意。你应该找个机会，跟你母亲好好聊一聊，谈谈关于你父亲的事情。

随便吧，亚特说。

说起你的母亲——

话说到一半，她突然坐了起来。

现在几点了？她说，我们之前已经说好，晚上要一起吃饭。她跟我。我还要腾出时间来清洗、烘干一些东西。

说罢，她从被褥中翻了个身，跑了出来。转眼之间，她就穿上了一只靴子。

如果我是你的话，她说，我就会在这个家里稍微多陪她一段时间，或许待到新的一年开始之后再走。然后，每天就像我现在这样，半夜起来弄点东西吃。如果你主动的话，她会愿意下来跟你一起吃饭的。

她永远都不会这样做的，他说，她会找个理由把我送走。

勒克斯穿上了另一只靴子。

你就跟她聊聊吧，她说，跟她讲讲话。

找不到任何共同话题，他说。

所有的话题都是共同话题，勒克斯说，她是你的历史遗留问题。这就是死肉和活人之间的另一个区别。注意，我指的并不是动物和人类之间的区别。动物们知道如何进化。我们则比它们更有天赋，进化得更多，有机会知道我们从何处来。不仅如此，我们还有机会去忘掉——忘记我们从何处来，忘记是什么创造了我们，忘记它将领着我们往何处去，这就像是……我不知道应该怎么去描述。这就像是——逐渐忘记你脖子上还有一个脑袋。

她站了起来。

比起说服你，我更像是在说服自己，她说。

他摇了摇头。

我不能为她做任何事，他说，我能怎么办？我只是她的家人而已。

试试看，她说。

不要，他说。

你或许真的可以去试一试，她说。

不要，他说。

你可以的，她说，我的意思是，考虑到我们各自的历史遗留问题。我们都可以去试试。

在他的身体内部，有个所处位置比他的阴茎稍高一些的东西，那个一直藏在他胸腔里面的东西，升了起来。

哈。果然是它，对吗？那就是他的灵魂吗？

我们可以吗？他问道。

闭上你的眼睛，然后再睁开。

现在已是盛夏。

亚特正在路上，正在经过阴沉昏暗的伦敦城。在这座城市的市中心，有一栋被烧毁的建筑物。

看起来像是可怕的海市蜃楼，某种幻觉。

但这是真实的。

这栋建筑物转眼就被熊熊烈焰给吞噬了，火势从最开始的着火点迅速蔓延，燃烧的速度如此之快，主要还是因为它劣质的装修，毕竟它既不供有钱人使用，也不供有钱人居住。

死了很多人。

在政界，在各类媒体上，关于这起火灾具体导致了多少人死亡的问题一直在争论不休，因为没有人能够确定，失火的那天晚上这栋建筑物里总共有多少人——这是个有很多社会底层人聚集和生活的地方，社会网络的雷达根本扫描不到这里。

雷达，亚特心想，第二次世界大战期间，这是一项用于发现肉眼不可见敌人的发明。

他站在热烘烘的拥挤的地铁里，偶尔可以越过前面乘客的肩膀，看到此人手里拿着的报纸上刊登的一篇文章，内容是人们如何通过众筹，陆续筹集了数千英镑资金，用以资助一艘专门拦截、阻挠救援船只的船。那些救援船从意大利主岛出发，四处帮助那些在海上的难民，而这艘众筹资助的船就是负责阻挠它们的。

他把刚看到的这篇文章再读了一遍，以确保自己没有读错其中的内容。

这种事情是正常的？

还是反常的？

他感到胃里一阵翻江倒海。

当他第三次阅读这篇关于人们如何花钱破坏他人安全的文章时，那块久违的海岩猛一下跃进了地铁车厢里，但转眼间又消失了，仅仅出现了一秒钟，一秒钟的残像。

它突兀地显现在车厢里每个人的头顶上。

他下了地铁。

他经过大英图书馆，在外面悬挂的海报上看到了一幅莎士比亚的画像。

这就是勒克斯为什么选择住在这里的原因，地球上有那么多地方，她偏偏选择了这里。

大英图书馆的商店里一定有莎士比亚的作品，他可以去看看。

于是他便信步走进去，穿过庭院广场。

他站在了等待安检的队伍中。他被搜了身。这里是如此明亮，如此友好，如此开放，如此亲切。对此，他感到非常惊讶。他看到总服务台就在他的正前方。他看到咖啡馆里的人们坐在金属长凳上看书。这些长凳，每一张的造型都如同一本巨大的、翻开来的书，可以称之为"书凳"。这些雕塑造型的书凳，每一张都搭配一只拴在链子上的大金属球？就仿佛大金属球是书凳不可或缺的组成部分似的。

他没有去大英图书馆商店，而是选择径直走向总服务台，询问柜台后面的那位女士：为什么书凳上都会有一只戴着铁链的大金属球？是不是这样设计就没有人会去偷走长凳？

她告诉他，这样是为了向来客们表示：你不能偷拿图书馆的书。在过去的图书馆里，藏书常常会被拴在书架上，这样就不会被任何一个人擅自拿走，可以随时供每个人取用，她告诉亚特。

他向图书馆员表示了感谢。然后，他又向她咨询，问她，自己是否可以跟图书馆里的莎士比亚专家交谈一下，只谈一会儿就好。

她没有问他要跟谁谈，也没有问为什么。她没有说他需要提前预约一个会谈时间或者什么。不仅如此，她甚至没有向他索要任何身份证明，比如大英图书馆借书证之类的东西，完全不打算核实他的身份。她直接拿起电话听筒，拨了一个分机号码。我应该说是谁打过去问的？直到按着电话拨号按钮找人的时候，她才想起要问一下亚特的名字。过了没多久，大英图书馆的莎士比亚专家亲自过来了。不过，来到总服务台的这位并不是亚特惯性思维中那种年纪很大，要么就是古板守旧，戴着有框眼镜，穿一身粗花呢面料西装的老绅士。来者是一位性格活泼开朗的年轻女士，跟亚特同龄，或许还比他年轻些。

噢，我们这里没有你所说的那本书，在亚特详述来意之后，她告诉他，那本书并不属于我们这里的莎士比亚馆藏。不过，我知道你所描述的对开本。那几乎是一册完整的初版，一件真实的美丽之物。真的很了不起。那朵花的印记出现在《辛白林》临近结尾部分的两页纸之间。

《辛白林》，他说，这部剧作讲述了经历毒害、混沌、苦痛，最终重归平衡的故事。谎言昭然于天下，一切损失都得到了补偿。

她的脸上露出了微笑。

描述得很贴切，她说，你所说的对开本和玫瑰印记收藏在多伦多的费希尔珍本图书馆①里。

透过她脸上的表情，他看到自己的情绪变得低落起来，与此同时，她也看见了这种变化。

我们这边的莎士比亚馆藏也很有趣，尽管我不能给你找来一朵被压过的玫瑰，但还是值得一看的，她说。

他向她致谢并且道别。然后，他去了图书馆商店，想看看他们有没有《辛白林》。专门摆放莎士比亚作品的书架上，有一本企鹅出版社②出版的《辛白林》。封面上有个来

---

① Fisher Library，隶属于多伦多大学的一座图书馆，藏有大量稀有书籍与手稿，是加拿大可供公众查阅珍本手稿的最大书库之一。

② Penguin，英国知名出版社，创立于 1935 年。

自过去的男人，正在从一只木箱子——或者纸盒子里面走出来。

他随意地翻看起这本书来。

"被一片温柔的空气所环抱。"噢，写得真是妙极了。

他的手机在振动了，是身在希腊的艾瑞丝发来的短信：

> 亲爱的甥我 1 告诉乃在我离开乃母亲前她已把自己搬进了宅子厨房里而其他所有房间除了飞蛾 & 蜘蛛外什么都没有就跟远大前程里一样 x 艾瑞。①

紧随其后的是他在康沃尔郡的母亲发来的一条短信：

> 亲爱的亚瑟，请你跟你姨妈说，让她克制一点，不要擅自阅读和评价你写给我的私人邮件；这不仅是对我，也是对你个人隐私的严重侵犯。另外，请让她尽快确认一下自己稍后的日程安排——她计划在什么时候返回康沃尔郡居住？因为我这边必须尽快整理出夏末规划，你姨妈只顾着在国外（又一次）拯救世界，对她回来的具体日期绝口不提，在这种不确定的情况下，我无法安排自己的任何后续行动。

　　眼下，他养成了一个新的习惯，差不多每个星期都要想

---

① 此处原文为："Dear Neph meant 2 tll u bfor I left yr mother has movd hrslf into kitchn of house and all other rms full of nothin but moths n spiders like in grt xpctations x Ire." 使用了大量短信单词缩写。

一些概念性的或是形而上学的问题，来向她们两人同时提问。每一次，他都会把想出来的问题复制成一模一样的两份，分别发送给她们。这种行为激怒了她们。很好。她们是享受愤怒的一代人，愤怒能够令她们保持彼此之间的联系，同时也能让她们与他之间保持长期联系。麻烦之处在于，有时很难独立想出应该问她们什么问题，所以有时候，他也会问一些别人可能会问的问题。比如上个礼拜，他就想出了一个很不错的夏洛特式问题。

"嗨，是我，你们的儿子和外甥。我有个问题要问你们：政治和艺术之间有什么区别？"

他母亲只是简单地回答他："亲爱的亚瑟，政治和艺术是彼此对立的。正如一位非常优秀的诗人曾经说过的那样，我们痛恨有明确意图的诗歌。"这位诗人应该是约翰·济慈，他母亲读过约翰·济慈的所有作品，甚至去意大利看过他的坟墓。当她回来时，说过这样一番话：在被野草覆盖的这块狭小空间里，竟然容纳了如此之大的精神力量。

他直接复制了邮件里的整段内容，包括问题和他母亲的回答，发给了艾瑞丝。

艾瑞丝回复说，济慈是个异类，他没有上过伊顿公学、哈罗公学、牛津或者剑桥大学①，因此，济慈写下并设法发表的每个词句，无疑都带有浓厚的政治色彩。"& 亲爱的甥艺术家与政治家间区别更大——是永恒之敌因他们都知：无论政治如何'人类'永远会在艺术中大显身手 & 无论艺术

①　皆为英国著名的传统私立学校。

如何‘人类’永远无法逃离政治永远被政治所压迫 x
艾瑞。”

　　他将这段话抄送给他母亲。于是母亲又简单地回复道：
“亲爱的亚瑟，请不要再将我的私人回信转发给你的姨妈，
又及：亲爱的艾瑞丝，我知道他也会将这封回信抄送给你，
你是不是已经定好回程日期了呢？”

　　人类永远会大显身手。

　　今天回到家时，他坐在自家公寓大门外，坐在防火门后
面的楼梯台阶上，匆匆写下了一个自己想问的问题。如果有
机会的话，他也很想问问勒克斯这个问题。

　　他知道，对于这个问题，无论她给出怎样的答案，对他
而言都将很具有启发性。

　　“嗨，是我，你们的儿子和外甥。我想知道，为什么会
发生这样的事？在我们内心——在我们的天性当中——究竟
存在着怎样的一股执念？当这股执念作祟时，一些人为了让
另一些人求生不得、求死不能，竟然甘愿付出金钱，买凶
害人。”

　　他将之前在地铁上越过某人肩膀看到的那篇文章的链
接，以及这个问题一起发送了出去。然后，他走进家门，坐
到床上，将这个问题也发给了夏洛特——她在写“艺术自
然”博客时或许能用得上。

　　“艺术自然”博客现在是一个由一群执笔人共同撰写的
博客。

　　（眼下有人请他帮忙写一写“七月”。）

　　他上了一会儿网。

在刊登地中海区域民众花钱伤害他人这篇新闻的网站上，他又读到了另外一篇文章。这篇文章提到，有一家大型连锁百货公司即将开始出售一套新式茶具，这套茶具能够通过内嵌的应用程序向开发该产品的高科技公司发送报告，记录商品在购买或拥有它的人的住宅里的使用情况，哪些部分在什么时候会损坏，哪些部分使用最为频繁，哪些部分会被放在盒子或橱柜里落灰。

这又令他想起了她。

勒克斯。

在这样一个万事万物皆被追踪、人人都是透明人的时代，怎么会有人消失得如此彻底呢？

冒出这个念头之后，他开始在网上搜索大英图书馆里那位女士告诉他的位于加拿大的那座图书馆。

是费舒尔①吗？

费希尔。

他正在使用图片搜索功能，希望能够找到对应的照片。相当难找，但他最终还是找到了。

至少在他看来，是找到了的。他开始端详起自己屏幕上出现的那张照片，这张照片来自一个看起来非常古老的页面。

是这样的吗？这就是那朵花吗？

模糊不清的玫瑰印记就是这样？

一朵花的鬼魂，比它看起来的样子还要更诡异些。

———————

① Fissure。

天知道是谁把它压在书页之间的，天知道是什么时候压进去的？反正它就在那里。

花苞的形状令它看起来不只像是花的鬼魂，也像是一团火焰的鬼魂——像一缕稳定燃烧着的小火苗投下的影子。

他在笔记本电脑的屏幕上将照片放大，这样他就能看得更清楚些。

他尽可能仔细地打量着它。

这是一朵尚未盛开的花的鬼魂，真实的存在早已消失，可是，看呀，它生命的印记依旧残存在那里，像一条小路，贯穿了书页上所有的词句，通向一根蜡烛燃烧的顶端。

七月：

七月伊始的这一天，天气舒适又惬意。美国总统正在华盛顿举行的退伍军人集会上发表演讲。这次集会被称为"庆祝自由集会"①。

他身后和前面的人群纷纷挥舞手中的旗帜，高呼他们所居住的地球上的这个国家的首字母缩写。

本杰明·富兰克林在制宪会议上提醒他的同僚们，首先要做的是低头祈祷，他说，我则要在此提醒你们，我们很快又要开始说"圣诞快乐"了。

接下来，他开始谈起写在美国钞票上的那些话②，好像是说，钞票本身就在祈祷。

转眼临近月底，又是个气候宜人的好日子。同一位美国总统，正在激励聚集在西弗吉尼亚州的美国各州童子军

---

① Celebrate Freedom Rally，指 2017 年 7 月 1 日，美国总统特朗普在华盛顿出席的"庆祝自由集会"。
② 美钞上的这句话为"In God We Trust"，意为"我们信仰上帝"。

们——他们都是来参加 2017 年"全国童子军大会"① 的。他在演讲中向上届总统发出了嘘声，同时也向去年总统选举时自己的竞争对手发出了嘘声。

顺便说一句，在特朗普政府的领导下，他说，相信我，你连去购物的时候都会说"圣诞快乐"的。圣诞快乐——他们显然轻视了这句美丽祝福语的力量。各位，你们又要"圣诞快乐"不离嘴了。

仲夏时节的冬天。白色圣诞节。上帝保佑，保佑我们每一个人。

"艺术自然"博客。

---

① National Scout Jamboree，指 2017 年 7 月 19 日至 7 月 28 日举办的美国全国童子军大会，美国总统特朗普于 7 月 24 日参加了大会并发表演讲。

致谢

关于格林纳姆公地、20世纪英国示威游行的大批书籍与文献资料，在这本书的创作过程中提供了很大帮助，尤其是卡罗琳·布莱克伍德[1]和安·佩蒂特[2]的文章，在此致以感谢。

创作本书的核心灵感之一，来自伊丽莎白·西格蒙德[3]《对死亡的愤怒》（1980）[4]。

非常感谢索菲·鲍里斯[5]和芭芭拉·赫普沃斯遗产管理中心，也很感谢埃莉诺·克莱顿[6]。

谢谢你，安德鲁[7]和特蕾西[8]，还有威利公司[9]的每一

---

① Caroline Blackwood（1931—1996），英国作家。

② Ann Pettitt，和平活动家。

③ Elizabeth Sigmund（1928—2017），科学家、作家。

④ *Rage Against the Dying*，出版于1980年，讲述了化学战和生物战对公共卫生造成的危害。

⑤ Sophie Bowness，《芭芭拉·赫普沃斯》一书的作者，艺术史学者，赫普沃斯遗产托管人。

⑥ Eleanor Clayton。

⑦ Andrew。

⑧ Tracy。

⑨ Wylie's，版权代理公司。

个人。

谢谢你，西蒙①，以及相关的许多人，致以崇高的敬意。

谢谢你，凯特②，
谢谢你，玛丽③，
谢谢你，露西④。

谢谢你，莎拉⑤。

---

① Simon。
② Kate。
③ Mary。
④ Lucy。
⑤ Sarah。